Sur l'auteur

Collaboratrice de multiples journaux, magazines et radios, Joyce Maynard est aussi l'auteure de plusieurs romans – *Long week-end*, *Les Filles de l'ouragan*, *L'Homme de la montagne*, *Les Règles d'usage* – et d'une remarquable autobiographie, *Et devant moi, le monde* (tous publiés chez Philippe Rey et 10/18). Mère de trois enfants, elle partage son temps entre la Californie et le Guatemala.

Du même auteur
aux Éditions 10/18

LONG WEEK-END, n° 4411
ET DEVANT MOI, LE MONDE, n° 4512
LES FILLES DE L'OURAGAN, n° 4678
BABY LOVE, n° 4827
UNE ADOLESCENCE AMÉRICAINE, n° 4826
L'HOMME DE LA MONTAGNE, n° 4967
PRÊTE À TOUT, n° 5078
LES RÈGLES D'USAGE, n° 5238
UN JOUR, TU RACONTERAS CETTE HISTOIRE, n° 5335
DE SI BONS AMIS, n° 5510

JOYCE MAYNARD

DE SI BONS AMIS

Traduit de l'anglais (États-Unis)
par Françoise Adelstain

10
18

PHILIPPE REY

Titre original :
Under the Influence

ISBN 978-2-264-07081-4
Dépôt légal : janvier 2020

Ce livre est dédié à David Schiff,
mon ami pour la vie, homme intègre
qui a servi de modèle
au héros tranquille de ce roman.

1

On était fin novembre et, depuis une bonne semaine, il pleuvait. Mon fils et moi avions déménagé juste avant la rentrée des classes, mais j'avais attendu jusqu'à maintenant pour retirer le reste de nos affaires du box que j'avais loué. J'ai décidé de ne pas attendre le retour du temps sec. Il y a pire dans la vie que de se faire tremper en transportant des cartons mouillés. J'en savais quelque chose.

La bonne nouvelle, c'est que nous avions réussi à quitter la ville. Et que j'avais enfin épongé ma dette envers l'avocat qui m'avait représentée dans le procès intenté pour obtenir la garde de mon fils, douze ans auparavant. Désormais, Oliver et moi vivions dans un appartement plus grand que le précédent et plus proche de mon nouveau lieu de travail, à Oakland – un endroit où mon fils disposait de sa propre chambre et moi d'un petit espace de travail. Après une longue et dure période, l'avenir semblait prometteur.

L'argent étant une denrée rare, comme toujours, je profitai de ce qu'Ollie passait le week-end chez son père pour aller porter chez Goodwill, le dépôt-vente, un tas d'affaires dont nous n'avions plus besoin. Arrêtée à un croisement, j'attendais que le feu passe au vert. Presque dix ans s'étaient écoulés depuis la dernière fois que mes yeux s'étaient posés sur Ava Havilland.

C'est un phénomène que j'avais déjà remarqué : dans un environnement saturé d'informations visuelles dénuées d'importance pour vous, vos yeux sont attirés par un détail parmi des milliers d'autres : ils se fixent sur un certain point, quelque chose qui n'a apparemment aucun sens, ou qui, peut-être, suggère un certain danger, ou qui, tout bonnement, vous rappelle un lieu et une époque différents. Impossible de vous en détourner.

Je me souviens ainsi d'un jour où j'avais emmené Oliver à un match de base-ball – m'efforçant, une fois encore, de partager un moment heureux, une vie normale avec mon fils dans les limites anormales du temps de visite qui m'était imparti. En montant les gradins, j'avais repéré, dans une tout autre partie du stade et parmi des milliers de fans, un homme que je rencontrais le mardi soir aux séances des Alcooliques anonymes, qui maintenant riait en brandissant une bière. Un sentiment de tristesse – de panique, en réalité – m'avait submergée parce que juste une semaine auparavant nous avions fêté sa troisième année de sevrage. S'il pouvait déraper ainsi, quelles conclusions en tirer en ce qui me concernait ?

Cette fois-là j'avais pu détacher mon regard. Je m'étais tournée vers mon fils, parlant du match comme le ferait toute mère heureuse de partager ce moment de plaisir avec son enfant, sans penser à rien d'autre. Une mère que son enfant n'aurait jamais surprise en train de cacher des bouteilles de vin sous des boîtes de céréales vides au fond du bac de déchets à recycler, ou n'aurait jamais vue hissée à l'arrière d'une voiture de police, menottes aux poignets : le genre de mère qui profite de son fils tous les soirs et non six heures deux samedis par mois.

Cela s'était passé longtemps auparavant. Je n'avais pas encore rencontré les Havilland. Ni connu Elliot (qui aurait donné n'importe quoi pour nous conduire, mon fils et moi, à un match de base-ball et devenir membre de notre famille). Des tas de choses s'étaient produites à cette époque-là.

Maintenant, j'étais là, au volant de ma vieille Honda Civic, arrêtée au croisement d'un des quartiers les moins reluisants de Redwood City, que les avions survolaient si bas – au décollage comme à l'atterrissage – qu'ils vous donnaient parfois l'impression de vouloir arracher le toit de votre voiture.

Une automobile noire stoppa à côté de la mienne, pas un véhicule de police ni une limousine, mais le genre officiel avec chauffeur. La femme assise à l'arrière regardait vaguement par la vitre sur laquelle dégoulinait la pluie et, un court moment, ses yeux se fixèrent sur les miens.

Quelques secondes, avant que la voiture ne redémarre, qui me suffirent pour la reconnaître. J'ai failli m'exclamer, comme lorsqu'on tombe sur une amie depuis longtemps perdue de vue – comme si mon esprit n'avait rien engrangé, par un instinct décidément plus fort que l'expérience acquise. Un instant je fus submergée par une vague de bonheur pur et simple. C'était Ava.

Puis je me suis souvenue. Ava n'était plus mon amie. Néanmoins, si longtemps après, cela me faisait tout drôle de la voir sans l'appeler. De ne pas même lui faire un signe de main.

Elle avait beaucoup changé. Pas seulement parce qu'elle avait vieilli (elle devait avoir soixante-deux ans, si je calculais bien. Son anniversaire approchait). Certes, le visage que je distinguais derrière la vitre avait toujours été mince, mais là il était squelettique, la peau tendue sur les os, rien d'autre. Celui d'une morte, sauf qu'on ne l'avait pas encore enterrée. Ou celui d'un fantôme – ce que, à maints égards, elle était pour moi maintenant.

Jadis, à l'époque où nous nous parlions chaque jour – parfois plusieurs fois par jour –, Ava avait toujours des milliers de choses à me raconter, mais mon bonheur venait surtout de sa disponibilité à écouter ce que moi, j'avais à dire. Et avec une telle attention !

Elle avait toujours quelque projet en tête, et toujours excitant. Un air déterminé, une assurance que je n'avais connus chez personne à un tel degré. Lorsqu'on voyait Ava entrer dans une pièce, on savait que quelque chose allait se passer. Quelque chose de merveilleux.

Maintenant, l'être que j'apercevais à l'arrière de la voiture noire donnait l'impression que rien de bon ne lui arriverait jamais plus, que sa vie était terminée. Simplement, son corps n'en avait pas encore été informé.

Ses cheveux, semblait-il, grisonnaient. Du moins ceux qui s'échappaient d'une étrange toque rouge, que l'ancienne Ava n'aurait jamais portée. Le style de couvre-chef qu'on achète à une vente artisanale, qu'une vieille dame a tricoté avec du polyester parce que c'est moins cher que la laine. « Polyester, m'avait-elle dit un jour, rien qu'au nom on est sûr que c'est de la camelote, non ? »

C'était du Ava tout craché. Un être unique. Sauf que l'Ava d'aujourd'hui ne pilotait pas un van Mercedes gris métallisé, ne régnait plus sur la grande maison de Folger Lane, avec sa piscine à fond noir, son jardin de roses exotiques et le jardinier qui va avec. Il n'y avait plus de bonne guatémaltèque pour aller chercher les vêtements chez le teinturier et les ranger en ordre parfait, par couleurs assorties, dans sa vaste penderie, les chaussures dans leur boîte d'origine et, sur leur présentoir en velours, les bijoux que Swift lui avait choisis. La femme qui se tenait à l'arrière de la voiture noire ne distribuait plus de châles en cachemire à ceux qui avaient la chance d'être ses amis, de hachis Parmentier aux sans-abri vétérans du Viêtnam ni d'os aux chiens errants. Impossible d'imaginer Ava sans ses chiens – pourtant c'était le cas.

Et le plus impensable : Ava sans Swift.

À l'époque où pas un jour ne se passait sans que j'entende sa voix, quasiment tout ce que je faisais m'était directement inspiré par ce qu'elle me disait, ou n'avait pas même besoin de dire, parce que je connaissais son opinion, et que cette opinion était aussi la mienne. Puis vint un temps, long et sombre : elle m'avait chassée de son monde, et la dure réalité de cette trahison se révéla l'élément déterminant de ma vie – excepté d'avoir perdu la garde de mon fils. Privée de l'amitié d'Ava, je restais incapable de me rappeler ce que j'avais pu être sans elle.

Aussi ma surprise fut-elle grande de constater, quand je l'aperçus à travers la vitre de la voiture, que depuis des semaines je n'avais pas pensé à elle. Mais que j'étais capable, ce faisant, d'éprouver encore le douloureux sentiment d'une perte irrémédiable. Néanmoins je ne souhaitais pas retrouver les temps anciens, dans la maison de Folger Lane. Au contraire, j'aurais voulu n'y avoir jamais mis les pieds.

2

La maison. Je commencerai par là. D'autres l'habitent maintenant ; ils ont supprimé la rampe pour handicapés et arraché les camélias d'Ava afin d'agrandir le parking, qu'occupe notamment un SUV hybride d'où j'ai vu récemment descendre deux enfants blonds et une femme, peut-être leur nurse. Le chagrin que j'éprouve chaque fois que je passe devant cette maison ne saurait effacer un autre sentiment, qui m'envahissait dès que j'empruntais l'allée principale : celui d'avoir enfin trouvé un foyer. Je respirais de nouveau, et l'air que je respirais était chargé de l'odeur du jasmin.

Je ne vivais pas dans cette maison. Mais mon cœur si. L'ironie de la chose, quand on sait ce qui s'est passé, c'est que je me sentais *en sécurité* chez les Havilland. Sans aucun doute mon histoire tient en grande partie à ce fait : durant les trente-huit années qui ont précédé ma première visite à Folger Lane, j'avais rarement, sinon jamais, connu une telle délivrance.

À l'époque où Ava et Swift habitaient cette maison, quand la Mercedes d'Ava s'arrêtait dans la cour, les premiers passagers à en sortir étaient les chiens

– trois bêtes sauvées d'un refuge, de race indéterminée, (« Ce sont des chiens adoptés », annonçait-elle à quiconque l'ignorait encore.) Le véhicule était équipé d'une sorte de monte-charge électrique – technologie de pointe – pour son fauteuil roulant. Le plus souvent, à mon arrivée, Ava était là et se dirigeait vers moi, le bras – celui qui ne manœuvrait pas le fauteuil – largement tendu en signe de bienvenue.

« Je t'ai trouvé des jambières de laine fantastiques », disait-elle. Ou bien une timbale, un bel album relié cuir, voire du miel fabriqué par des abeilles qui ne fréquentaient que des champs de lavande. Et bien d'autres petits cadeaux : un pull-over d'une couleur que je ne portais jamais et qui soudain se révélait convenir parfaitement à mon teint ; un livre que j'adorerais, elle en était sûre ; un vase contenant un bouquet de pois de senteur. Je ne m'étais même pas rendu compte que la semelle de mes baskets était usée, mais Ava si, et connaissant ma pointure elle m'en avait acheté des neuves (d'une meilleure marque que celle que je choisissais en général). Sans compter les chaussettes rayées pour aller avec.

Sammy et Lillian (les deux plus petits corniauds) me léchaient les chevilles, et Rocco (l'ambigu, qui râlait tout le temps sauf quand il décidait de vous mordre) courait en cercles comme une bête en rut, ce qui était continuellement son cas, agitant follement sa queue. Ava me prenait par la main et nous entrions dans la maison cependant qu'elle criait à Swift : « Regarde qui je ramène » – ce que, bien sûr, il savait déjà.

Chaque fois, Ava me nourrissait, et je dévorais ce qu'elle m'offrait. Quelque part en cours de route, au fil des années, sans même que je m'en rende compte, j'avais perdu le goût de la nourriture. Perdu le goût de la vie, ou presque. Les Havilland me l'ont rendu. Il me revenait tandis que je suivais l'allée ardoisée jusqu'à leur porte ouverte, où me submergeaient de délicieux effluves. Potage sur le feu. Poulet rôti dans le four. Des bols où flottaient des gardénias, dans chaque pièce. Et, se faufilant de l'extérieur, la fumée du cigare cubain de Swift.

Puis le rire. Le rire tonitruant et enthousiaste de Swift, celui d'un ara dans la jungle, annonçant qu'il va s'accoupler. « Je suis prêt à parier que c'est Helen ! » criait-il en retour.

Entendre un homme tel que Swift prononcer mon nom me donnait un sentiment d'importance que je n'avais encore jamais connu.

3

Swift n'allait plus au bureau. Depuis des années. Il avait dirigé une série de start-up dans la Silicon Valley – l'activité de la plus récente consistait à procurer à des hommes d'affaires surchargés des réservations de dernière minute dans un restaurant – qui lui avaient rapporté tant d'argent qu'il avait pris sa retraite. Quand je les ai rencontrés, Ava et lui étaient en train de créer une fondation qu'ils voulaient appeler « La Niche », destinée à procurer un foyer aux chiens abandonnés, éventuellement les faire castrer ou châtrer. Swift avait installé son bureau dans le *pool house*, d'où résonnait sa voix tonitruante toujours au téléphone avec des donateurs potentiels, mais dès qu'Ava arrivait il arrêtait tout et déboulait dans la maison, mains tendues, impatientes de la peloter.

« Tu vas comprendre pourquoi Swift a de si bons rapports avec les animaux, me dit Ava au début de nos relations. Il en est un lui-même. Il vit pour le sexe. C'est aussi simple que ça. Il ne peut pas s'empêcher de me peloter. » On comprenait que, loin de s'en irriter, elle s'en amusait. Elle parlait de lui avec le ton qu'elle aurait employé pour évoquer une mouche posée sur elle, qu'elle pouvait chasser d'un geste. Mais elle adorait Swift, pour moi ça ne faisait aucun doute.

Si Ava occupait le centre de son univers, Swift nourrissait aussi bon nombre d'autres passions : sa moto de course, la Vincent Black Lightning 1949 (dégotée après une longue recherche, parce qu'il adorait la chanson de Richard Thompson), l'école pour enfants des rues qu'il parrainait au Nicaragua, les cours de qi gong et d'escrime, l'étude de la médecine chinoise et du tambourinage africain, sans compter le reiki, l'énergie corporelle et le yoga, en séances particulières dont les praticiens défilaient à longueur de journée. On aurait pu penser que, dans leur couple, Ava était celle qui avait le plus besoin qu'on s'occupe de son corps, mais le plus souvent la personne qui se présentait à la porte – en général une femme, plutôt belle, munie d'un petit tapis ou d'une table de massage, ou de tout autre équipement difficile à identifier – venait en fait s'occuper du corps de Swift.

Le plus clair de leur vie se déroulait dans la maison de Folger Lane. Ils en possédaient une autre sur les rives du lac Tahoe, où ils se rendaient de temps en temps. Excepté ces trajets et les déplacements occasionnels de Swift pour promouvoir leur fondation, ils ne voyageaient pas. Ils n'aimaient pas être séparés, disait Swift. Ou loin des chiens, ajoutait Ava.

Ils avaient un fils chéri – celui de Swift, en réalité –, mais Cooper poursuivait maintenant ses études dans une école de commerce de la côte Est et, quand il venait en congé, il résidait en général chez sa mère. Quiconque leur rendait visite, toutefois, pouvait constater, au nombre de photos ornant les murs de la bibliothèque de Swift (Cooper faisant du ski, hélitreuillé avec ses copains, en Colombie-Britannique, ou des promenades à cheval avec sa petite amie, Virginia, sur une plage de Hawaï, ou, à côté de son père, levant une chope de bière surdimensionnée à la victoire de l'équipe de base-ball de San Francisco), que Swift adorait son fils.

Ses enfants à elle, me disait Ava, c'était ses chiens. Et je pensais que, peut-être, le fait qu'elle n'eût pas d'enfants comptait dans l'extraordinaire générosité qu'elle manifestait envers les gens et les animaux. Certes, les chiens passaient en premier, il n'en demeurait pas moins qu'elle possédait cette capacité troublante de deviner en voyant quelqu'un que cette personne avait besoin qu'on lui vienne en aide.

Par exemple moi, bien entendu, mais pas seulement. Ainsi, nous déjeunions toutes les deux dans un petit restaurant (j'étais son invitée, naturellement) et elle remarquait un homme sur le parking qui fouillait les poubelles ; la minute d'après, elle appelait la serveuse, lui tendait un billet de vingt dollars et lui demandait d'apporter à cet homme un hamburger-frites avec un soda glacé. Si elle apercevait au bord de la route un sans-abri accompagné d'un chien, elle s'arrêtait toujours pour lui donner un peu des aliments biologiques qui remplissaient un grand récipient dans le coffre de son van.

Elle avait sympathisé avec un certain Bud qui travaillait chez la fleuriste où nous achetions, en masse, les roses et les gardénias qu'elle aimait poser près de son lit, dans un bol. Et puis nous n'avons plus vu Bud. Ava apprit qu'il souffrait d'un cancer et se trouvait à l'hôpital. L'après-midi même elle s'y rendit avec livres, fleurs, et un iPod chargé de la bande-son des films *Guys and Dolls* et *Oklahoma* qu'il aimait particulièrement.

Elle continua d'aller le voir. On ne pouvait rêver d'une amie plus fidèle qu'Ava, disais-je à qui voulait l'entendre. Si elle prenait quelqu'un en main, c'était pour la vie.

« Tu ne te débarrasseras jamais de moi », m'avait-elle prévenue un jour. Comme si je pouvais même l'envisager.

4

J'ai fait la connaissance des Havilland dans une galerie d'art de San Francisco, aux alentours de Thanksgiving, au vernissage d'une exposition d'œuvres réalisées par des personnes souffrant de troubles de l'émotivité. Je travaillais comme extra pour le traiteur engagé par la galerie. Je venais d'avoir trente-huit ans, j'étais divorcée depuis cinq ans. Si l'on m'avait demandé ce jour-là de citer l'une des bonnes choses survenues dans ma vie, j'aurais été bien en peine de répondre.

Ce vernissage plutôt atypique avait pour but de récolter de l'argent pour une fondation d'aide aux malades mentaux. La majorité de l'assistance était constituée des artistes et de leurs familles, qui semblaient elles-mêmes un peu dérangées. Un homme en salopette orange gardait les yeux obstinément fixés sur le sol, une toute petite femme, avec une queue-de-cheval et une quantité de barrettes en plastique accrochées à sa frange, discourait avec elle-même, et parfois sifflait. Ava et Swift se tenaient à l'écart de la foule, ce qui n'avait rien d'étonnant : ils se seraient tenus à l'écart de n'importe quelle foule.

Je ne savais pas qui était ce couple, mais mon amie Alice, qui officiait au bar, connaissait leur nom. J'ai remarqué Swift en premier, non qu'il fût particulièrement beau, ni même beau tout court. Vous auriez pu dire de lui qu'il avait le physique le plus ingrat que vous ayez rencontré, mais il y avait quelque chose de fascinant dans cette laideur même, quelque chose de primitif et de sauvage : un corps musculeux et compact, une chevelure noire et hirsute, de très grandes mains, le teint foncé. Il portait un jean – très bien coupé, ni Gap ni Levi's – et sa façon de poser l'une de ses mains sur la nuque d'Ava était plus troublante que s'il lui avait palpé les seins.

Penché sur Ava, le visage enfoui dans ses cheveux comme s'il la humait, il finit par lui chuchoter quelque chose à l'oreille. Ensuite il éclata de rire, ce rire énorme, celui d'une hyène plutôt que d'un être humain, qui résonna dans toute la salle.

De prime abord, je n'avais pas remarqué le fauteuil roulant ; je la croyais simplement assise, mais il y eut un mouvement de foule et j'ai vu ses jambes, immobilisées, dans le pantalon de soie grège, les mules exquises qui ne touchaient jamais le sol. Si elle n'était pas belle au sens habituel du terme, son visage retenait l'attention : de grands yeux, une large bouche et des bras de danseuse qu'elle agitait en parlant ; des bras minces, dont chaque muscle était tendu comme une corde. Des bagues d'argent gigantesques aux doigts des deux mains, d'épais bracelets d'argent qui lui enserraient les poignets comme des menottes. On se rendait compte que, si elle avait pu se tenir debout, elle aurait été plus grande que son mari. Même assise, elle donnait une impression de puissance. Son fauteuil roulant tenait plutôt du trône.

Tout en circulant avec mes plateaux d'amuse-gueules, je tentais d'imaginer ce que l'on peut ressentir au milieu d'une foule quand votre visage se trouve à hauteur de la poitrine de la plupart des gens qui vous entourent. Si cette position la perturbait, elle n'en laissait rien paraître. Bien droite dans son fauteuil, elle se comportait en reine.

Je lui donnais une quinzaine d'années de plus que moi, soit la petite cinquantaine. Son mari, bien qu'en bonne forme, la peau ferme et la chevelure abondante, semblait plus proche de la soixantaine, ce qui se révéla exact. Je me disais – je m'en souviens – que j'aimerais ressembler à cette femme en vieillissant, ce qui ne serait jamais le cas, je le savais.

Dans la journée, je travaillais comme photographe portraitiste, appellation chic dissimulant les heures passées, dans des écoles, des centres commerciaux, des salles de réunion, à soutirer un sourire à des hommes d'affaires morts d'ennui et à des enfants récalcitrants. De longues heures pour un faible rapport. D'où mes jobs occasionnels en soirée. Je posais néanmoins un regard juste et acéré sur les visages, notamment sur le mien. De petits yeux. Un nez, ni long ni court, sans caractère. Le corps plutôt mince, mais pas de quoi s'en glorifier. Quant au reste – mains, pieds, cheveux –, rien de remarquable non plus, ce qui peut expliquer pourquoi des personnes qui m'avaient rencontrée plusieurs fois, souvent ne s'en souvenaient pas. Ce qui rend encore plus surprenant le fait qu'Ava m'ait élue, moi, parmi tous ceux auxquels elle avait parlé ce soir-là.

Je circulais avec un plateau de rouleaux de printemps et de brochettes de poulet thaïes, et elle a détourné les yeux du tableau qu'elle était en train d'examiner.

« Si vous aviez l'intention d'acheter l'une de ces œuvres, sachant que vous la verrez désormais sur un mur le restant de vos jours, laquelle choisiriez-vous ? »

Je m'immobilisai, tandis qu'un homme au regard vide (probablement autiste) saisissait sur mon plateau sa quatrième ou cinquième brochette, la trempait dans la sauce aux cacahuètes, mordait dedans puis la retrempait. Loin d'être rebutée, comme d'autres sûrement l'auraient été, Ava trempa son rouleau dans le bol juste après lui et l'engloutit en une seule bouchée.

« C'est difficile de choisir », dis-je. Il y avait un portrait de Lee Harvey Oswald, peint sur un morceau de bois, au bas duquel s'inscrivait une enfilade de mots, aussi intelligibles que des symboles chimiques. Il y avait une sculpture représentant un cochon, d'un rose vif vernissé, entouré d'une demi-douzaine de porcelets en céramique du même rose vif qui semblaient le téter. Et aussi une série d'autoportraits d'une forte femme à lunettes et chevelure d'un orange éclatant – de facture rudimentaire mais si vivants que je reconnus l'artiste dès qu'elle entra dans la pièce. Néanmoins, l'œuvre que je préférais, dis-je à Ava, représentait un garçon tirant un chariot où se tenait un autre garçon portant un chariot semblable, mais plus petit, où se tenait un chien.

« Vous avez l'œil, me répondit-elle. C'est celle-là que je vais acheter. »

Embarrassée, j'ai esquivé son regard, mais j'avais été frappée par son extraordinaire séduction – son cou de cygne, sa peau mordorée. Je me sentais comme un enfant que son maître vient de féliciter, un enfant qui n'a pas l'habitude des félicitations.

« Je suis de parti pris, bien sûr, ajouta-t-elle. Je suis une femme à chiens. Je m'appelle Ava », conclut-elle en me tendant la main.

À mon tour, j'ai dit mon nom et expliqué que j'étais photographe. Ou l'avais été. Spécialisée dans les portraits. En réalité ce que j'aimais, ai-je ajouté, c'était raconter des histoires en photos. Raconter des histoires, tout court.

« Quand j'étais jeune, je voulais devenir quelqu'un comme Imogen Cunningham[1], mais ma vocation, c'est plutôt porteur. » J'ai ri piteusement en désignant le plateau de canapés.

« Allons, assez d'énergie négative (le ton était aimable, mais ferme), vous ignorez ce que vous ferez d'ici un an. Vous ne savez pas comme les choses peuvent changer. »

Si, je le savais. Et pas en bien, en ce qui me concernait. Il y avait eu un temps où j'habitais une maison avec un homme que je croyais aimer et qui m'aimait aussi, du moins je le pensais, et un petit garçon de quatre ans à qui ma présence permanente semblait si essentielle qu'il avait un jour voulu me faire promettre que je ne mourrais jamais. (« Pas avant longtemps, lui avais-je répondu. Et à ce moment-là il y aura quelqu'un de formidable dans ta vie qui t'aimera autant que moi, et des enfants peut-être aussi. Et un chien. » Il en voulait un depuis toujours, mais Dwight refusait.)

1. Photographe américaine (1883-1976) à l'œuvre multiple, reconnue dans le monde entier. *(Toutes les notes sont de la traductrice.)*

Dwight enrageait quand Ollie débarquait dans notre chambre pour grimper dans notre lit, mais ça m'était égal. Maintenant, je dormais seule et je rêvais du souffle de mon fils sur mon cou, son petit bras autour de moi et, de l'autre côté, son père qui murmurait : « Bon, je suppose que pour le sexe, c'est fichu, hein ? »

Dwight était soupe au lait, et plus le temps passait, plus sa colère se déchaînait contre moi. À une époque, pourtant, s'il m'avait aperçue au cours d'une soirée, au milieu d'une foule, il m'aurait souri comme le mari d'Ava venait de lui sourire, puis il aurait traversé la pièce pour venir me caresser le dos ou me chuchoter qu'il était temps de rentrer et de retrouver notre lit.

Ce temps-là était révolu. Plus personne ne remarquait la femme brandissant un plateau de canapés. Sauf, et soudainement : Ava.

Elle examinait mon visage avec une telle attention que je me sentis rougir. Je voulais m'éloigner et aller servir quelqu'un d'autre, mais quand on parle à une personne en fauteuil roulant, on se sent gêné de pouvoir bouger soi-même si facilement.

« Des photos que vous avez prises, quelle est celle que vous préférez ? » me demanda-t-elle. Pas nécessairement la meilleure, mais celle que j'aimais le mieux.

« Ce serait la série que j'ai faite de mon fils en train de dormir, quand il avait trois ans. J'en ai pris une chaque soir, pendant un an. Et sur chacune il a l'air différent.

— Et vous ne le faites plus ? »

Ce n'est pas mon habitude – j'ai toujours été du genre à garder mes problèmes pour moi –, pourtant quelque chose en Ava, qui vous donnait le sentiment qu'elle tenait vraiment à entendre ce que vous aviez à dire et qu'elle s'en souciait, provoqua une étrange réaction.

Je n'ai pas pleuré, mais j'ai dû en donner l'impression.

« Il ne vit plus avec moi. Je ne veux pas en parler maintenant.

— Je suis désolée. » Elle m'attira, m'obligea à me pencher vers elle, saisit une serviette en papier et me tamponna les yeux avec.

« Voilà, dit-elle, jolie de nouveau. »

Je me suis redressée, stupéfaite que cette merveilleuse femme pût me qualifier de jolie.

Elle voulut en savoir davantage sur mes travaux de photographe. Je n'avais pas sorti l'appareil de son étui depuis un an au moins, lui ai-je confié. Mon boulot actuel de photographe ne comptait pas. Juste un gagne-pain.

Elle voulut savoir s'il y avait un homme dans ma vie. Non ? « Eh bien, nous allons y remédier. » Ce « nous », comme si nous formions déjà une équipe.

« Je ne prétends pas qu'un homme est la solution à tous les problèmes. Mais ils paraissent moins accablants quand on dort chaque nuit dans les bras de quelqu'un qui vous adore. » Il était clair que cela s'appliquait à son propre couple.

« Et puis il y a le sexe », ajouta-t-elle. Un peu à l'écart, son mari, que mon amie Alice m'avait dit s'appeler Swift, était plongé dans une conversation avec une femme d'aspect étrange – l'une des artistes sans aucun doute –, le cou entouré de ce qui ressemblait à une feuille d'aluminium. À la façon dont il hochait la tête, on voyait qu'il s'efforçait de comprendre ce qu'elle disait. Il capta le regard d'Ava, lui sourit. Des dents d'une blancheur parfaite.

« Il faut toujours garder les mêmes critères de qualité, poursuivit-elle. Ne pas céder. Si vous n'êtes pas folle d'un homme, n'y pensez pas. Et le jour où vous sentez que c'est fini, partez. À condition d'être en état de marche. » Elle rit, sans la moindre amertume.

Sa remarque suggérait que je méritais quelque chose de stupéfiant et de merveilleux. Une stupéfiante et merveilleuse carrière, un stupéfiant et merveilleux partenaire-amant. Une vie fabuleuse. Je ne voyais vraiment pas pourquoi il devait en être ainsi.

« Il faut que vous veniez chez moi, dit-elle. Et que vous me racontiez tout. »

5

Le lendemain, en me rendant à Folger Lane – dans la Portola Valley, deuxième sortie de l'autoroute après Redwood City où j'habitais –, je réfléchissais aux injonctions d'Ava. *Racontez-moi tout.* J'ai toujours été bonne à ce jeu-là, à condition de ne pas raconter mes propres histoires. En tout cas pas les vraies. Celles-là je les gardais sous enveloppe et l'idée que cette femme allait peut-être chercher à les en extraire m'incitait à décliner l'invitation. À peine engagée le chemin, Folger Lane, je faillis faire demi-tour et tout envoyer balader.

Je n'avais jamais vu de maison semblable. Non qu'elle fût opulente comme celles que montrent les magazines, ou même comme certaines habitations voisines de la leur. La maison des Havilland reflétait une sorte de joyeuse désinvolture : les canapés de cuir blanc et souple jonchés de coussins brodés guatémaltèques, la collection de verrerie italienne et les gravures érotiques japonaises, les vases débordant de pivoines et de roses, les coiffes africaines exposées sur un mur, le lustre artisanal, incongru, qui éclairait l'ensemble de lueurs d'arc-en-ciel, les bols pleins de coquillages et de cailloux, un tambour cubain, une collection de voitures de course miniatures. Partout des jouets de chien. Et les chiens eux-mêmes.

Un lieu qui signifiait la vie – la vie et la chaleur humaine. Une maison-corps dont Ava était le cœur.

Dans le hall d'entrée, sur une commode, trônait la pièce la plus merveilleuse : un couple de minuscules personnages en ivoire, guère plus de cinq centimètres de haut, mais parfaits sur tous les plans, reposant sur une base finement sculptée en forme de lit. Un homme et une femme, nus, enlacés. De l'index, j'effleurai la statuette, suivant la courbe douce du dos de la femme. Et poussai un long soupir. Qu'Ava remarqua, bien sûr. Rien ne lui échappait.

« Encore une preuve que vous avez l'œil, Helen. Cette sculpture est chinoise, XIIe siècle de notre ère. Dans la Chine ancienne, on offrait ce genre de statuette à des membres de la famille royale en cadeau de mariage, comme porte-bonheur. »

Lillian et Sammy étaient assis au pied de sa chaise. Lillian lui léchait les chevilles cependant qu'elle caressait la tête de Sammy, posée sur ses genoux. Ava avait demandé à sa bonne guatémaltèque, Estella, d'enfermer Rocco dans la voiture pendant une demi-heure. « Il devient surexcité », expliqua Ava. C'était le temps mort de Rocco, comme au basket.

« J'appelle ces deux personnages les joyeux fornicateurs parce qu'ils semblent si heureux. Vous devrez les toucher chaque fois que vous viendrez ici. » *Chaque fois*. Autrement dit, il y aurait d'autres visites.

Ce jour-là, le déjeuner fut servi dans le patio par Estella (« ma gouvernante », l'appelait Ava). Elle posa devant nous un plateau de fromages coulants, figues et baguette de pain chaud, suivi d'une salade de poires-endives et d'une soupe crémeuse au poivron rouge.

« Je ne pourrais pas vivre sans Estella, dit encore Ava, tandis que la "gouvernante" retournait dans sa cuisine. C'est un membre de la famille. *Mi corazón.* »

Assise dans son fauteuil, face au jardin – le bruit de l'eau courant sur les pierres, les oiseaux, les chiens joyeux, au loin la voix de Swift au téléphone, une conversation qui suscitait de grands éclats de rire –, Ava ne me demanda pas comment la photographe que j'affirmais être se retrouvait à passer des plateaux de rouleaux de printemps à un vernissage. Ni ce qu'il était advenu du fils que j'avais photographié chaque nuit pendant une année, révélation qui m'avait tant bouleversée le jour précédent. Quand elle me proposa un verre de chardonnay et que je lui répondis que je ne buvais pas, elle ne fit aucun commentaire.

J'avais redouté ses questions sur ma vie passée. Elle n'en posa aucune. Ce qui l'intéressait, c'était ma vie *actuelle*. Elle voulait savoir comment parvenir à faire de moi une femme heureuse et pleine de succès, ce qui n'était clairement pas le cas maintenant. Puisqu'elle-même semblait connaître un bonheur radieux et une totale réussite, j'ai résolu ce jour-là de suivre ses instructions. Sur tout.

« Nous devons vous procurer une vraie vie », me dit-elle. Comme s'il s'agissait de m'acheter un corsage ou un article de cuisine.

Si elle semblait se désintéresser de mes origines, elle ne parlait pas non plus des siennes. Au fil du temps, j'ai appris qu'elle avait vécu dans l'Ohio, mais je ne l'ai jamais entendue mentionner ses parents. Avait-elle des frères, des sœurs ? La question n'était pas d'actualité. Si je ne m'étais pas tant souciée de dissimuler ma propre histoire, j'aurais peut-être prêté plus d'attention à ce trait de caractère, mais le fait est que ce qui m'attirait tant chez Ava, entre autres choses, c'était qu'elle ne réclamait pas d'explication. Je pouvais inventer une nouvelle histoire.

Les Havilland collectionnaient des tas de choses. Des œuvres d'art, certainement. Ils possédaient un Sam Francis et un Diebenkorn, un cheval de Susan Rothenberg et un Eric Fischl (noms inconnus de moi jusqu'alors) ainsi qu'un dessin de Matisse, cadeau de Swift pour l'un de leurs anniversaires de mariage, et trois gravures érotiques de Picasso datant de la fin de sa vie. (« Incroyable, non ? disait Ava. Il avait quatre-vingt-dix ans quand il les a faites. C'est ce que veut être Swift quand il aura cet âge. Un vieux bouc en rut. »)

Il n'y avait cependant pas que des œuvres de prix sur leurs murs. Ava avait un faible pour l'art brut : art singulier produit par des gens singuliers (tels les sans-abri, surtout ceux dotés de chiens), reflet d'une vie difficile. Juste sous le Diebenkorn pendait le tableau de l'un des artistes autistes exposés à la galerie où nous nous étions rencontrées – un bocal à poissons dans lequel nageait une femme au regard fixe.

Ava voulut me montrer une collection de photos qu'ils venaient d'acheter : portraits en noir et blanc de prostituées parisiennes pris dans les années 1920. Quelque chose dans le visage de l'une de ces femmes, m'affirma-t-elle, lui évoquait le mien.

« Elle est si belle. Mais elle ne le sait pas. Elle est coincée. »

J'ai examiné la photo de plus près, tâchant de découvrir cette ressemblance.

« Certaines personnes ont juste besoin qu'un être plus fort qu'elles les encourage et les dirige, a-t-elle ajouté. C'est trop dur de tout faire seul. »

Je n'ai pas eu besoin de parler. Mon visage a dû le faire pour moi.

« Voilà pourquoi je suis là », a-t-elle conclu.

6

Ava avait trente-huit ans – le même âge que moi maintenant, ce qui était de bon augure, disait-elle – quand elle avait rencontré Swift. Elle n'avait encore jamais été mariée. N'était pas sûre de le vouloir.

« Je n'étais pas dans cet état d'esprit. La veille de notre rencontre, j'avais couru un marathon. Ma vie était formidable. Je voyageais dans le monde entier. J'avais des amants stupéfiants. Mais quand j'ai rencontré Swift, j'ai su que c'était incomparable. Il dégageait une telle puissance. Une force magnétique. Je la sentais avant qu'il entre dans une pièce. Avant que sa voiture s'engage dans l'allée, je savais qu'il arrivait. »

Il avait été marié auparavant, à la mère de son fils, et il venait juste d'en finir avec cette malheureuse affaire. « Si je vous disais la fortune qu'il lui a laissée, vous ne le croiriez pas. La maison seule valait douze millions de dollars. Plus la pension alimentaire. »

Mais l'essentiel, c'est qu'il avait récupéré sa liberté. Et qu'ils s'étaient connus, Ava et lui.

« Deux semaines après notre rencontre, Swift a vendu sa société et les bureaux de Redwood City.

Pendant les six mois qui ont suivi, nous n'avons pour ainsi dire pas quitté le lit. C'était si intense que je croyais parfois en mourir. »

J'essayais d'imaginer comment on pouvait passer six mois au lit, ou même un jour entier. Qu'est-ce qu'on faisait pendant tout ce temps ? Comment ça se passait pour les choses ordinaires : les courses, la lessive, et tout le reste ? Je me sentais si ignorante, si ordinaire. Bornée. Je m'étais longtemps raconté que j'avais aimé Dwight et, si je me laissais aller, les souvenirs me revenaient d'une époque où l'essentiel, semblait-il, était de vivre avec lui, mais la femme que j'étais devenue croyait qu'elle ne connaîtrait plus jamais la passion, se demandant même parfois si elle l'avait réellement connue.

« Juste avant mon quarantième anniversaire, nous avons affronté la première épreuve de notre couple. (Ava se versait son deuxième verre de blanc, moi je sirotais ma San Pellegrino.) Avoir un enfant ou pas. »

Elle se voyait bien en avoir un. Swift savait qu'il n'en voulait pas.

« Pas tant parce qu'il en avait déjà un que parce qu'il ne voulait pas me partager avec qui que ce soit. Il refusait tout ce qui pouvait amoindrir notre relation. Et j'ai fini par admettre qu'il avait raison. »

Puis ce fut l'accident. À cause d'une voiture, si j'ai correctement entendu. En fait, seuls les mots « blessure à la colonne vertébrale » m'ont frappée. Ils m'expliquaient tout. Elle n'avait aucun espoir de récupérer ses jambes, et n'imaginait plus avoir d'enfant.

« C'était il y a longtemps, a-t-elle conclu. Douze ans. » Elle a rajusté le bracelet-menotte en argent sur son poignet fin et élégant, comme pour signifier que le sujet était clos.

« Nous avons une vie fabuleuse, reprit-elle. Et pas à cause de cette maison, de la propriété du lac Tahoe, du bateau ou de tout le reste (de la main, elle indiquait le jardin, la maison d'amis, la piscine). C'est drôle la façon dont vont les choses. Sans cet accident, je n'aurais jamais su ce que deux personnes sont capables d'expérimenter ensemble. La profondeur du lien qui les unit. » Désormais, elle se consacrait à Swift. Et aux chiens.

Existait-il un chien dans ma vie ? (Ava n'employait jamais l'expression « avoir un chien ». La relation avec un chien était réciproque, sans notion d'appartenance. La plupart des êtres humains n'expérimentaient probablement jamais – même avec un amant, un parent ou un enfant – cette sorte de consentement inconditionnel, de dévotion qu'un chien offre à celui ou celle qui partage sa vie. Encore que ce que Swift lui apportait s'en rapprochait.)

La seule souffrance que vous infligeaient les chiens, c'était de mourir. Car ils mouraient, bien sûr.

Dans son patio ce jour-là, son fauteuil roulant orienté vers le soleil, Ava ne semblait pas trouver gênant de faire tous les frais de la conversation.

« Prenez Sammy », par exemple. À onze ans, il était le plus âgé des trois. Grâce à l'attention qu'Ava portait à son régime alimentaire, au bon état psychique qu'il devait à l'amour dont il était entouré (un facteur qu'il ne faut jamais sous-estimer), il vivrait encore de très nombreuses années. Enfin – elle hésita – plusieurs.

La plupart des gens n'étaient pas condamnés à vivre tout en sachant qu'ils survivraient à leurs enfants. Tandis qu'avec les chiens…

« Nous avons été confrontés à cette peine, bien sûr. » Elle me conduisit alors dans la salle à manger pour me montrer le portrait, commandé par Swift à son intention, des deux chiens – un boxer et un corniaud – qui avaient précédé le trio actuel. Le tableau occupait la presque totalité d'un mur, face à la grande table en noyer.

« Alice et Atticus. Deux des meilleurs chiens qui aient jamais existé. »

Je contemplai le tableau en hochant la tête.

« Revenez vite, n'est-ce pas ? J'aimerais voir quelques-unes de vos photos. Peut-être pourrez-vous en faire de nos chiens ? Vous dînerez avec nous. »

Ainsi, non seulement elle s'intéressait à mes photos, mais surtout elle désirait me revoir. Quel bonheur ! J'ai évité de me demander pourquoi quelqu'un d'aussi extraordinaire qu'Ava désirait m'avoir pour amie. Elle prétendait avoir décelé quelque chose de particulier sur mon visage – qui rappelait celui de la prostituée parisienne qu'elle m'avait montrée. Peut-être simplement le besoin qu'on vienne à mon secours. Or elle avait l'habitude de recueillir les animaux abandonnés.

7

Toute jeune, quand les gosses de ma classe me demandaient où était mon père, j'inventais une histoire. C'était un espion. Le Président l'avait envoyé en mission en Amérique du Sud. Ou bien il faisait partie d'une petite équipe de scientifiques sélectionnés pour passer les cinq années suivantes dans un abri en plein désert, à réaliser des expériences pour le bien de l'humanité.

J'ai aussi raconté – plus tard, dans une autre école – que mon père s'était noyé dans un tragique accident, en allant récupérer des prisonniers de guerre américains laissés en plan sur une île du Pacifique après la guerre du Viêtnam. Il les avait chargés sur un radeau qu'il tirait à l'aide d'une corde coincée entre les dents tout en nageant dans des eaux infestées de requins.

Plus tard encore, au lycée, je me présentais simplement comme une orpheline, seule survivante de l'accident d'avion où avaient péri mes parents.

La raison de ces inventions était simple. Même tragiques, mes histoires étaient bien meilleures – couvrant un grand champ d'intérêts, pleines d'émotions, de dévotion, de sacrifices héroïques, de promesses d'avenir grandiose – que celles de mes véritables origines. Je préférais l'idée de catastrophe ou de dévastation à la réalité, terne et si banalement triste : ni mon père ni ma mère ne s'intéressaient beaucoup à moi. Très tôt, il m'était apparu que ma présence troublait leurs projets. Pour autant qu'ils en aient eu.

Gus et Kay (je les appelais par leur prénom, selon le désir de ma mère) s'étaient connus à dix-sept ans et avaient divorcé quatre ans plus tard – j'avais déjà trois ans. Je ne garde quasiment aucun souvenir de ces années-là, juste la vague image d'un mobil-home avec un ventilateur au plafond tournant sans arrêt. Et d'une garderie où me déposait Kay pour des journées entières, si bien que la directrice rangeait dans un casier des vêtements de rechange à mon intention. (Tout comme, plus âgée, je mettrais une brosse à dents dans ma poche dans l'espoir qu'une copine d'école m'inviterait à passer la nuit chez elle. N'importe quel endroit valait mieux que celui où je vivais.)

Je me rappelle les masses de sandwichs fourrés à la saucisse et de barres chocolatées. Une station de radio diffusant les tubes des années 1970 et la télé allumée en permanence. Des vieux tickets de loterie empilés sur le comptoir du coin cuisine, jamais le numéro gagnant. L'odeur de marijuana et de vin renversé. Des piles de livres de bibliothèque sous mon édredon : ce sont eux qui m'ont sauvée.

Je connaissais si peu Gus que j'aurais été incapable de le désigner au cours d'une séance d'identification dans un de ces postes de police où il a atterri à plusieurs reprises. Il est venu nous voir deux fois en tout, dont l'une quand j'avais treize ans et qu'il bénéficiait d'une libération sur parole (une affaire d'escroquerie aux chèques bancaires). Une douzaine d'années plus tard, il téléphona inopinément, disant qu'il souhaitait mieux me connaître. Trois jours après, il ne s'était toujours pas montré. J'avais cru à sa promesse, j'étais anéantie. À plusieurs reprises je me suis fait des illusions, jusqu'à ce que je comprenne qu'il ne viendrait jamais. (D'autres hommes venaient, mais pour Kay. Et aucun n'est resté très longtemps.)

En grandissant, j'ai appris au moins une chose : comment ne pas ressembler aux deux êtres responsables de ma naissance. Je voulais aller à l'université. Avoir un bon job, une activité que j'aimerais. Et, plus que tout, vivre dans une vraie maison, fonder une famille. Avoir des enfants que j'élèverais bien entendu autrement que je ne l'avais été.

Dès que j'ai eu l'âge de faire du vélo, j'ai pris le chemin de la bibliothèque municipale. Outre les livres, il y avait des cabines où l'on pouvait regarder des films, écouteurs aux oreilles. Nous avons fini par posséder un magnétoscope. Quand Kay était abrutie par l'alcool ou en vadrouille avec un homme – ce qui arrivait fréquemment –, je me passais et repassais les cassettes que j'empruntais à la bibliothèque, et j'ai continué même après que nous avons quitté le mobil-home pour un appartement de location. Évidemment, c'était une façon de m'évader du monde dans lequel je vivais.

Après avoir vu *Sabrina*, j'ai inventé une histoire faisant d'Audrey Hepburn ma grand-mère. Les gosses de ma classe ne savaient peut-être pas qui c'était, mais leurs mères, si. J'ai raconté à l'une d'elles que je passais mes vacances d'été dans sa maison en Suisse et que je l'avais accompagnée en Afrique, dans l'un de ses voyages pour l'Unicef. (Un truc que j'ai appris sur l'art de bien mentir : remplir son histoire d'un maximum de détails les plus véridiques possible. Qu'Audrey Hepburn fût ou non grand-mère, aux yeux des gens qui savaient qu'elle travaillait pour l'Unicef, l'écart entre le mensonge et la vérité n'était pas énorme.)

Compte tenu du temps que j'étais censée passer auprès de ma grand-mère de fabrication, il ne fallait pas s'étonner que je parle avec un accent rappelant celui de Sabrina (anglais mâtiné de français) et que je porte des ballerines.

Un jour d'été, je suis tombée à la piscine municipale sur une copine de classe et sa mère. (Je me suis demandé, une fois de plus, l'effet que ça faisait d'avoir le genre de mère qui vous accompagne à la piscine, vous passe de l'huile solaire sur le dos et vous apporte des sandwichs.) Qui s'est étonnée que je ne sois pas en Suisse. « J'y vais la semaine prochaine », ai-je répondu. Après quoi, je n'ai plus remis les pieds à la piscine.

Des années plus tard, alors que j'étais à la fac (grâce à une bourse), la nouvelle est tombée qu'Audrey Hepburn était morte d'un cancer et cette femme m'a envoyé un mot de condoléances. Dans ma lettre de remerciements, je lui ai raconté que j'avais hérité un collier de perles de ma grand-mère, cadeau de l'un de ses multiples adorateurs : Gregory Peck. Collier que je chérirais jusqu'à la fin de mes jours.

Il m'aurait été plus difficile de maintenir ces bobards si j'avais eu de bons amis, ce qui n'était pas le cas – ce manque s'expliquant peut-être par ma volonté de rester secrète. Les étudiants sur le campus se montraient cordiaux envers moi, mais je ne me rapprochais de personne – d'ailleurs comment l'aurais-je pu ? Je travaillais d'arrache-pied afin de conserver la moyenne, condition indispensable pour ne pas perdre ma bourse. J'étais en section lettres, avec une option photographie, et je m'étais inscrite à un atelier d'écriture de scénarios. Pour quelqu'un qui ne cessait d'inventer des histoires, ça faisait sens.

L'atelier était dirigé par un réalisateur-scénariste, à qui on devait un unique film dans les années 1970. Les séances se tenaient dans des salles de conférence d'hôtels. À la fin du cycle, il m'a invitée à prendre un café – impressionné, affirmait-il, par ma connaissance de l'histoire du cinéma. Le café a débouché sur un dîner, qui déboucha à son tour sur une balade en voiture le long de l'océan, au cours de laquelle il me raconta qu'il en avait marre des studios et de la façon dont ils saccageaient son œuvre, de tous ces gens superficiels qu'un artiste devait cajoler s'il voulait pouvoir réaliser son film. Son dernier projet était de la merde, dit-il encore. Son mariage était de la merde. Hollywood était de la merde. C'était si rafraîchissant de rencontrer une fille comme moi, qui continuait d'éprouver la même passion que lui, jadis, pour les films. Moi, je continuais d'appeler ça le cinéma.

Jake se mit à me téléphoner de Los Angeles, à m'envoyer des lettres. Je ne me suis jamais demandé si j'aimais cet homme, stupéfaite comme je l'étais que, simplement, il s'intéresse à moi. Stupéfaite et flattée bien sûr. Un jour il m'a dit : « Viens me retrouver à Palm Springs », et quand j'ai reçu le billet d'avion j'y suis allée. Je n'avais pas encore imaginé que je pouvais choisir les orientations de ma vie. J'attendais de voir ce que les gens voulaient de moi, et si l'on me faisait une suggestion, je l'acceptais.

Il me dit qu'il était en train de quitter sa femme. Qu'il l'avait déjà quittée. Que nous pourrions réaliser des films ensemble, qu'il serait mon mentor. Qu'il viendrait me prendre en voiture sur le campus, un porte-bagages sur le toit suffirait pour transporter mes affaires. J'en avais si peu. « Désormais, je suis ta famille. La seule dont tu auras besoin. »

Une semaine plus tard, renonçant à ma bourse, je suis allée vivre avec lui. Et six mois après, Jake est retourné auprès de sa femme. Pour moi, l'université, c'était fini. De la part d'une personne qui avait inventé tant d'histoires, on aurait pu s'attendre à ce qu'elle sache reconnaître les mêmes penchants chez quelqu'un d'autre. Or j'avais totalement cru en cet homme et, après son départ, j'ai erré longtemps en état de choc, persuadée que je n'avais pas mérité l'amour d'un type aussi brillant. Je portais toute la responsabilité de l'échec.

Pendant notre vie commune, Jake m'avait offert un Nikon et donné quelques leçons sur la lumière et la composition, les lentilles et la vitesse d'obturation. J'ai réussi à décrocher un boulot consistant à photographier des équipements de camping pour un catalogue. Travail d'un ennui mortel mais temporaire, du moins c'est ce que j'imaginais, le principal étant d'avoir quitté l'appartement de Kay et de n'avoir plus jamais à y retourner.

Étant donné que je n'avais ni argent, ni instruction, ni relations à part l'homme qui ne répondait plus à mes appels téléphoniques, l'idée de travailler dans l'industrie du cinéma semblait désormais irréalisable. Dès que j'ai eu assez d'économies, j'ai acheté une paire de bonnes lentilles. Me disant que j'allais raconter mes histoires image par image, en quelque sorte. Exercice où je me suis révélée plutôt douée, ce qui m'a permis de trouver des emplois. Pas géniaux, mais je gagnais suffisamment ma vie pour pouvoir m'offrir un petit appartement.

Je passais des heures à arpenter les rues au hasard, en prenant des photos. C'est à l'occasion d'une de ces balades que j'ai rencontré Dwight. Il travaillait chez un courtier en prêts hypothécaires, dont les bureaux jouxtaient le magasin d'un vendeur de matelas. J'avais garé ma voiture juste devant, attirée par le spectacle de l'une de ces jeunes femmes que les commerçants engagent pour un salaire minimum et qui, vêtues d'un costume ridicule, gesticulent et dansent sur le trottoir afin d'attirer le client.

Quelque chose chez cette jeune femme-ci m'avait émue, une certaine ressemblance avec moi. (Ce pourrait être moi, me disais-je. Je pourrais plonger aussi bas.) J'ai braqué mon Nikon.

C'est à cet instant que Dwight s'est approché. « Super appareil », a-t-il dit.

Une entrée en matière pas particulièrement originale, mais il était bel homme, il avait des manières ouvertes, simples et exubérantes, bien utiles dans sa profession. Par la suite, je découvrirais le revers de son affabilité : elle s'appliquait à n'importe qui, du moins tant que la personne visée restait à portée d'oreille. Payé pour faire des numéros, sur un mode amical, il cultivait une façon de s'exprimer qui rappelait celle des présentateurs sur les chaînes de radio commerciales. Toujours chaleureuse, optimiste. Du moins en surface. Ce qu'elle camouflait, à chacun de le deviner, ce que je ferais ultérieurement – une découverte peu réjouissante.

La première fois que Dwight m'a invitée à dîner, il m'a parlé de sa famille à Sacramento : quatre autres frères McCabe et une sœur, tous très liés. Non seulement ses parents ne s'étaient jamais quittés, mais ils s'aimaient toujours. Quand ils se réunissaient en famille – et ils se réunissaient beaucoup –, ils s'amusaient, jouaient aux charades et au foot, échangeaient des cadeaux loufoques sous le sapin de Noël. Ses parents habitaient toujours la même maison, celle où Dwight avait grandi, avec des marques au crayon sur le montant de la porte de la cuisine, indiquant la croissance des six enfants. Exactement mon rêve de famille.

« J'ai parlé de toi à ma mère, me dit Dwight quand il m'invita de nouveau à sortir. Je lui ai raconté ton enfance et ton adolescence difficiles, sans père et avec une mère pas beaucoup là, et tout le reste. Elle m'a fait promettre de t'amener au dîner familial du dimanche. »

Ses parents allaient m'adorer, m'affirma-t-il. La façon que j'avais de raconter des histoires. J'étais drôle. Et puis jolie. Personne ne me l'avait encore dit.

Ce dimanche à Sacramento, j'étais si heureuse que j'en ai perdu l'appétit – mais je me rappelle avoir bu plus que d'habitude, juste pour me détendre : la mère de Dwight avait fabriqué un cocktail caraïbe à base d'ananas. Je n'ai pas pu me résoudre à lui dire que j'étais végétarienne. J'ai d'ailleurs décidé sur-le-champ que je ne l'étais plus.

« Aimez-vous cuisiner ? » m'a-t-elle demandé. Désormais, la réponse serait oui.

Le week-end suivant, Dwight m'a conduite au chalet de sa famille dans la montagne. Il a allumé un feu de cheminée, nous a fait griller une truite, et la question de savoir dans quel lit je coucherais ne s'est pas posée.

« J'ai toujours voulu une fille comme toi », m'a-t-il dit.

Quel genre de fille ? aurais-je voulu demander. Mais peu importait. Je serais le genre qu'il souhaitait. Peut-être cet empressement à m'adapter, selon ce que l'on attendait de moi, lui a-t-il fait croire que j'étais la partenaire idéale. Bien entendu, je ne l'ai compris que plus tard.

Je n'avais pas ce qu'on appelle une meilleure amie, mais j'ai confié à la directrice de la boîte de catalogues pour qui je prenais des photos de gadgets technologiques que j'avais rencontré un homme qui voulait m'épouser.

« Vous êtes amoureuse ? »

J'ai répondu oui. Encore maintenant, je ne suis pas absolument sûre que cela ait jamais été le cas. Très tôt, je m'étais interdit tout espoir démesuré, j'avais pris l'habitude de me laisser guider par quiconque semblait plus expérimenté que moi. Il suffisait qu'un homme de belle allure, chaleureux et apparemment équilibré s'intéresse à moi pour que je le trouve intéressant. Je me trouvais chanceuse et éprouvais une extrême reconnaissance non seulement envers Dwight – pour l'amour qu'il me portait, cet homme heureux et normal, si accoutumé à vivre une vie sans accroc que son expression favorite était : « c'est tout bon » – mais autant, sinon plus, envers toute cette famille qui semblait m'accueillir comme l'un des siens.

Six mois après le début de notre relation, j'ai découvert que j'étais enceinte. Devenir mère, fournir un membre supplémentaire à la tribu McCabe, dont les marques de croissance s'ajouteraient aux autres sur la porte de la cuisine, pouvais-je rêver mieux ? Je n'ai pas réfléchi que cet événement, comme tant d'autres dans ma vie, je ne l'avais pas voulu, juste laissé se produire.

La première fois que j'ai vu mon mari piquer une colère, j'étais enceinte de huit mois. J'avais arrêté de travailler. Nous roulions sur l'autoroute, direction Los Angeles où avait lieu le mariage de son cousin. La voiture qui nous suivait a heurté le pare-chocs de la nôtre. Le visage de Dwight s'est assombri, il est resté un instant immobile, mais j'ai compris que quelque chose bouillonnait. Il est sorti de la voiture et s'est mis à hurler, à traiter la conductrice d'idiote, à donner des coups de pied dans sa portière. Qui était l'homme que j'avais épousé ?

J'ai bientôt commencé à comprendre le processus. Si Dwight était fatigué ou stressé – ce qui lui arrivait souvent –, il s'en prenait à la première personne venue. En général, c'était moi. Simplement parce que j'avais cassé sa chope de bière ou que j'avais oublié d'acheter du beurre de cacahuète. Il se comportait alors comme un homme ivre, sans l'excuse de l'alcool.

Mais nous avions un bébé. Je pensais n'avoir rien d'autre à demander à la vie que d'être la mère de cet enfant, et d'appartenir à la famille de son père. Ma belle-mère avait inscrit la date de ma naissance dans un carnet réservé à cet effet (« parce que tu es une McCabe maintenant »). Sur la même page, elle notait aussi des choses du genre : taille des vêtements, couleur favorite – en prévision des cadeaux, je suppose. Je m'appliquai à noter sa propre date de naissance et à l'appeler Mom, ce qui ne me fut pas difficile puisque je n'avais jamais appelé personne de ce nom, y compris la femme qui m'avait donné la vie.

Comme Dwight avait obtenu une promotion professionnelle, je me contentais de m'occuper d'Ollie qui venait d'avoir six mois – le prenant en photos sous tous les angles, heureuse de me contenter de cette routine : promenade, bain, jeux sur le tapis, changement de couche, re-promenade, changement de couche, encore des jeux. La banalité de ma vie en réalité m'excitait. Je découvrais que j'étais bonne à quelque chose, en l'occurrence materner mon enfant.

À ce stade, j'avais appris à esquiver la colère de mon mari ou à la chasser de mon esprit avec un verre de vin. Bizarrement, les périodes de calme me déconcertaient plus que ses hurlements, car dans ses crises de colère il semblait au moins exprimer de réelles émotions. Au téléphone, avec l'un de ses clients ou l'un de ses frères à Sacramento, le ton de sa voix ne changeait jamais. Optimiste, alerte, même lorsqu'il devait annoncer à un jeune couple que sa demande de prêt avait été refusée. (« Nous élaborerons un autre plan. C'est tout bon. ») Un ton valable pour ses parents, pour moi, pour notre fils.

Un jour, en tirant des photos que j'avais prises à une réunion de famille, je me suis rendu compte avec étonnement que, sur chacune, l'expression de Dwight était identique. Quand il rentrait du travail, ce qu'il me disait semblait l'écho de formules entendues à la télé. Je ne connaissais pas réellement l'homme que j'avais épousé, et lui ne me connaissait certainement pas. Notre couple commençait à sonner creux.

C'est par mon fils que j'ai eu la révélation de ce que signifie aimer vraiment. J'ai compris que je n'étais pas tombée amoureuse d'un homme, mon mari, mais de l'image de la vie que je pourrais avoir grâce à lui, ce qui me rendait responsable autant que lui de l'échec de notre mariage. En fait, nous n'avions rien en commun. J'étais juste bonne à prendre des photos. La vie à travers le viseur de mon appareil.

J'avais trente-trois ans – et notre fils un peu plus de deux ans – quand Dwight, en rentrant un soir, me dit qu'il avait quelque chose à m'annoncer : il était tombé amoureux d'une de ses collègues de travail. Il s'en voulait, mais Cheri et lui étaient des âmes sœurs. Il débitait cette information sur le ton du présentateur de télé rapportant un tremblement de terre ou du Monsieur Météo annonçant la pluie pour le prochain week-end : un fait inéluctable. « J'aurais souhaité que les choses se passent différemment, me dit-il. Mais c'est ainsi. L'existence réserve ce genre de facétie. »

Dwight sortit de ma vie aussi vite qu'il y était entré. Cette sortie, dont les signaux d'alarme m'avaient échappé, était à l'évidence arrangée depuis longtemps, car il partit le week-end suivant.

Ce qui me causa le plus grand choc, ce ne fut pas son départ mais d'en découvrir les effets sur ma relation avec sa famille. Que j'avais commencé à prendre pour la mienne. De constater à quel point je m'étais laissé berner, et de quels faibles instincts je disposais pour détecter une imposture.

Ma première réaction avait été d'appeler la mère de Dwight, m'imaginant qu'elle pourrait le convaincre de donner à notre couple une deuxième chance. Du moins pour Ollie.

« Je déteste devoir te dire ça, Helen, me répondit-elle. Mais on voyait venir la chose depuis quelque temps déjà. On ne peut pas donner le sentiment à son mari qu'il est nul et espérer qu'il restera insensible si une autre s'amène, qui le considère de nouveau comme un homme exceptionnel. Pas étonnant qu'il ait eu des accès de mauvaise humeur. »

Je ne fus plus jamais invitée aux dîners du week-end. Ollie allait voir la famille, mais seulement accompagné de son père.

Ma mère, Kay, s'était remariée et vivait en Floride – l'homme, Freddie, se versait son premier cocktail vers 11 heures, pour ne plus s'arrêter de la journée, ce qui probablement la confortait dans sa propre dilection pour le gin tonic. Les années qui avaient suivi la naissance d'Ollie, j'avais choisi de passer les Noëls dans la famille de mon mari plutôt que d'affronter les inévitables nuits d'ivresse et les gueules de bois. Après le départ de Dwight, je suis allée passer les vacances à Daytona Beach, avec le mince espoir de renouer une sorte de lien familial. J'ai même apporté une sélection de mes photographies, sur lesquelles Kay a jeté le même œil distrait qu'on accorde à un magazine *people* chez le coiffeur. Ollie, qui désirait tant avoir un chien, a passé le plus clair du temps à jouer avec le shih tzu de ma mère.

Au deuxième jour de notre visite, en rentrant des courses, j'ai trouvé Kay, déjà bien imbibée à en juger par son allure, en train de regarder un film de Quentin Tarantino. À côté d'elle, affalé sur le canapé, Ollie agrippait sa couverture.

Quand j'ai protesté que ce n'était pas le genre de chose qu'il convenait de lui laisser voir, elle a lâché : « Tu sais où est la porte. »

8

Il y a peut-être une part d'hérédité. Dans ce cas, c'est une mauvaise hérédité.

Je savais depuis longtemps déjà que l'alcool me procurait une certaine détente, un réconfort, de courte durée certes, dans les moments où j'en avais bien besoin. Mais c'est après le départ de Dwight, durant l'hiver très froid qui suivit, que j'ai commencé à boire sérieusement.

J'attendais qu'Ollie soit couché et, au début, je ne m'autorisais qu'un verre. Je n'étais pas ivre, le vin m'aidait juste à gommer les aspérités de la journée, il ne supprimait pas le chagrin, il en atténuait le côté lancinant. Alors, je me versais un second verre, qui ouvrait la voie au troisième. Certaines nuits, je buvais une bouteille entière.

Souvent, désormais, je m'endormais sur le canapé, le verre renversé sur le sol. Je me réveillais avec un mal de tête que j'ai appris à éviter par la suite en prenant un comprimé de paracétamol la veille.

Je ne buvais pas durant la journée. Et jamais en présence d'Ollie. Je voulais que mon fils soit certain qu'il comptait plus que tout dans ma vie et, surtout, qu'il se sente en sécurité avec moi.

Nous dînions sur une petite table roulante en regardant des films – pas seulement Walt Disney ou des dessins animés, mais aussi Charlie Chaplin et Laurel et Hardy – ou bien assis par terre, sur une couverture de pique-nique. La table de salle à manger était jonchée de matériel de dessin et d'expériences scientifiques pour enfants, les livres de bibliothèque s'empilaient tout autour. Parfois nous partions en expédition photographique – pas pour des lieux banals, le zoo ou la plage, mais dans un entrepôt de ferrailleur, une pépinière ou, l'endroit favori d'Ollie, une boutique d'animaux afin d'observer les chiens et choisir celui qu'il adopterait si notre copropriété autorisait la présence d'animaux domestiques. Les week-ends, nous cuisinions ensemble : pâtes, tacos ou pizza maison. Il se pelotonnait sur mon lit, je lui faisais la lecture, surtout des contes ou des poèmes de notre auteur préféré, Shel Silverstein, et s'il s'endormait, je le laissais passer la nuit près de moi.

Au début, je ne buvais que lorsque la journée avait été particulièrement difficile – visite de Kay débarquée inopinément de Floride, frais de réparation de ma voiture qui avaient lessivé mon compte en banque. Le soir où j'appris (par mon fils) que Cheri, la femme de son père, attendait un enfant, l'appel de la bouteille se fit particulièrement pressant.

Ollie endormi, je prenais la bouteille sur l'étagère du haut dans le placard. Rien qu'à tourner le tire-bouchon, je sentais les bienfaits de ce léger brouillard que procure le premier verre. Sans homme dans ma vie, le vin me servait de compagnon.

Ollie approchait de ses cinq ans quand la catastrophe s'est produite. C'était une de ces nuits – de plus en plus fréquentes – où j'avais vidé une bouteille entière. Mais, même si j'étais complètement abrutie sur le canapé, un son pénétrait toujours ma cervelle : la voix de mon fils.

Cette nuit-là, allongé dans son lit, il geignait en se tenant le ventre. Les brumes de l'alcool ne m'ont pas empêchée de reconnaître les signes d'une appendicite. J'ai transporté Ollie dans la voiture, l'ai installé sur le siège du passager, enveloppé dans une couverture, j'ai bouclé la ceinture.

Nous n'étions qu'à quelques minutes de l'hôpital quand j'ai aperçu la lumière bleue du gyrophare. Ma première pensée : excès de vitesse. En constatant l'état d'Ollie, le policier comprendrait.

Mais le flic m'ordonna de sortir de la voiture.

« Je veux vous voir marcher, me dit-il.

— Je dois conduire mon fils à l'hôpital. Il a l'appendicite.

— Vous ne le conduisez nulle part. Si le gosse est malade, j'appelle une ambulance. »

Il me fit compter à rebours, de cent à un. Me demanda de suivre des yeux, sans bouger la tête, le mouvement de son doigt devant mon visage. J'entendais Ollie m'appeler et geindre.

L'ambulance arriva quelques minutes plus tard. Entre-temps, le policier m'avait passé les menottes. Et cela, malgré sa douleur, Ollie l'avait vu.

La police, il la connaissait surtout par le biais du cinéma : les gens qu'elle arrêtait avaient en général commis des actes abominables. « Ma m'man, c'est pas un méchant ! » cria-t-il. Ils m'ont poussée à l'arrière de leur véhicule, cependant que les portes de l'ambulance se refermaient sur le brancard où Ollie était allongé. En me conduisant au poste, le policier me demanda le numéro de téléphone du père de mon fils.

Ce fut donc Dwight qui fut présent pendant l'opération et ensuite au chevet de notre enfant, à son réveil. Sa mère, mon ex-belle-mère, me téléphona : « Je remercie Dieu d'avoir veillé sur Oliver, Helen. Parce que, à l'évidence, tu ne le faisais pas. »

Quatre jours plus tard – Ollie était de retour à la maison et j'attendais l'avis de retrait provisoire de mon permis de conduire –, j'ai reçu la lettre d'un avocat m'indiquant l'intention de mon ex-mari de réclamer la garde complète de notre fils. « Pour évidente inaptitude maternelle. »

Le tribunal désigna une tutrice *ad litem* – dont la présence était jugée indispensable pendant les interrogatoires qu'Ollie aurait à subir. Malgré mes faibles moyens, j'ai engagé un avocat – avec pour première conséquence trente mille dollars de dette. Pour le jour de la comparution, je me suis payé un tailleur, le plus strict que j'aie pu trouver au dépôt-vente. Dwight est arrivé avec mes ex-beaux-parents, plus une demi-douzaine d'autres membres de la famille, plus Cheri, en fin de grossesse. En m'accueillant à l'extérieur de la salle, mon avocat m'affirma qu'il était très optimiste. Puisqu'il s'agissait d'un premier délit, le juge autoriserait sûrement Ollie à continuer de vivre avec moi, les week-ends étant réservés à son père.

Il faisait chaud ce jour-là dans la salle du tribunal. Je sentais la sueur perler sous ma veste de tailleur, la ceinture du collant s'incruster dans ma chair. Je m'étais trompée de taille, car je n'en achetais plus depuis des années. J'écoutai chaque avocat s'exprimer, bien qu'ayant beaucoup de mal à me concentrer.

Je m'imaginais en photographe officielle, mandatée pour tirer le portrait de tous ces personnages, comme si je ne faisais que mon travail et que ce ne fût pas ma vie de mère qui se jouait là.

La tutrice *ad litem* parla en premier. Elle avait la forte impression, dit-elle, que le désir exprimé par mon ex-mari de se voir confier l'éducation d'Ollie émanait avant tout de ses propres parents. C'est eux qui le poussaient à réclamer la garde de l'enfant. Oliver racontait que son père s'emportait beaucoup contre lui, que sa belle-mère le laissait s'amuser toute la journée à des jeux vidéo tandis que son père jouait au golf. Fondamentalement, c'était à moi qu'Oliver était attaché. Elle allait plus loin en affirmant que, si je m'engageais à participer régulièrement aux réunions des Alcooliques anonymes et à me soigner, elle ne doutait pas que je pouvais redevenir une mère responsable. En conclusion, elle préconisait qu'on me confie la garde principale de notre fils, avec droit de visite régulier accordé à son père.

Puis ce fut au tour du juge de parler et, à la minute où il ouvrit la bouche, je sus que j'étais en mauvaise posture.

« Il est peut-être vrai que la mère a toutes sortes de bonnes intentions concernant l'éducation de son fils. Je peux juste espérer qu'elle les mettra à exécution. Or elle a abondamment prouvé à ce jour qu'elle est trop sous l'emprise de l'alcool pour être capable d'agir selon ses intentions. Elle a mis la vie de son fils en danger. Ainsi que celle de n'importe quel citoyen sur les routes. »

Il se lança ensuite dans un discours sur les conducteurs en état d'ivresse, avec force statistiques à l'appui. J'étais parfaitement sobre bien sûr – je n'avais pas bu un verre depuis la nuit de mon arrestation –, mais j'ai eu l'impression que la salle du tribunal tournait autour de moi.

« Je vais outrepasser mon strict rôle de magistrat, poursuivit le juge en me regardant, pour rapporter une histoire personnelle. Il y a quatre ans ma femme, alors âgée de trente-quatre ans, a été tuée par un conducteur ivre. »

J'ai fixé mon avocat. N'était-ce pas l'un de ces moments où il était censé se lever et protester ? À l'évidence, non.

« Je me suis longuement interrogé, continua le juge, pour savoir si, compte tenu de mon histoire personnelle, je ne devais pas me récuser dans cette affaire, et je suis parvenu à la conclusion diamétralement inverse. Mon expérience des conséquences d'un homicide commis au volant et le fait que la mère ici présente aurait pu facilement supprimer une vie, voire plusieurs, la nuit où elle conduisait sous emprise de l'alcool, contribuent à me dicter ce que doit être un jugement, une justice prudente dans un cas comme celui-là. »

De la suite, et elle fut encore longue, je n'ai retenu que les dernières paroles.

« Je ne peux autoriser une mère qui a mis la vie de son fils en péril à conserver la garde de l'enfant, en conséquence je l'accorde, pleine et entière, au père et à sa nouvelle épouse, qui ont prouvé leur capacité à fournir ce que la mère ne peut pas assurer : un foyer stable et solide. »

Les murs de la salle se resserraient autour de moi, mes poumons cherchaient de l'air. Mon avocat m'a touché l'épaule. Quelque part, j'ai entendu une voix familière s'exclamer : « Dieu soit loué ! » – c'était celle de ma belle-mère. Ni elle ni aucun autre membre de la famille de Dwight ne m'a adressé la parole en quittant le tribunal. Ni ce jour, ni jamais plus.

On m'accorda un droit de visite pendant les week-ends, soumis à l'approbation de mon ex. Interdit à l'enfant de monter en voiture avec moi. Interdit de passer la nuit chez moi. On me prescrivait des cours sur l'éducation des enfants. Ainsi qu'une psychothérapie. Pour moi comme pour mon fils, qui avait subi le traumatisme de vivre avec un parent alcoolique.

La séance fut levée. J'ai posé ma tête sur la table, ne voulant pas voir le petit sourire pincé de Cheri, assise comme une madone, les bras encerclant son ventre de fin de grossesse, le regard navré de mon avocat, peut-être moins à cause du sort qui m'était échu que parce qu'il se rendait compte qu'il pourrait se passer un certain temps avant qu'il touche ses honoraires.

On m'avait retiré mon permis de conduire pour dix-huit mois. Ce qui signifiait aussi la perte de mon boulot. La seule façon que j'avais de me rendre à Walnut Creek pour retrouver Ollie était le bus, le petit train touristique, un taxi, ou un conducteur bénévole.

Chez les Alcooliques anonymes – j'assistais régulièrement aux séances grâce à la gentillesse de membres de l'association qui venaient me chercher –, j'ai appris des tas de choses sur la lutte que mènent ceux à qui leur dépendance à l'alcool fournit le moyen de supporter les jours et les nuits. La rapidité avec laquelle j'ai pris la décision d'arrêter avait quelque chose de stupéfiant, aussi stupéfiant que ma capacité à m'y tenir. Renoncer au vin n'était rien comparé à ce que je perdais par ailleurs. L'essentiel : mon fils.

9

En dehors des séances des Alcooliques anonymes, je m'efforçais de ne pas parler de ce qui m'était arrivé. Mais cet après-midi-là, dans le patio des Havilland – Ava assise en face de moi dans son fauteuil, l'odeur des gardénias dans la coupe en cristal taillé posée sur la table, l'un des chiens qui me léchait la cheville –, tout est sorti. Et quand je suis partie – le soleil déjà bas sur l'horizon, Ava me fourrant dans les mains un bocal de soupe maison et un pull-over (« exactement ta couleur ») qu'elle affirmait ne jamais porter, me disant de ne pas oublier notre dîner du vendredi suivant dans un restaurant italien que Swift et elle adoraient –, j'avais tout déballé. Mon enfance. Mon mariage. La perte de mon fils. Mes courtes visites du samedi, et surtout le fait qu'il semblait de plus en plus distant, comme muré.

« Je n'imagine même pas la possibilité d'avoir un homme dans ma vie. La seule chose qui compte, c'est de récupérer Ollie. Il faudrait que j'engage un avocat, mais je n'ai même pas encore fini de payer le précédent.

— Les choses vont s'améliorer, m'a assuré Ava. Quand je me mets en tête de résoudre un problème, rien ne m'arrête. »

Mes confidences ne se sont pas arrêtées non plus.

J'ai raconté la journée où Ollie avait quitté notre appartement, emmené par son père. Je ne voulais pas qu'il me voie pleurer, mais quand Dwight est arrivé (en interpellant notre fils à la manière d'un animateur de jeux radiophoniques, comme à son habitude), il m'a été impossible de cacher à quel point j'étais bouleversée.

« Nous nous reverrons avant que tu aies eu le temps de dire ouf », ai-je affirmé. Assis raide à l'arrière de la voiture, son hamster en cage sur les genoux (seule concession de son père : il pouvait emporter Buddy à Walnut Creek), il détournait la tête, ce qui me permettait de voir qu'il suçait son pouce.

Le juge m'accordait six heures de visite deux samedis par mois, sous condition d'approbation du père. Même si j'avais disposé de mon permis de conduire, je n'aurais pas eu le temps d'emmener Ollie chez moi et de le ramener à Walnut Creek pour le dîner (puisque, comme je l'ai déjà dit, il m'était interdit de le garder pour la nuit). Mon petit garçon, qui naguère dormait une mèche de mes cheveux enroulée autour d'un doigt, était devenu quelqu'un que je voyais de temps à autre, selon le bon vouloir de son père. Au début, il s'accrochait à moi quand je repartais, me suppliait de l'emmener. Désormais, c'est à peine s'il me parlait quand j'arrivais.

J'avais déménagé dans un plus petit appartement, à Redwood City – très sombre, dans un piètre voisinage, mais moins cher et d'où l'on accédait plus facilement aux transports publics. Je participais chaque soir à la réunion des A. A. Je tricotais des pull-overs pour mon fils, qu'il n'a probablement jamais portés. Pour gagner ma vie, je photographiais les enfants des autres.

Je regardais la télé, des shows stupides, j'allais beaucoup au cinéma.

J'avais une seule amie, Alice. Rencontrée à l'occasion d'une soirée privée où l'on m'avait engagée comme extra, peu après mon divorce, alors qu'Ollie vivait encore avec moi. Les week-ends qu'il passait avec son père, je prenais des boulots d'appoint afin d'avoir assez d'argent pour l'emmener en vacances, dans le Montana par exemple, où nous pourrions découvrir les sites des dinosaures répertoriés dans le *National Geographic.*

Alice était un peu plus âgée que moi et divorcée elle aussi (depuis si longtemps qu'elle avait oublié à quoi ressemblait son mari, depuis si longtemps que de la mousse devait envahir son vagin, ou même, si ça se trouve, des bernaches – c'était sa façon de parler).

Elle avait une fille à l'université, Becca, qui ne revenait quasiment plus jamais chez elle. La présence de Becca dans la vie d'Alice se manifestait principalement sous forme de factures, pour des achats de chaussures ou des voyages avec des amis, dont le montant était prélevé mensuellement sur le compte de sa mère – laquelle, pour s'en sortir, louait une chambre de sa maison à un professeur à la retraite (côté romanesque, aucune perspective) et économisait sur la nourriture en se préparant des ragoûts qui duraient une semaine.

Du temps d'Ollie, Alice venait chez nous pour des soirées pizza, on jouait tous les trois au Monopoly, on regardait des vieux films à la télé ou bien une vidéo de Michael Jackson (*Thriller* notamment), qu'on essayait d'imiter. Après le départ d'Ollie, nous avons pris l'habitude, Alice et moi, d'aller au cinéma au moins une fois par semaine. Nous achetions de grands pots de pop-corn et, pour elle, un paquet de raisins secs.

Alice avait renoncé aux hommes, ou presque, depuis longtemps, et ne faisait plus aucun effort pour conserver sa silhouette. Elle était charpentée de nature, grande et la culture physique ne l'avait jamais intéressée.

« Je devrais me laisser mourir de faim juste pour me faire peloter par un imbécile avec trois poils sur le caillou ? Je préfère garder ma graisse. »

C'était le genre d'amie avec qui il n'arrive jamais rien d'excitant. D'un caractère tranchant, elle était néanmoins drôle et généreuse. Je pouvais lui faire confiance. En sortant du cinéma, nous allions prendre un verre dans un bar à côté – vin pour elle, soda pour moi – et traînions encore une heure ou deux. Une fois, deux hommes s'étaient arrêtés à notre table et avaient demandé s'ils pouvaient se joindre à nous. Deux types sans rien de remarquable, mais qui ne semblaient pas des ratés complets.

« Salut, les filles, a dit l'un, en commençant à se glisser dans notre box. Et si on vous offrait un verre ? »

J'aurais volontiers accepté, mais Alice a secoué la tête.

« Feriez mieux d'épargner votre argent et d'aller vous rincer la bouche ailleurs. »

Nos soupirants ne s'attendaient probablement pas à ce que deux femmes comme nous – pas vraiment des gros lots – fassent à ce point leurs difficiles.

Nous avions aussi l'habitude de bavarder au téléphone presque chaque matin en prenant notre café. Sans avoir grand-chose de neuf à nous raconter puisqu'on se parlait chaque jour, mais à entendre le son de sa voix je me sentais moins seule.

« J'ai envie d'acheter de nouveaux stores, disait-elle par exemple. Tu ne trouves pas que ces trucs vénitiens sont affreux ? »

Je ressassais mon histoire, revenant sur la scène du tribunal, déplorant de n'avoir pas eu un meilleur avocat, de n'avoir pas bénéficié d'une deuxième chance. J'étais allée voir une femme des services sociaux de San Marco, qui n'avait pas pu me procurer d'aide juridictionnelle, et le nouvel avocat que j'avais consulté exigeait dix mille dollars de provision.

La plupart du temps, désormais, quand j'arrivais à Walnut Creek je trouvais Ollie dans sa chambre, en train de s'amuser avec son ordinateur. Dwight était absent, soit parce qu'il jouait au golf, soit parce qu'il participait à des visites groupées de maisons à vendre – où il laissait sa carte aux acheteurs potentiels. Je connaissais l'exercice. À son retour, racontait Ollie, il râlait s'il voyait traîner des jouets. Cela aussi, je connaissais. Ainsi que la colère qui éclatait quand les choses n'allaient pas comme il le voulait. « Salaud », disait Alice. Ce qui n'arrangeait rien, mais c'était réconfortant d'entendre quelqu'un prendre mon parti.

Même si je voulais parler d'autre chose que de la perte de mon fils, j'étais à court de sujets. Je mentionnais un rendez-vous chez le dentiste ? Alice enchaînait sur Becca et son projet de voyage au Mexique avec des amis pour les vacances de printemps.

Un bavardage de couple. Le train-train quotidien. (Encore que, plus tard, il me serait impossible d'imaginer Ava et Swift Havilland échangeant ce genre de propos, ce qui soulignerait à quel point ma vie était insipide. Ou l'avait été.) Toutefois, malgré la banalité de nos échanges, Alice demeurait la seule personne à qui je pouvais vraiment me fier. Aussi fidèle qu'un chien, disait-elle. Celle que j'appelais quand l'absence d'Ollie me donnait trop envie de pleurer.

10

Après le départ d'Ollie, j'ai emballé dans des cartons et des sacs-poubelle puis rangé dans un placard tous les objets dont la vue m'était devenue insupportable : le tabouret sur lequel il s'asseyait pour m'aider à faire la cuisine, le tableau noir et le chevalet, le matériel de dessin, sa cape de Spider-Man. Plus rien ne m'obligeait à garder son aquarium, ni à décorer la porte du frigo de lettres aimantées composant une série de proverbes burlesques. Quand le vieux lecteur de CD s'est cassé, je ne l'ai pas remplacé.

Je possédais un vieil appareil photo numérique, dont je l'autorisais à se servir. Un jour, j'ai commis l'erreur de regarder les photos qu'il avait prises – son hamster, sa chambre, un gâteau que nous avions cuisiné ensemble et qu'il avait glacé de toutes les couleurs de l'arc-en-ciel. Je n'ai plus jamais touché à cet appareil.

En s'installant chez son père, Ollie abandonna l'espoir d'avoir un chien (ils foutent la pagaille et coûtent un max en frais de vétérinaire, disait Dwight). Il fut autorisé à apporter son hamster, mais ce n'était pas la même chose. Non plus que le robot offert par sa belle-mère qui, affirmait-elle, possédait toutes les bonnes qualités d'un chien sans les inconvénients.

La seule chose à faire c'était d'acheter des piles neuves, de temps en temps.

La technologie régissait maintenant la vie de mon fils. Chaque fois que je téléphonais et demandais à lui parler, il était, semblait-il, plongé dans un jeu vidéo. Outre l'ordinateur, il y avait les manifestations scolaires et d'occasionnelles fêtes d'anniversaire. Mais Ollie me donnait l'impression de ne pas avoir d'amis.

« Cheri n'aime pas que des copains viennent à la maison, me confia-t-il un jour. Elle dit qu'ils font trop de bruit et réveillent le bébé. » En l'occurrence Jared, son demi-frère. Ollie avait remarqué, très vite, la préférence de sa belle-mère pour le bébé. « Quand elle me parle, elle prend la voix de la bonne sorcière du *Magicien d'Oz*. » Le petit rire qui accompagna ces paroles n'en était pas un.

Et puis il y avait la famille de Sacramento, les grands-parents, la tripotée d'oncles, tantes, cousins, continuellement en train de fêter quelque chose : un anniversaire, une réussite à un examen ou une nouvelle grossesse – invariablement le samedi soir. Qu'avais-je à offrir à mon fils en échange ?

Un samedi matin sur deux, conduite par Alice, je venais le chercher, nous allions au jardin public, puis nous mangions une pizza ou de la cuisine mexicaine. Parfois Alice se joignait à nous, parfois elle bouquinait dans la voiture en m'attendant.

Le fait est qu'Ollie en avait vite assez du jardin, il n'avait plus l'âge des toboggans. Nous allions au bowling de temps en temps, mais il visait mal, ce qui l'énervait. « Je préfère ma console. » Sur laquelle il jouait au stock-car, dernière application en date.

Mon rêve le plus cher était de passer avec mon fils un temps qui ne soit pas programmé. Une vie ordinaire, en somme. Faire les courses, le sécher quand il sortait de sa douche, ne pas manger obligatoirement au restaurant. Un jour que je l'avais emmené nager à la piscine du Holiday Inn (grâce à un coupon d'entrée gratuite découpé dans le journal) et que je voulais l'aider à enfiler son slip de bain, je me suis rendu compte que je n'avais pas vu son petit corps nu depuis plus d'un an. Mais Ollie m'a repoussée : « J'aime pas qu'on me regarde. » Je me sentais seule au bord d'un rivage, regardant au fil des mois mon fils dériver sur un petit bateau, loin, toujours plus loin de moi.

J'ai fini par récupérer mon permis de conduire. Un matin, je suis allée le chercher, et j'ai failli ne pas le reconnaître. Certes, il avait toujours son expression de chien battu, mais il arborait une de ces chemises ridicules avec inscription du genre : *Petit emmerdeur* ou (cadeau de mon ancienne belle-mère, évidemment) *Ma grand-mère est allée à Las Vegas et tout ce qu'elle m'a rapporté, c'est cette chemise idiote*. Sans compter une coupe de cheveux au bol, laissant une large plage de peau rasée autour des oreilles, qui du coup paraissaient encore plus grandes et lui donnaient un air niais.

« Ça te plaît ? » me demanda-t-il. Le ton seul laissait entendre combien il se sentait misérable.

« Ne t'inquiète pas, ils repousseront. »

Parfois sa façon de parler, son air méfiant et les regards de biais qu'il me lançait sous ses longs cils féminins me rappelaient son comportement envers ma mère et son mari pendant nos horribles visites en Floride. Je lui étais devenue aussi étrangère qu'eux. Pire même : un objet de suspicion.

À cette époque, j'avais trouvé un job de photographe pour une boîte spécialisée dans les portraits d'écoliers – sur papier glacé –, ces images que les parents achètent par paquets pour distribuer à la famille. Poussés par une sorte d'étrange sentiment de culpabilité mêlé de superstition, craignant que leur enfant ne se sente mal-aimé au cas où ils ne le feraient pas alors que les parents de ses petits camarades ont déjà rempli le bulletin de commande et envoyé leur chèque. Et que ça lui porte malheur. Au bout d'un certain temps, mon employeur effaçait les fichiers. Qui voudrait que le visage souriant de son enfant (frange récemment coupée, épi aplati et brèches dans les gencives) finisse dans la poubelle d'un ordinateur ?

Quand j'avais commencé à étudier la photographie, je n'avais certes pas pour but de tirer le portrait de trois cents enfants en un jour, mais je devais, maintenant, trente-quatre mille dollars à mon avocat (pour le divorce), plus un découvert de quelques milliers de dollars sur mon compte bancaire, à quoi s'ajoutait la prime d'assurance – exorbitante – de la voiture. J'avais donc terriblement besoin de l'argent que me rapportait ce job. Une autre raison me poussait à travailler autant : rien n'était plus pénible ni plus triste que de me retrouver seule avec mes pensées et d'avoir suffisamment de temps libre pour maronner sur le gâchis qu'était devenue ma vie.

Là où j'habitais, sur le même palier, j'avais pour voisins d'un côté un jeune couple avec un enfant de trois ans et des bébés jumeaux, de l'autre un vieil homme nommé Gerry qui gardait la télévision allumée à longueur de journée et une bonne partie de la nuit.

Il préférait Fox News et ripostait continuellement au présentateur. « Foutus libéraux ! Flinguez-les tous, voilà c'que je dis, moi. » Pour ma part, j'essayais de lire ou de parler à Ollie au téléphone. Sur quoi les jumeaux piaillaient, leur mère, Carol, se mettait à pleurer, une minute plus tard j'entendais la porte claquer, à l'évidence le mari en avait eu assez. De toute façon, mes conversations avec Ollie tournaient court. Il répondait à mes questions – sur sa journée à l'école ou ses sorties avec d'éventuels copains – par monosyllabes. Parfois, je comprenais qu'il était devant son ordinateur : les *beep beep crunch* des super-héros ou des monstres le trahissaient.

« À quoi joues-tu ?

— À rien.

— Qu'est-ce que Mr Rettstadt vous a appris récemment ?

— Bof !

— Tu me manques tellement, Ollie. »

Silence. Les mots apparemment lui faisaient défaut, pour autant qu'il eût envie de s'exprimer.

Là-dessus, les jumeaux braillaient.

Jadis, nous en aurions ri tous les deux. Je l'imaginais imitant Gerry, le poing brandi en direction du téléviseur : « Ça, c'est bien envoyé, Rush ! » (Rush Limbaugh[1], évidemment.)

Maintenant, dans mon petit living sombre, j'absorbais les cris ou les odeurs qui filtraient sous la porte. La plupart du temps, le soir, j'appelais Alice ou je retouchais mes photos de la journée. Puis j'allais me coucher.

1. Journaliste, éditorialiste politique très conservateur. Son show radiophonique est très populaire.

11

Tout allait si mal dans ma vie à l'époque quc l'idée de trouver un compagnon me paraissait incongrue. L'essentiel était de rester sobre et de récupérer mon fils. Ma vie sociale se limitait quasiment aux réunions des Alcooliques anonymes. Aussi, lorsque je me suis inscrite sur le site Match.com, ce fut surtout au titre de divertissement.

Il fallait bien entendu dresser son autoportrait. Après avoir envisagé plusieurs versions de mon histoire, plus captivantes les unes que les autres (à ce petit jeu, j'étais très bonne), j'ai opté pour la vérité, ou presque – omettant la conduite en état d'ivresse et la procédure qui s'en était suivie. Sous la rubrique : « Hobbies », j'ai mentionné la photographie et le vélo, même si je n'avais photographié que les enfants des autres depuis un an et si mon vélo se couvrait de poussière. J'ai dit mon âge réel, et que j'avais un fils – celui que la chose n'effraierait pas d'emblée finirait pourtant par comprendre en lisant la suite que mon fils ne vivait pas avec moi. Comme image, je n'ai pas choisi – au contraire de beaucoup d'autres, semblait-il – un cliché de moi à vingt ans, ou un portrait en robe de cocktail, voire en jean ultraserré, la mine aguichante. Je me suis prise moi-même en photo en plaçant mon appareil sur un trépied, dans la kitchenette de mon appartement, sous l'éclairage d'un néon.

Et j'ai décidé d'ajouter à ce mauvais autoportrait des photos, prises longtemps auparavant, de paysages que j'aimais. Ainsi qu'une autre, due à mon ex-mari, nous montrant Ollie et moi dans un restaurant de Point Reyes, après une longue randonnée dans la réserve des élans. Je l'ai choisie parce qu'on m'y voit rire aux éclats, ce qui contraste avec mon air sérieux habituel.

Le personnage que je révélais ainsi, sous le pseudonyme « L'instantanée », semblait si ennuyeux que je n'imaginais pas que quelqu'un pût s'y intéresser. Je l'ai quand même mis en ligne et, presque malgré moi, je me suis prise au jeu. Désormais, les soirs où je restais à la maison, c'est-à-dire le plus souvent, installée devant mon ordinateur, je faisais défiler les messages.

Jambonneau : « J'ai vu votre portrait, vous semblez quelqu'un de bien. Je cherche une femme chaleureuse, au bon cœur, aimant la pêche et la musique gospel. Je suis solidement charpenté, genre “gros nounours”, mais, si je rencontre la fille idoine, j'envisage de m'inscrire aux Weight Watchers. »

Tantrique U : « Ma philosophie est que les gens devraient dépasser leur propre expérience ou ne pas se lier à une seule personne. Je suis en quête d'une relation ouverte, sans les restrictions que la société nous impose et qui veut limiter nos potentialités à exprimer notre complète identité sexuelle. Et vous, qu'en pensez-vous ? »

Pépé BCBG : « Que mon âge ne vous décourage pas de me répondre. » L'auteur du message avouait ses soixante-quatorze ans. « J'ai une pêche d'enfer, sans omettre un tiroir plein de remontants. »

Je laissais la grande majorité des messages sans réponse, à quelques exceptions près, ce qui débouchait éventuellement sur une conversation téléphonique (au grand dam de mon amie Alice). Il me fallait en général à peine une minute pour comprendre que la personne au bout du fil n'était pas mon genre, mais couper la conversation se révélait parfois difficile. Un jour que j'avais réussi à raccrocher sur un « Je crains que nous soyons mal assortis », une réponse de trois pages a dégringolé dans ma boîte mail. Les qualificatifs dont son auteur usait à mon sujet auraient dû me laisser indifférente, puisque nous ne devions jamais nous rencontrer, pourtant ils m'ont perturbée.

« Salope mangeuse d'hommes. » (Le type signait : « Rêveur d'impossible. ») « Je connais les filles de ton genre. Personne n'est jamais assez bon pour vous. Et puis, j'ai pas voulu le dire avant, mais ça te ferait pas de mal de perdre quelques kilos, mon chou. Sans compter que tu n'es pas un perdreau de l'année. Et c'est quoi cette histoire de gosse ? C'est quoi une mère qui ne vit pas avec son gamin ? »

Parfois ces hommes envahissaient mes rêves. Mais aussi, beaucoup plus déconcertant, leurs femmes : les ex dont ils parlaient tant, des années après le divorce. Et dont je me disais qu'elles me plairaient probablement plus que leurs ex-maris. J'imaginais ce que le mien dirait de moi s'il allait sur un site de rencontres. Ou ce qu'il en dirait à Cheri. Voire à Ollie.

Elle a un problème d'alcool. C'est triste de constater les dégâts que peut entraîner l'abus de ces substances sur la vie d'un individu. Bien sûr elle vient d'une famille de paumés. Si tu voyais sa mère, tu comprendrais pourquoi elle est complètement déboussolée.

Sur ce point, il avait raison. À l'exception d'Alice, et d'Ollie évidemment, je n'avais personne. Je me sentais seule au monde.

Tel était mon état d'esprit quand j'ai fait la connaissance des Havilland.

12

Quelques jours après ma première rencontre avec Ava à la galerie de peinture, Alice m'avait téléphoné.

« Qui était la femme à laquelle tu parlais, celle dans le fauteuil roulant ?

— Ava est une amatrice d'art. Elle m'a invitée à aller chez elle voir sa collection.

— Et tu vas y aller ? » Je n'ai pas dit à Alice que c'était déjà fait.

« Elle possède les tirages originaux de célèbres photos de prostituées. Elle prétend que je lui en rappelle une.

— Oh, génial !

— Elle veut que je lui parle de mes travaux de photographe.

— Elle a aussi invité des artistes handicapés mentaux ? »

Un relent d'amertume dans la voix d'Alice, que je connaissais. Comme si elle était jalouse.

« Des déficients intellectuels, pas des handicapés. Eh bien, non, elle n'en a pas invité.

— Donc pour toi, c'est un sacré privilège.

— Je pense que je lui ai fait un peu pitié. Probable que je n'entendrai plus jamais parler d'elle. »

Sauf que c'était faux. J'avais noté la date dans mon agenda dès mon retour chez moi, comme s'il y avait le moindre risque que je l'oublie : dîner avec Ava et Swift vendredi prochain, Chez Vinny. Donc, je mentais.

« Je croyais que nous devions sortir ensemble hier soir ? » a dit Alice.

J'avais tout bonnement oublié. Nous avions projeté d'aller voir le nouveau film des frères Coen.

« Écoute, il y a un boulot fou dans ma boîte. Je te rappelle dès que ça se calme.

— Bien sûr. » À sa voix, il était évident qu'elle ne gobait pas mon excuse. Mon boulot était ennuyeux, jamais fou. « Donne-moi des nouvelles. »

Je ne l'ai pas rappelée. Et, la fois suivante où elle m'a reproposé d'aller au cinéma avec elle, j'ai répondu que j'étais occupée. En fait, Ava et Swift m'avaient invitée à dîner, dans un autre restaurant : le Mediterranean. Quand, pour la troisième fois, j'ai refusé de sortir avec elle (les Havilland ne m'avaient invitée nulle part mais je l'espérais, et ça suffisait), Alice a compris.

« Apparemment, tu es devenue la fille qu'on s'arrache », a-t-elle conclu.

13

« Nous pourrions peut-être nous occuper de ta garde-robe », m'a dit Ava. C'était un samedi matin, et je venais d'arriver pour travailler à un projet photo. Estella m'avait déjà versé un jus de fruits frais et tendu une assiette contenant un muffin, tout juste sorti du four. Swift se préparait pour son cours de qi gong. « Ne te laisse pas martyriser. Moi, j'aime les femmes en jogging. »

Même quand elle n'envisageait pas de sortir, Ava s'habillait de façon séduisante. Ce jour-là, elle portait un corsage en soie peinte à la main et un pantalon de lin, plus un collier en argent et des boucles d'oreilles assorties.

« J'ai enfilé ce qui m'est tombé sous la main, ai-je dit pour justifier mon vieux T-shirt et mon pantalon informe.

— Ça n'a pas d'importance quand on ne fait que présenter des plateaux d'amuse-gueules ou laver des toilettes. Simplement, on se sent mieux quand on porte quelque chose de beau.

— Je crois que je ne pense plus beaucoup à ça. » Ce qui était faux. J'aimais les jolis vêtements. Sauf que je n'en possédais aucun.

« Il s'agit de te mettre en valeur, Helen. Pour que le monde sache qui tu es vraiment. »

J'avais beau être déjà venue souvent dans cette maison, je n'étais encore jamais montée à l'étage. Elle me poussa dans l'ascenseur conçu pour elle. « Il est temps que tu visites mon dressing. »

Le dressing en question avait la taille, ou presque, de mon appartement. Un mur était consacré aux chaussures. (Même si elles ne lui servaient pas à marcher.) Une bonne centaine de paires, rangées – grâce à Estella, sans nul doute – par couleurs, plus une quantité de bottes de cow-boy alignées sur le sol. Puis il y avait le mur des foulards, des chapeaux et des sacs à main. Un casier plein de pull-overs en cachemire de toutes les couleurs, le jaune excepté. Ava détestait le jaune. Puis venaient les corsages de soie, les tuniques indiennes, les pantalons de soie flottants qu'elle appréciait parce qu'ils dissimulaient la maigreur de ses jambes, et les robes longues. Elle possédait aussi des vêtements simples – encore que de la meilleure qualité. C'est dans cette catégorie qu'elle chercha quelque chose pour moi.

« Nous devons te trouver un bon pantalon noir. Article basique. Séduisant, sexuellement attirant. Ensuite tu peux porter n'importe quoi avec. »

Elle prit sur un cintre un pantalon de lin noir d'une forme épurée. « Nous avons à peu près la même taille. » Du casier à pull-overs elle retira un cachemire – d'un bleu ciel changeant –, puis me tendit une écharpe, mauve et verte, parcourue d'un fil bleu, un accessoire que je n'aurais jamais imaginé porter. Ensuite vinrent la jupe – en cuir noir – et une paire de bottes, noires aussi.

« Je ne peux pas accepter ça », dis-je. J'avais repéré l'étiquette et palpais le cuir d'une douceur exquise.

« Bien sûr que si. Cette jupe reste pendue inutilement. J'adorerais te voir avec. »

Ce n'était pas tout : elle me tendit une robe plutôt longue, nouée à la taille (« Un peu conventionnelle, mais tu pourrais la mettre pour sortir avec un type genre banquier ») et une autre, son exact opposé – courte, décolleté plongeant, épousant les formes.

« Cette robe-là, me dit-elle, il faut la porter sans rien dessous. À cause de la marque du slip. Voyons. »

Elle restait là, attendant que je me déshabille. Vaguement gênée, j'ai ôté mon T-shirt.

« Oh, seigneur, ton soutien-gorge. Tu es plus plantureuse que moi, donc je ne peux pas t'aider. Mais nous devons absolument rendre visite à Miss Elaine. »

La conseillère d'Ava, question lingerie. Un soutien-gorge bien adapté faisait toute la différence, m'expliqua-t-elle.

J'ai enlevé mon pantalon de jogging.

« Tu as un cul superbe, remarqua-t-elle. Mais je le savais déjà. C'est la première chose que Swift a dite à ton sujet. »

J'ai enfilé le nouveau pantalon. Comme elle l'avait deviné, il était un peu trop long, sinon il m'allait à la perfection. Idem avec le cachemire. Que je caressais des doigts.

« Rien de tel que la sensation du cachemire sur la peau, confirma-t-elle. Enfin presque rien. »

Devant la glace, j'ai noué l'écharpe autour de mon cou.

« Essaie ça. » D'un tiroir elle sortait une paire de boucles d'oreilles : des anneaux d'argent, et la menotte assortie.

« Fabuleux, dit-elle en refermant le bracelet sur mon poignet. On pourrait te prendre pour moi. »

Non pas qu'il y eût la moindre ressemblance entre nous, mais je comprenais ce qu'elle voulait dire. « Moi, avec quinze ans de moins et de formidables nichons. »

Elle rit. Une longue trille, comme de l'eau cascadant sur des roches.

« Et en état de marche », ajouta-t-elle.

14

À l'époque de ma rencontre avec Ava, je sortais – encore que pas souvent – avec un dénommé Jeff, directeur de banque, connu sur Match.com (pseudonyme : « SaitLeFaire »). Toujours pas divorcé et, surtout, manifestant si peu d'enthousiasme envers moi – à vrai dire, il ne m'enthousiasmait pas non plus des tonnes – qu'il était évident que cela ne nous mènerait nulle part.

Néanmoins, tant que j'étais en sa compagnie, je n'écrivais pas à mon ex-mari ces longues lettres que je n'expédierais jamais, ni ne pleurnichais au téléphone avec Alice sur l'absence de mon fils ou les cours d'éducation parentale, que, sur ordre du tribunal, je devais suivre deux fois par semaine, où l'on nous énumérait les activités qu'il convenait de pratiquer avec un enfant. (*Faire des découpages. Lire tous les deux à haute voix le soir au coucher. Assister aux séances de lecture en bibliothèque.*) Un jour, ils nous ont distribué des recettes de snacks « drôles et sains » – œufs durs façonnés en clown, bâtonnets de céleri et de carotte en forme de bonshommes, avec une tomate cerise en guise de tête. (« Un jour, Ollie et moi avons fabriqué des chips avec des bouts de papier », aurais-je voulu crier à l'enseignant qui semblait avoir vingt ans.)

« Tu as toujours été une mère géniale, m'avait dit Alice. Tu étais juste déprimée – ce qui est compréhensible. Et une nuit tu as trop bu. Histoire banale.

— Non, c'était plus que ça.

— Le flic ne t'aurait probablement pas arrêtée si ton feu arrière n'avait pas été naze. Tu n'étais même pas en excès de vitesse. »

Présenter des excuses était un type de comportement négatif, nous expliquait notre conseiller des A. A. Le premier pas vers la sobriété consistait à admettre ce qu'on était.

Je m'appelle Helen. Je suis alcoolique.

Jeff venait chez moi le mardi soir. La première fois, nous n'avions pas fait l'amour, ensuite c'était devenu une routine. Dîner thaï ou pizza, puis séance télé avec retransmission d'un match de base-ball, puis au lit.

Le mardi qui suivit ma rencontre avec Ava, j'ai appelé Jeff à son travail.

« Je ne peux pas te voir ce soir.

— Qu'y a-t-il ? Tu es malade ? »

Je ne voulais pas le voir, ai-je dit. Ni ce soir ni demain. Jamais plus. Il accepta la nouvelle avec la même absence d'émotion apparente ou de curiosité qu'il avait manifestée durant notre brève liaison. Ne cherchant pas à connaître les raisons de ma décision ni à les contester. La minute d'après j'avais raccroché, à la fois furieuse contre moi-même d'avoir passé si peu de temps que ce fût avec un tel personnage et soulagée d'en avoir terminé.

J'ai attribué à Ava le mérite de cette décision. Nos quelques rencontres m'avaient révélé une façon de vivre totalement différente de la mienne. Qui n'était peut-être pas à ma portée, mais partager son existence avec un être (homme ou femme) dont la seule présence transforme l'ambiance de la pièce où vous vous trouvez – quelqu'un qui pense la même de chose de vous – semblait l'unique perspective qui en vaille la peine. Sinon, mieux valait rester seule.

Avant de rencontrer Ava, j'étais quasiment arrivée à la conclusion que ma situation était sans espoir et que, quoi que je fasse, rien ne changerait jamais. Ava me permettait de croire en un avenir prometteur, la preuve la plus convaincante étant que Swift et elles désiraient en être partie prenante.

Nous nous étions connus début décembre, maintenant Noël approchait. J'avais assisté au concert de fin d'année à l'école d'Ollie : les enfants en bonnet de père Noël chantaient « Frosty, le petit bonhomme de neige ». Ensuite, Ollie était invité à une fête chez un garçon de sa classe. Je me suis contentée d'aller l'embrasser. Je fêterais Noël avec lui une autre fois.

Je savais ce qu'il désirait comme cadeau, bien sûr, toujours le même : un chien. Et que Dwight n'y consentirait jamais. Un jour, j'avais vu un homme, dans une rue de San Francisco, faire des tours étonnants avec une sorte de yo-yo et l'idée m'avait séduite d'offrir à mon fils (pour le changer de ses jeux vidéo) un objet sans rapport avec le monde de l'électronique. Sauf que, rentrée chez moi, j'ai été incapable de reproduire un seul des tours accomplis par le bonhomme dans la rue. J'ai compris que, si je le donnais à Ollie, le jouet traînerait à jamais sous le lit.

Sur un site en ligne j'ai repéré un appareil photo numérique, plus petit et plus léger que celui dont je le laissais se servir naguère. Je nous ai imaginés partant en exploration comme jadis, en quête de lieux et de scènes inhabituels, professeur et élève complices. Une vision revigorante.

Lors de ma visite suivante à Folger Lane, Ava m'a parlé d'un projet qui lui tenait à cœur. Il s'agissait de photographier sa collection d'art, comprenant non seulement les œuvres accrochées aux murs du salon, mais des dessins, des peintures et des sculptures – il y en avait dans chaque pièce de la maison – comme le tableau qu'elle avait acheté à la galerie le soir de notre rencontre, certains sans réelle valeur selon les critères conventionnels, d'autres évalués à des dizaines de milliers de dollars. Une sculpture en bois réalisée par un vieux bûcheron voisinait par exemple avec une gravure de Lee Friedlander, estimée, selon le certificat d'authenticité, à vingt mille dollars. Des caisses s'empilaient, non ouvertes. À tout cela s'ajoutaient un Picasso, un Eva Hesse, un Diebenkorn. Les porcelaines chinoises que j'aimais tant – les joyeux fornicateurs – et que, afin de capter tout leur éclat, je pensais placer sur du velours noir.

J'ai dit à Ava que j'acceptais ce travail à condition de le faire à titre strictement amical. Un moyen de rendre un peu de sa générosité à celle qui en dispensait tant. Il faudrait des heures et des heures, mais peu importait. Je ne manquais pas de temps libre, et où souhaitais-je le passer plus que dans cette maison ? Mais Ava a insisté pour me rétribuer. Quarante dollars l'heure, soit beaucoup plus que ce que je gagnais à tirer des portraits d'écoliers.

« Tu me rends un immense service. Ça fait une éternité que je voulais faire ce truc, mais Swift ergote tant sur qui peut ou ne peut pas entrer chez nous que je n'avais encore trouvé personne qui lui convienne pour ce genre de boulot. Il t'aime vraiment beaucoup. »

Je fus flattée, bien sûr. Qu'un homme comme Swift m'eût remarquée était déjà en soi surprenant. Mais ce qui comptait par-dessus tout, c'était évidemment d'avoir mérité l'attention d'Ava.

15

Les semaines passèrent. Dwight et Cheri emmenèrent Ollie et le petit Jared à Disneyland, puis à Sacramento, puis chez les parents de Cheri quelque part dans le sud de la Californie, et quand j'ai demandé à voir mon fils Dwight m'a sermonnée : Ollie devait passer du temps auprès de ses grands-parents, qui ne rajeunissaient pas. « Je déteste devoir te dire ça, Helen, mais Ollie n'est plus très à l'aise en ta compagnie. Nous pensons que le meilleur pour lui, c'est un environnement familial solide. »

Naguère, après une secousse de ce genre, je me serais précipitée vers le placard pour en sortir une bouteille de vin. Désormais j'attrapais le téléphone et j'appelais Ava. Ou je filais directement à Folger Lane.

Un jour, pourtant, j'ai appelé Alice. Un nouveau film tiré d'une œuvre de Jane Austen venait de sortir et je lui ai dit qu'elle était la seule personne avec qui je souhaitais le voir. Un mensonge, mais Jane Austen, ce n'était pas le genre d'Ava.

Nous avons passé une agréable soirée, encore que, me suis-je rendu compte, je n'aie parlé que des Havilland. Nous avons cessé de nous téléphoner. Et comme, grâce au travail que j'effectuais pour Ava, je n'avais plus besoin de jouer les extras dans les cocktails, nous avons cessé de nous voir. Noël est venu, que nous avions l'habitude de fêter ensemble – échangeant des cadeaux de Prisunic et plastronnant en abominables pull-overs à l'effigie du père Noël.

Désormais, quand je pensais à Alice, je me faisais l'effet d'un amant qui a trahi celle qui l'aimait. J'évitais les endroits où je risquais de tomber sur elle. La seule fois où le téléphone a sonné et où son nom s'est affiché sur l'écran, je n'ai pas décroché.

16

J'ai dû attendre la mi-janvier pour voir mon fils. C'était un samedi matin et, comme toujours, la télévision était allumée. Assis par terre, un bol de céréales à la main, Ollie avait les yeux rivés sur l'écran.

« Il fait très beau, ai-je dit. J'ai pensé qu'on pourrait sortir tôt. »

Il ne bougea pas, ne me regarda pas. Qu'était devenu le petit garçon qui à son réveil, une taie d'oreiller drapée autour des épaules en guise de cape, volait à travers ma chambre en criant : « Prêt pour l'atterrissage » ?

Désormais, quand je le serrais dans mes bras, il se raidissait. Visage et regard vides. Et la responsabilité m'en incombait.

« Où on va aller ? » Il avait une voix lasse. Oui, où aller ? Au bowling, au musée pour la jeunesse, au base-ball, au cinéma ?

« Je t'ai apporté un cadeau. » Ton faussement enjoué. « J'ai pensé qu'on pourrait l'essayer. » J'ai posé la boîte avec l'appareil photo à côté de lui. Il continua de fixer la télé.

« Je suis monté sur les montagnes russes, à Disneyland. Maintenant je suis assez grand.

— C'est un appareil photo, ai-je insisté.

— J'en ai déjà un.

— Pas comme celui-là. Celui-là est vraiment génial.

— Oncle Pete m'a emmené aussi au jeu laser. J'avais un fusil robot. Il y avait des éclairs partout. Chaque fois que tu descends quelqu'un, ça recharge ta batterie.

— Tu peux même faire des vidéos avec. »

Il tendit la main vers la boîte, avec autant d'enthousiasme que si elle avait contenu des médicaments ou des chaussettes.

« Tu pourrais m'emmener au parc de loisirs, dans le stand du laser. » On aurait dit qu'il me lançait un défi. Si je l'aimais, je l'emmènerais tirer au fusil laser.

« Je pourrais. Mais j'avais pensé qu'on se verrait plus tranquillement. Tu me manques, tu sais, et ces trucs de laser sont si bruyants que je n'entendrais pas un mot de ce que tu me dirais. »

Il ne m'avait toujours pas regardée en face.

« On ferait semblant de travailler pour le *National Geographic* et on prendrait des photos du haut du Mount Diablo. »

Il s'est enfin tourné vers moi, l'air si triste, si vulnérable. Un instant, il a semblé prêt à craquer, comme un barrage commence à se fissurer quand l'eau s'accumule derrière, déborde et finit par tout inonder. L'instant où mon fils aurait pu tomber dans mes bras et avouer que je lui manquais aussi. Qu'il voulait revenir à la maison. C'est-à-dire avec moi. Où il aurait pu laisser sa tête tomber sur mon épaule, et accepter que je lui caresse les cheveux. Au lieu de quoi il s'est raidi, s'est écarté et son visage a retrouvé son expression de dureté et de colère.

« Prendre des photos, c'est barbant, a-t-il dit. Tu ne m'emmènes jamais dans des endroits amusants. »

Alors je lui ai donné le yo-yo. Ainsi qu'une chemise avec une image de loutre sur le devant – il avait toujours aimé les loutres – et un recueil de poèmes de Shel Silverstein.

« Tu te rappelles ? Shel Silverstein ? Tu aimais beaucoup ses poésies, on les lisait ensemble. »

Il a secoué la tête. Il n'en avait apparemment gardé aucun souvenir. Il devait s'agir d'un autre garçon, d'une autre mère, d'une autre planète que son vaisseau avait quittée depuis longtemps.

Quelque part à l'intérieur du corps de l'enfant qui se tenait devant moi – yeux rivés à l'écran télé, épaules raides, dos courbé, lèvres serrées – il y avait mon fils. Je voulais l'agripper, lui crier : *Sors de là, sors de là !*

« Bon, allons jouer au laser », ai-je dit.

17

On était en mars. Même en leur absence, j'allais chez Swift et Ava plusieurs fois par semaine – assez souvent en tout cas pour que Rocco, qui ne m'aimait pas, ait renoncé à aboyer à mon approche, se contentant de gronder. À titre défensif. Je pouvais entrer : j'avais ma propre clef, accrochée à l'anneau du médaillon que m'avait offert Ava, à l'effigie de Frida Kahlo. Une telle confiance de la part des Havilland me rendait terriblement fière.

La plupart du temps, néanmoins, ils étaient là et m'accueillaient selon un rituel bien établi : embrassades, remise par Ava de l'article, vêtement ou autre, qu'elle avait déniché et qu'elle estimait me convenir parfaitement ; apparition tonitruante de Swift, suivie de sa disparition vers le *pool house* ou direction la séance d'entretien corporel au programme ce jour-là. J'étais avant tout l'amie d'Ava.

Nous nous installions dans le patio, ou dans le jardin s'il faisait assez chaud. Table roulante chargée d'un excellent buffet. Estella savait que, en matière de boisson, je ne prenais qu'un verre de San Pellegrino avec une rondelle de citron vert.

Mon travail pour Ava s'était diversifié : outre la réalisation du catalogue de ses œuvres d'art, je m'occupais des invitations pour telle ou telle soirée qu'elle et Swift organisaient au bénéfice d'une de leurs œuvres de bienfaisance – ils siégeaient au conseil d'administration –, je préparais les cartons de vêtements qu'Ava donnait à un centre de réinsertion pour femmes battues, je discutais avec le jardinier, Rodrigo, du meilleur emplacement pour les cent cinquante bulbes de tulipes commandés spécialement en Hollande.

Parfois, en arrivant, je constatais qu'Ava avait pris sa voiture. Elle emmenait les chiens en promenade ou se rendait à son cours de rééducation, inspiré de la méthode Pilates, avec son entraîneur personnel. Je savais qu'après la séance elle s'arrêterait au refuge des animaux, afin de s'assurer du bon état des chiens. Et, peut-être, rendrait visite à la famille qu'elle avait adoptée – bouleversée par la lecture d'un article de presse relatant l'histoire de cette mère élevant seule quatre enfants après le décès du père tué en combattant un incendie dans le sud de la Californie. Ava leur déposait des provisions une fois par semaine.

Un après-midi que je travaillais depuis des heures au projet de catalogue, j'ai entendu des bruits venant de l'étage situé dans une autre partie de la maison. J'ai d'abord pensé à l'un des chiens, puis je me suis rendu compte qu'il s'agissait de voix humaines. Celles de Swift et d'Ava, dans leur chambre, ignorant apparemment que j'étais encore là et pouvais les entendre. Ou ne s'en souciant pas.

Des cris, des hurlements aurait-on dit, mais plus probablement, tels que je les connaissais, ils devaient tout bonnement faire l'amour.

Cet aspect de leur vie me demeurait zone interdite et, bien que m'en défendant, j'étais obsédée par leur activité sexuelle. Elle me semblait très mystérieuse, dépassant tout ce que j'avais connu ou même étais capable d'imaginer. Si proche d'Ava que j'aie cru l'être à ce stade, j'ignorais les détails de son invalidité – quelle vertèbre était détériorée, et s'il lui restait des sensations, sujet sur lequel je m'interdisais de poser des questions, pas plus que je ne m'enquérais des circonstances de l'accident et s'il lui était arrivé (comment aurait-il pu en être autrement ?) d'envisager sa situation avec désespoir. Le fait d'être condamnée au fauteuil roulant ne semblait ni la ralentir ni la freiner en quoi que ce soit. On pouvait même croire qu'il la dynamisait. Elle accomplissait plus de choses en un jour que la plupart des gens valides que je connaissais.

Certes, elle avait des aides. Le jardinier, le piscinier, des extras à l'occasion. Et désormais, moi. Mais celle qui faisait marcher la maison était sans conteste Estella.

Estella devait avoir mon âge, mais en paraissait davantage. Depuis quand travaillait-elle pour les Haviland, je l'ignorais, en tout cas depuis suffisamment longtemps pour s'être occupée de Cooper bébé, et donc avoir connu la première femme de Swift. Elle était arrivée du Guatemala, adolescente et enceinte, m'avait raconté Ava. Traversant le Mexique, réfugiée sur le toit d'un train, puis convoyée à travers le désert de l'Arizona par un « coyote », un escroc à qui elle avait versé trois mille dollars – tout cela pour que son bébé puisse naître en Amérique. Sa fille Carmen. À qui elle vouait les mêmes sentiments passionnés que Swift à Cooper.

Estella bossait sept jours sur sept – ménage, lessive, repassage, promenade des chiens, courses à l'épicerie, rangement des affaires d'Ava. Son anglais limité ne nous permettait pas de longues conversations, mais lors de notre première rencontre elle m'avait montré fièrement une photo de Carmen. « Elle est citoyenne américaine. Pas juste belle. Brillante aussi. »

La photo montrait une fille ravissante, peau cuivrée et yeux noirs, visage ouvert et intelligent.

« Elle est à l'université. Vous avez des enfants ? »

Souvent je préférais nier que d'expliquer, mais cette femme venue du Guatemala, vivant illégalement aux États-Unis, devait comprendre ce que signifie pour une mère être privée de la présence de son enfant.

« Il vit avec son père.

— Dur, a-t-elle dit, en portant la main à sa poitrine. Ma Carmen, c'est mon cœur. »

Pendant des années Carmen avait accompagné sa mère chez ses employeurs. Ava m'avouait que le spectacle de cette gamine effectuant des travaux ménagers la gênait beaucoup. Cooper et elle avaient exactement le même âge, tout petits ils s'amusaient ensemble à la piscine ou dans la salle de jeux. En grandissant, Cooper s'était senti très mal à l'aise à la vue de Carmen en train de repasser ses vêtements ou de passer l'aspirateur dans sa chambre, aussi Ava avait-elle demandé à la jeune fille de ne plus venir.

« Pour être honnête, je crois que Carmen avait craqué pour Coop. Mais que pouvait-il faire ? Il ne voulait pas la blesser. Et puis… disons que nous avons commencé à avoir quelques ennuis avec elle. »

Maintenant, bien sûr, Coop, étudiant dans une école de commerce de la côte Est, n'était presque plus jamais là et, grâce à Ava, Carmen avait trouvé une place de bonne d'enfants dans une famille du voisinage. Acceptée dans un collège communautaire, elle préparait une licence à mi-temps et réussissait bien, semblait-il. Encore un an et elle pourrait entrer à l'université, du moins c'était son rêve.

Un jour que j'étais là, Carmen était arrivée avec sa mère, qu'elle avait amenée dans sa vieille Toyota, et s'était installée avec ses livres dans la buanderie.

« *Mija*[1] aura une bonne éducation, me dit Estella. Un jour elle sera docteur. Vous verrez. »

J'ai regardé Carmen, vêtue d'un chemisier que je reconnus (Ava l'avait jeté la semaine précédente dans la pile des vêtements dont elle voulait se débarrasser), un peu étroit pour ses formes épanouies. Elle était belle.

Je n'avais guère eu l'occasion de lui parler jusqu'alors. Elle leva les yeux de son livre de cours – un manuel de chimie organique.

« M'man s'imagine que je vais découvrir un traitement pour le cancer, ou gagner une bourse complète pour Stanford, au moins. Les mères sont comme ça, hein ? Elles croient toutes que leur enfant est parfait, plus brillant que n'importe qui d'autre. »

Pas nécessairement, aurais-je pu lui dire, pensant à ma propre mère. Dans le cas présent, les louanges d'Estella ne semblaient pas extravagantes. Il arrivait à Carmen d'étudier huit heures d'affilée, la nuit, après son travail. Et elle suivait des cours pendant le week-end.

Il y avait plus chez elle que sa beauté – longs cheveux noirs et peau cuivrée. Une certaine lueur dans ses yeux, exprimant une farouche détermination

1. Contraction de *Mi hija*, « ma fille ».

quand elle se plongeait dans un manuel, qu'on remarquait rarement chez les jeunes de Folger Lane pour qui la question matérielle des études universitaires ne se posait pas.

« Un jour ma fille aura une maison, disait Estella. Pas si grande que celle-là, mais jolie.

— Avec une chambre pour toi, maman.

— Et on lui trouvera un gentil garçon. Bon mari, bon travailleur.

— Et si je ne voulais pas d'un bon garçon ? Si j'en voulais un méchant ? »

Carmen riait. Pas Estella.

18

J'ai appelé mon ex-mari. « Je me disais : et si le week-end prochain j'emmenais Ollie chez moi ? » Comme si l'idée m'était venue en passant, une broutille somme toute. « Il passerait la nuit et je le ramènerais dimanche. »

Les conditions imposées par le tribunal s'étaient assouplies, mais cela faisait trois ans que je ne connaissais plus le bonheur de mettre mon fils au lit, d'assister à son réveil. La douleur de son absence ne me quittait jamais, aiguë parfois, en tout cas lancinante.

« Ou alors je pourrais venir vendredi après-midi au lieu de samedi, et je le ramènerais aussi dimanche. »

À l'autre bout du fil, Dwight gardait le silence, il cherchait la bonne réplique. Jamais, en ces rares occasions où nous nous parlions, je ne le sentais s'exprimer d'une façon naturelle, spontanée.

« Ça pourrait être bien pour toi et Cheri, ai-je continué. Vous trouveriez une baby-sitter pour Jared et vous sortiriez en amoureux.

— Je ne crois pas que ça puisse marcher, Helen.

— Ou alors simplement samedi. Je l'aurais juste pour une nuit. »

Le week-end entier, j'essaierais une autre fois. Il ne fallait pas être trop gourmande.

J'ai entendu Dwight retenir sa respiration, comme à l'époque où nous vivions ensemble, quand il avait quelque chose de difficile à annoncer : il fallait changer la couche du bébé ; il voulait jouer au golf le samedi ; il était tombé amoureux d'une collègue de travail.

« Cheri et moi pensons que ce n'est pas une bonne idée. Chaque fois qu'Ollie te voit, il est tout chamboulé après. Nous pensons qu'il ne se sent pas en sécurité avec toi.

— Nous avons juste besoin de passer un peu plus de temps ensemble. » Je m'efforçais de garder une voix égale. La sienne, tranchante, trahissait le courtier en hypothèques. À l'évidence, mon dossier était mauvais.

« Soyons francs. À l'époque où notre fils passait beaucoup de temps avec toi, ça s'est mal terminé. Il t'a vue monter dans un fourgon de police, menottes au poignet.

— C'était il y a plus de trois ans, Dwight.

— Peut-être qu'à la longue les choses changeront. Pour le moment, nous nous en tiendrons là. »

Le combiné en main, je restai pétrifiée.

Soudain, il a retrouvé son ton doucereux d'animateur radiophonique, comme s'il s'adressait à une vieille amie ou à une cliente. Aucune différence entre les deux.

« Tu sais quoi : si Oliver lui-même me dit qu'il veut passer un week-end avec toi, je laisserai faire. Jusqu'à présent, ce n'est pas le message que je reçois. Mais ça peut évoluer. »

Et il a terminé par son expression favorite : « C'est tout bon. »

19

Ava et Swift déjeunaient dans le jardin quand je suis arrivée. « J'ai appris grandes nouvelles de Carmen, annonça Estella en apportant une assiette supplémentaire. La première chose que je dis, c'est il faut que je dise aux Havilland. »

Carmen avait participé à un concours pour étudiants en sciences et sa copie – description d'une expérience imaginée par elle et prouvant que les drosophiles nourries de produits biologiques vivent plus longtemps que leurs congénères absorbant de la nourriture traditionnelle – figurait au nombre des cinq primées. Elle et les autres lauréats (qui avaient quatre ans d'études supérieures derrière eux) étaient invités à se rendre à Harvard où, à l'occasion d'une conférence scientifique nationale, ils liraient leur copie.

« C'est sûr qu'ils vont lui donner une bourse, quand ils verront comme elle est brillante », dit Estella.

Nous avons tous exprimé notre enthousiasme, bien entendu.

« La prochaine fois que vous aurez de ses nouvelles, a ajouté Swift, ce sera pour apprendre que cette gamine va épouser un de ces brahmines de Boston qui parlent du nez et passent leurs week-ends à Nantucket à jouer au polo. » Estella l'a regardé, interloquée. Elle n'avait évidemment aucune idée de ce qu'était un brahmine de Boston, ou Nantucket.

« Tu es complètement à côté de la plaque, mon chéri, rétorqua Ava. Carmen ne va pas construire sa vie en épousant un type riche, comme je l'ai fait. Elle va se tracer un chemin grâce à son travail et à son cerveau.

— Elle a rien à payer, dit encore Estella. L'avion, la nourriture, l'hôtel, c'est tout gratuit. Ils lui envoient un T-shirt avec le nom de l'école marqué devant, pour porter durant le voyage.

— Fantastique ! s'exclama Ava.

— Elle me demande si Boston, c'est près de l'école de Cooper. Peut-être qu'il pourra lui montrer la ville. »

Seule une personne connaissant très bien Ava pouvait le remarquer : un instant ses traits se durcirent. Swift avait repris sa lecture du *Wall Street Journal*.

« Cooper est dans le New Hampshire, dit Ava. Dartmouth. Ce sera peut-être pour une autre fois. »

À ce stade, je n'avais encore jamais rencontré Cooper, mais on ne pouvait pas rester dix minutes avec Swift sans qu'il cite le nom de son fils.

« Mon garçon, dit-il effectivement, après qu'Estella eut regagné sa cuisine, mon garçon a le monde à ses basques. Il peut faire ce qu'il veut dans la vie. Tout ce qu'il touche se transforme en or. »

Le week-end précédent, Cooper et ses copains de fac avaient filé à Las Vegas. Maintenant, ils prévoyaient d'aller skier en Colombie-Britannique, en utilisant l'hélitreuillage.

Les photos de Cooper, qui abondaient dans la maison, révélaient l'un de ces individus (à l'instar de Swift et probablement plus encore) sur qui tous les yeux se braquent dès qu'il entre dans une pièce. Beaucoup plus grand que son père, la carrure d'un joueur de rugby, ce qu'il était effectivement. Sur chaque cliché, il riait.

Il hésitait, racontait son père, entre faire carrière dans l'immobilier ou dans l'industrie du cinéma – financement, visas d'exploitation, ce genre de trucs. Une nuit, dans un restaurant de San Francisco, le commentateur sportif de l'antenne locale de NBC avait tendu sa carte à Cooper : « Je vous ai observé pendant que vous dîniez, lui a-t-il dit. Vous pourriez faire carrière à la télé. »

« Un job à la télé, ça procure les meilleures places pour les matchs des Giants, avait remarqué Swift. Mais l'argent, le vrai, c'est dans les affaires qu'on le trouve. Après, tu peux t'acheter tous les billets de match que tu veux.

— C'est le genre de personne qu'on aime à la minute où on la voit, avait confirmé Ava. Les femmes en particulier, évidemment. Bon sang ne saurait mentir.

— Il sera millionnaire avant trente ans, ajouta Swift. C'est une sorte d'instinct chez lui.

— J'en connais un autre », renchérit Ava.

Cooper avait une petite amie, superbe bien sûr. Virginia. Elle aurait pu être mannequin, elle étudiait la médecine.

« Si j'étais plongé dans le coma et que cette fille se penche sur moi, blaguait Swift, je me réveillerais en moins de deux. Elle a de ces nichons…

— Arrête, chéri, tu es ignoble. » Ava lui disait toujours ça, mais on voyait bien que ça faisait partie de leur jeu.

« Je veux juste être honnête.

— Tu parles de notre future belle-fille, mon ange. La future mère de nos petits-enfants. »

Tout le monde savait – depuis des années – que Cooper et Virginia finiraient par se marier. Ils étaient ensemble depuis l'âge de seize ans – soit depuis sept ans – et se convenaient parfaitement. Ils auraient une vie merveilleuse.

J'ai demandé quand il allait revenir.

« C'est toujours difficile de coincer Cooper, m'a répondu Ava. Il a tant de fers au feu.

— Il vient d'être recruté pour un stage de longue durée par une grosse société d'investissement de New York, a précisé Swift. Tu sais comment ça se passe dans ces boîtes : ils usent leurs cadres jusqu'au trognon tant qu'ils n'ont pas gagné leurs premiers dix millions de dollars. »

Je n'ai pas commenté. En règle générale, je gardais le silence sur les choses que je ne connaissais pas, et elles étaient nombreuses.

Swift a repris : « Un de ces jours, alors que nous nous y attendrons le moins, nous serons assis dans le patio avec les chiens et, soudain, on entendra le vrombissement d'une moto, il surgira comme un boulet de canon, direct dans la piscine. Ou il débarquera dans une Maserati qu'il aura convaincu un type de lui laisser essayer. C'est du Cooper tout craché. Il fonctionne à Mach plus. Avec ou sans voiture de sport.

— Parfois, je souhaiterais qu'il ralentisse. » Il y avait un soupçon d'inquiétude dans la voix d'Ava. Sur quoi, Estella a réapparu avec une assiette de beignets et une autre bouteille de vin. Le sujet Cooper-Carmen semblait épuisé.

« N'oubliez pas de dire à Carmen comme nous sommes fiers d'elle, insista Ava.

— Ce Harvard, c'est une bonne école ? » s'inquiéta Estella.

20

Chaque soir – avant d'aller à ma réunion des A. A., ou après, si j'en avais choisi une de tout début de soirée – j'appelais la maison de Walnut Creek pour parler à Ollie. Je l'imaginais, la main sur la souris de sa PlayStation, cependant que j'essayais d'engager un semblant de conversation.

Oui.

Non.

Non.

Peut-être.

Je sais pas.

Ça m'est égal.

« As-tu essayé le nouvel appareil photo ? Je me disais qu'on pourrait peut-être, si on passait un peu plus de temps ensemble, partir en expédition photographique, comme on faisait avant. Si tu venais coucher ici, par exemple.

— Je sais pas.

— On ferait du pop-corn et on regarderait des films, assis sur le canapé. »

Silence. Puis la voix de Cheri, criant qu'il est l'heure d'aller au lit. 19 heures, mais Dwight et Cheri sont persuadés qu'il faut se coucher de bonne heure.

Quand je reposais le combiné, je me mettais à pleurer. C'est dans ces moments-là que le besoin d'un verre devenait le plus pressant. Au lieu de quoi, je me faisais une tasse de thé. En outre, si j'étais tentée, il me suffisait de penser à l'unique chose qui comptait pour moi : récupérer Ollie. Pas seulement physiquement, sous le même toit, ce qui n'était déjà pas une mince affaire. Surtout parvenir à ce qu'il ait de nouveau confiance en moi. Qu'il ait le désir de me connaître, ou de me laisser le connaître.

Dans ces terribles moments de solitude, il y avait les Havilland. Je disais parfois qu'Ava et Swift étaient ma famille. Or ils n'étaient pas comme ma famille – la *vraie* –, en aucune façon, et c'est bien pourquoi je les aimais. À l'exception des brèves années passées avec Ollie et les parents de Dwight, qui me tenaient alors pour l'une des leurs, ma vie avait été celle d'un chien errant ou d'une orpheline, ce que j'étais plus ou moins redevenue depuis que j'avais perdu mon fils.

« Je me demande quel nom tu gardes dans ton portefeuille ? »

Cette question que me posa Ava un jour, je ne l'ai d'abord pas comprise.

« Sur la carte qu'on est censé toujours avoir sur soi, à côté du permis de conduire. Où il est inscrit : "La personne à contacter en cas d'urgence est…" Quel nom as-tu mis ? »

Je ne possédais pas cette carte. Plus exactement je ne l'avais jamais remplie. Même du temps de mon mariage. Certes, il y avait eu Alice, mais ce n'était pas le genre à idéaliser notre amitié. Elle était là, point.

« Maintenant, tu peux inscrire quelque chose. » Ava attrapa mon sac, en retira mon portefeuille, et de son élégante écriture – avec son stylo favori – nota au dos de la carte son nom et ses deux numéros de téléphone, fixe et portable.

« Peut-être qu'on pourrait t'adopter, tout simplement, comme Lillian, Sammy et Rocco. »

Certains auraient pu se sentir offensés, mais avec Ava il n'existait pas de meilleur compliment que de se voir comparé à l'un de ses chiens.

21

L'entrée d'Ava et de Swift dans ma vie avait entraîné mon désintérêt pour le site Match.com. Ayant renvoyé Jeff le banquier à ses affaires, je n'ouvrais que très rarement les mails.

L'époque n'était plus où j'aspirais à retenir l'attention d'un homme, à trouver quelqu'un avec qui partager mes souffrances et mes joies. À supposer même que cet homme existe, où aurais-je trouvé désormais le temps de le voir, compte tenu des multiples occupations qui me retenaient dans la maison de Folger Lane ? Et, chose encore plus improbable, un homme dont la compagnie soutiendrait la comparaison avec celle des Havilland ?

Or, au bout de quelques semaines, Ava décréta que j'avais besoin d'un amant et qu'elle allait s'employer à me le trouver. Elle me fit rédiger une nouvelle version de mon portrait en ligne accompagnée d'une meilleure photo (même si celle-là non plus ne la satisfaisait pas entièrement), et éliminer le passage concernant mon fils. (« Tu pourras expliquer l'histoire d'Oliver après que le type t'aura invitée une première fois à dîner. Chaque chose en son temps. ») Je me suis prêtée à son désir pour lui plaire, non parce que je nourrissais encore quelque rêve d'amour.

Je voyais les choses sous un angle différent. Sans, me semble-t-il maintenant, en avoir vraiment conscience. Un nouveau facteur entrait en ligne de compte dans mes expériences *online* : le désir d'amuser Swift et Ava. Les histoires que je leur raconterais sur les hommes qui m'écriraient y contribueraient.

Ils ont adoré mes récits – plus ils étaient déprimants, mieux c'était.

La plupart des courriers que j'ai reçus émanaient effectivement du genre d'hommes qu'on s'imagine susceptibles d'apprécier la photo d'une femme au teint pâle, l'air légèrement traumatisé, non maquillée, les cheveux tirés sur la nuque, debout devant son frigo, déclarant ne pas boire d'alcool, aimer par-dessus tout faire de la photographie et regarder de vieux films, mais ajoutant qu'elle y avait plus ou moins renoncé récemment.

Les hommes, quant à eux, approchaient la soixantaine, étaient souvent au chômage, ou bien adeptes récents du régime sec, ou encore mariés mais prévoyant de se séparer incessamment sous peu.

Un veuf de fraîche date consacrait plusieurs pages (expédiées, je l'ai noté, peu après 3 heures du matin) à raconter les détails du combat de sa femme contre un cancer ovarien. En page quatre, il abordait le fait qu'elle l'avait laissé avec quatre enfants, tous au-dessous de treize ans, et pas assez d'argent pour engager une aide ménagère. Il était incapable de s'occuper d'une maison. Est-ce que je savais cuisiner ?

Il y eut le joueur d'ukulélé, affligé d'un tic à la paupière (je l'ai constaté la fois où je l'ai rencontré, ayant accepté de prendre un café, ou plutôt un *tchai* avec lui), et qui avait tellement peur des germes qu'il refusa de me serrer la main. Vint ensuite le type qui a consacré le temps de notre promenade (un kilomètre, la norme que je m'étais imposée) à me décrire en détail sa lutte contre l'eczéma. Et cet autre – incroyablement séduisant d'après sa photo – qui, durant les deux heures de conversation téléphonique précédant notre rencontre, omit de mentionner qu'il était nain. Et encore celui qui (également à l'occasion de notre première et unique rencontre) voulut absolument savoir si j'étais pour ou contre le sexe à plusieurs.

« Ça oblige à se poser des questions sur soi-même, ai-je dit à Ava, en lui faisant mon rapport sur le dernier en date des prétendants. Si chacun d'eux se révèle un loser, qu'est-ce que ça révèle sur moi ? Parce que j'ai sélectionné ces types. Je leur ai parlé au téléphone avant de les rencontrer. Ils me semblaient tout à fait raisonnables. Qu'est-ce qui cloche chez moi ?

— Tu es optimiste, voilà tout. Toujours prête à voir ce qu'il y a de meilleur chez les gens. Un beau trait de caractère. »

J'ai fini par me convaincre que peu importait la véritable nature de ces hommes, puisque, même s'ils étaient minables (et notre rencontre horrible), ils fournissaient matière à des histoires géniales pour Ava et Swift.

En plein milieu d'un dîner avec un monsieur Match.com, je nous imaginais, Ava, Swift, et moi, nous régalant du récit que je ferais de la scène, un soir dans un de leurs restaurants favoris. Et puis quelle importance ? Étant donné que la seule chose qui comptait était de récupérer mon fils, tomber sur un type vraiment bien risquait d'être plutôt un inconvénient.

Ava voyait les choses différemment, bien entendu.

« Le nain aurait pu être intéressant. Il a probablement acquis des talents sexuels particuliers pour compenser. C'est peut-être un amant fabuleux.

— Fais gaffe aux types qui ont les cheveux coupés trop court sur la nuque, dit Swift, gesticulant en direction du piscinier, qui venait de débarquer. Ça signifie un mec respectueux du règlement. Pas drôle au lit. »

Une autre fois, j'ai dressé le portrait du promoteur immobilier qui m'avait agrippé le poignet avec une telle violence, à la suite de notre première – et unique – rencontre, que je craignais, en essayant de me libérer, qu'il me le brise. C'était un ancien du Viêtnam. Pour lui, la guerre n'était pas finie.

« Je ne dors jamais plus d'une heure d'affilée, m'avait-il dit. Je fais des rêves terribles. Si j'avais une femme comme vous près de moi, je crois que je cesserais d'avoir des cauchemars. » Je me taisais, il continuait de me tordre le poignet. « Je veux vous épouser. Je vous offrirai tout ce que vous voudrez. »

Ce soir-là nous dînions tous les trois de scampi préparés par Ava. Estella avait rapporté du marché les plus énormes crevettes que j'avais jamais vues. Elles étaient là dans mon assiette, empilées sur des pâtes fraîches et des petits pois, recouvertes de beurre et d'ail, accompagnées d'une salade de petits légumes verts. Je n'avais jamais été une adepte du vin rosé, mais à la vue du liquide dans les verres de Swift et d'Ava, la terrible envie d'antan me reprenait. Ce vin avait une si belle couleur : pas le rose criard servi à l'occasion de ces cocktails bon marché où Alice et moi passions les plateaux, mais la teinte veloutée d'une pêche.

« Ça ne te tuerait pas d'en goûter », dit Swift.

J'ai secoué la tête.

« Ce type, le vétéran, reprit Ava, qu'est-ce que tu lui as dit quand il t'a demandé de l'épouser ?

— Qu'il commence par me lâcher le bras. Mais que, s'il voulait parler encore, j'étais prête à l'écouter. Nous avons fini par nous asseoir à l'extérieur du restaurant, et pendant trois heures il m'a raconté le raid auquel lui et sa section avaient participé, au fin fond de la jungle, et comment ils avaient dû déterrer les corps de marines que les Viets avaient massacrés, et les traîner sur leur dos pendant une vingtaine de kilomètres.

— Ce type, commenta Ava, était peut-être perturbé, mais ton côté charitable et ouvert ne lui a pas échappé. Il a senti qu'il pouvait se confier à toi. Et toi aussi tu lui as fait confiance. Il ne t'est pas venu à l'idée qu'il pouvait sortir de sa poche un couteau et te trancher la gorge. Swift et moi devons t'instiller une dose de scepticisme salutaire sur la nature humaine. Juste pour que tu ne te fasses pas exploiter.

— Le monde est plein de requins, a opiné Swift. Je crois que tu nous as rencontrés au bon moment. »

Je les ai regardés, assis en face de moi, côte à côte sur la banquette. Pendant un instant, même s'ils n'en avaient pas l'âge, j'ai rêvé qu'ils étaient mes parents. Ceux que j'aurais voulu avoir.

« Et ce type au problème post-traumatique, reprit Swift, du même ton protecteur. Qu'est-ce qu'il avait comme voiture ? »

Une BMW, ai-je dit. Toute neuve, il y avait encore les papiers scotchés à la vitre.

« Tu aurais pu trouver pire. Peut-être que tu devrais y repenser.

— Arrête, chéri, ordonna Ava. Tu es horrible. Helen a besoin de soutien affectif et d'encouragements, pas qu'on lui dise d'agrafer un cinglé de vétéran juste parce qu'il conduit une belle voiture.

— Bien sûr. » Son sourire de trente-deux dents. « Une seconde, j'avais oublié. »

Dans cette histoire de l'ancien du Viêtnam, la vérité suffisait à captiver mes amis. À la longue, cependant, j'ai compris que les histoires vraies sont généralement ennuyeuses. J'ai donc repris ma vieille habitude d'enjoliver les détails, voire de les changer complètement. Ma forme de contribution, en quelque sorte, à ces dîners au restaurant si coûteux. Où la cuisine, d'ailleurs, ne m'importait guère. Seul comptait en réalité le fait stupéfiant que les Havilland m'aient choisie pour amie.

22

La seule histoire que je ne partageais pas complètement avec les Havilland concernait Ollie.

Certes, ils savaient pourquoi on m'en avait retiré la garde, ils connaissaient le terrible verdict du tribunal : une visite un samedi sur deux et juste pour quelques heures. Ils ignoraient en revanche que parfois, en semaine, je prenais la voiture (une heure et quart de trajet) pour arriver à l'heure de la sortie des classes et apercevoir mon fils. Le souffle court, je le voyais sortir du bâtiment, avec son sac à dos trop grand pour lui, se traîner vers le SUV de sa belle-mère, capuchon rabattu sur le visage comme le témoin d'un crime protégé par la police.

Tout petit, Ollie était le genre d'enfant à courir vers les inconnus au supermarché ou les autres gosses à la balançoire, en demandant à jouer avec eux. À présent, il semblait seul sur les marches de l'école, au milieu de la masse des gamins.

Il se dirigeait vers la voiture de Cheri, dos voûté, tête penchée, poings serrés – comme s'il progressait sous une terrible averse ou comme si, craignant un danger quelconque, il n'osait pas baisser sa garde. Parfois je réussissais à entrevoir son visage : tendu, une expression de colère que n'apaisait même pas la présence de son demi-frère, Jared, à l'arrière de la voiture.

De là où je me trouvais, je ne voyais Cheri que de dos. Je ne sais pas quel air elle avait, ce qui est sûr c'est qu'elle ne bougeait pas, ne se retournait pas quand il montait dans la voiture – avec la raideur d'un vieil homme fatigué s'asseyant dans un taxi après un long voyage en avion – et ne lui adressait pas la parole.

Je me retenais de courir vers lui. J'aurais tellement voulu l'étreindre, l'emmener chez moi ou ailleurs, pour qu'il me raconte ce qu'il avait fait à l'école, rire d'une de ces blagues éculées de gamins. Mais ce n'était pas mon jour légal de visite et de toute façon – c'est ce qu'il y avait de plus terrible – Ollie n'aurait probablement pas manifesté plus d'enthousiasme en m'apercevant qu'en voyant sa belle-mère. Il donnait l'impression d'un petit bonhomme qui se croit seul au monde. Je connaissais ce sentiment.

23

Une fois par semaine, au moins, si je me trouvais chez les Havilland en fin d'après-midi, l'un ou l'autre me proposait de rester dîner. Ou bien d'aller au restaurant avec eux.

Au cas où j'aurais eu un autre projet, de toute façon je l'aurais annulé.

Ils se retiraient dans leur chambre vers 8 heures et demie. Non pour dormir, juste pour se mettre au lit, précisait Ava. Swift commençait toujours par lui faire un massage.

« Nous ne laissons personne s'immiscer dans notre tête-à-tête, m'avait expliqué Ava. Pas même les chiens. »

J'essayais de m'imaginer dans cette situation. Des journées qui se terminaient toujours de la même façon. Avec un homme adorant me passer de l'huile sur le corps. Et bien d'autres choses. De ce rêve j'émergeais avec la triste conviction que, si proches que nous fussions tous les trois, une barrière se dressait entre les Havilland et moi, qui existerait toujours. Comment pouvait-il en être autrement ? J'étais la petite fille aux allumettes d'Andersen, qui, le visage pressé contre la vitre, contemple la table chargée de mets et le feu qui flambe dans la cheminée. Ce qui était inexact : ils m'inviteraient à manger, à m'asseoir près du feu. Ce qui resterait hors d'atteinte, c'était leur stupéfiante intimité.

Néanmoins, partager leurs repas n'était déjà pas rien.

Ava, autant qu'Estella, se révélait une excellente cuisinière – ce genre de personne qui, délaissant les recettes, sort des trucs du frigo, les mélange et, hop, vous présente un plat délicieux. Il est vrai que le réfrigérateur et le garde-manger facilitaient la chose : légumes frais du marché, pain frais de la boulangerie, fromages coulants, la meilleure des huiles d'olive, vinaigre balsamique, petits pots de glace italienne, cinq parfums différents.

En matière de restaurants, ils n'aimaient pas les établissements branchés du centre-ville. Au nombre de leurs endroits préférés, à une petite distance de Folger Lane, il y avait un restaurant birman, dont le propriétaire réservait une table derrière laquelle le fauteuil d'Ava pouvait facilement se glisser, et le bistrot Chez Vinny. On s'installait, ils se versaient un verre de vin, Swift le levait à ma santé. La suite, je la connaissais. Des questions sur les types avec qui je sortais et sur ma vie, sexuelle si possible.

Ce qui a commencé à m'inquiéter. Je devinais que, pour des raisons qui m'échappaient, ils éprouvaient du plaisir, peut-être même une certaine excitation, à m'entendre raconter ces soirées déprimantes. Ces rendez-vous dans un Starbucks ou un bar quelconque où je commençais par me demander si la personne que j'avais en face de moi, vingt kilos et dix ans de plus que sur la photo, était bien celle qui m'avait invitée.

Depuis plus d'un an mon portrait était en ligne, et il semblait que je devais abandonner l'espoir de rencontrer un homme bien, à supposer que j'en aie eu vraiment envie. Le problème, c'est que je ne voulais pas décevoir mes amis.

Un soir, je me suis lancée de nouveau dans un récit de ma vie partiellement inventé.

« Je ne sais pas si je devrais vous dire ça… » Je baisse la voix, fixe le coin de ma serviette. « Je ne voudrais pas que vous ayez une mauvaise opinion de moi. C'est un peu… tordu. »

Une lueur d'excitation dans le regard, Ava saisit son verre, Swift posa ses baguettes.

« Tordu ? »

J'avais déjà inventé tant d'histoires au fil des années. Des tragédies afin de m'attirer la sympathie et l'admiration de ceux qui m'écoutaient. (Ma grand-mère, Audrey Hepburn. La maladie fatale qui devait me frapper avant mes trente ans. Le frère qui m'avait sauvée de la noyade quand notre canoë s'était retourné – nous faisions du camping – puis avait été emporté par le courant. Le syndrome rare dont je souffrais : chaque fois que je faisais l'amour, mon corps se couvrait de plaies – ça, je l'avais raconté à un type avec qui j'étais sortie un soir.)

De nouveau, ce soir-là, j'ai frissonné du plaisir anticipé de me rendre intéressante. Me rappelant les contes des *Mille et Une Nuits* que je lisais à Ollie, je me suis vue en Schéhérazade.

« Je ne devrais pas vous raconter ça », ai-je répété, baissant la voix d'un cran afin que seuls Swift et Ava bénéficient de l'histoire.

« Allons, Helen, vas-y. » L'expression qui passa sur le visage de Swift évoquait celle d'un chien humant de la viande ou du sang.

« D'accord. Mais c'est que…

— Chérie, a insisté Ava, un peu énervée, c'est à *nous* que tu parles. »

J'ai pris mon élan.

« Nous revenions du cinéma. Il me ramenait chez moi, mais il a dit qu'il voulait s'arrêter à un supermarché avant qu'il ferme, pour acheter quelque chose. Des ampoules électriques. »

Je me suis interrompue, fixant la nappe, comme si j'étais terriblement embarrassée. Quand j'ai levé les yeux, j'ai croisé leur regard sérieux, attentif. Ava accordait toujours un intérêt certain à ce que je racontais, mais les contraindre tous les deux à me porter une écoute sans réserve était une expérience nouvelle. Et j'ai aimé la sensation que ça me procurait.

« Le magasin était vide, à l'exception de deux caissières. Quand nous sommes entrés, les lumières commençaient à s'éteindre. »

Nouvelle interruption. J'entendais le souffle un peu précipité de Swift.

« Il m'a emmenée au fond du magasin. Là où on vend du matériel électrique. »

Cette fois-ci, c'est moi qui ai haleté légèrement. Du moins fait semblant.

« Il a passé les mains sous ma jupe. Attrapé une rallonge électrique dans le rayon et m'a ligotée les poignets avec. Il m'a ordonné de me courber.

— Comme ça, chez Safeway ? » Ava parlait d'un ton surexcité, cependant que Swift lui caressait la nuque.

« Il n'y avait personne autour, c'était en train de fermer et il faisait sombre.

— N'empêche.

— Tu avais fait un rentre-dedans terrible à ce type ? renchérit Swift. Vous aviez commencé à vous échauffer un peu dans la voiture, juste avant ?

— Pas du tout. Jusque-là, il n'avait pas posé un seul doigt sur moi. C'était plutôt le genre figé. Distant. Et soudain, quelque chose a changé. Même sa voix. Elle a baissé, elle est devenue âpre. Il a attrapé un autre truc dans la gondole. Une spatule.

— Tu le prenais probablement à la blague, a dit Ava.

— Non.

— Et ensuite il l'a fait ? » Question de Swift. « Tout le tremblement ? »

Souffle apparemment coupé, j'ai porté ma main à la bouche, comme si je revivais cet instant. « Oui, et, tu ne le croirais pas, je n'avais rien ressenti de semblable auparavant. »

Je l'ai regardé sans ciller. Je me sentais transformée.

« Un type comme ça, faut pas le lâcher. » Swift en était estomaqué. « Je veux le connaître. »

J'avais réussi, jusque-là, à garder mon sérieux, l'air juste un peu chagriné. Mais j'ai craqué, j'ai éclaté de rire. Une fraction de seconde, j'ai craint d'être allée trop loin, et que Swift ne me pardonne pas de m'être ainsi moquée de lui. Mais non.

« Tu m'as bien eu », a-t-il dit en secouant la tête. Et lui aussi a éclaté de rire, de son rire tonitruant. « Je dois te rendre justice. »

Ava a inspiré à fond, comme si elle s'était retenue depuis tout ce temps. « Tu vaux beaucoup plus que tu ne le parais, Helen. Je n'aurais pas cru que tu recelais tant de choses.

— Tu serais géniale au poker, a ajouté Swift. Ou à Wall Street. Tu es le genre de personnes dont rêvent les avocats. Ils peuvent t'appeler à la barre des témoins et tu vendras leur salade avec un tel aplomb que chaque syllabe sera le reflet de la vérité. La pure vérité divine. »

De sa grande main, il continuait à caresser doucement le cou fragile d'Ava.

24

Ce printemps-là, deux fois par mois, les Havilland ont donné une réception à laquelle ils conviaient toujours – avec quelques exceptions – le même groupe d'habitués, dont je faisais désormais partie.

Ces gens avaient beau ne pas avoir grand-chose en commun hors leur amitié avec Swift et Ava, ces soirées se révélaient des réussites extraordinaires. Une fois, Ava fit venir un médium qui gratifia chacun de prédictions – surtout sur sa vie sexuelle. Une autre fois, un hélicoptère se posa à côté de la piscine, en sortirent quatre musiciens de reggae qui se mirent à jouer du *steel drum* et de la guitare, sur des instruments préparés à leur intention. Il y eut aussi un avaleur de feu et un couple de danseurs de smurf qu'Ava avait repérés dans une rue de San Francisco et engagés sur-le-champ. Et encore : le soir où Swift et Ava nous ayant collé sur le dos le nom d'une personnalité célèbre, nous avons dû déambuler en nous posant les uns les autres les questions permettant de deviner qui nous étions. Moi, c'était Monica Lewinsky, Swift, Ted Bundy, le *serial killer*. Je me rappelle aussi le magicien qui extirpa de son chapeau haut de forme le soutien-gorge d'Ava et, dans un autre registre, le groupe de rock capable de jouer, à la demande, n'importe quel tube des quarante dernières années. Chacun d'entre nous était censé s'emparer du micro et chanter son tube préféré.

Nous n'arrêtions pas de nous féliciter du sort qui nous avait donné pour amis ces gens extraordinaires qu'étaient les Havilland.

L'un des habitués était le masseur d'Ava, Ernesto – un type énorme, basané, aux mains de la taille d'un jambonneau. Il contrastait avec Ling, pâle jeune femme qui fournissait Swift en herbes censées prolonger la longévité, et son mari Ping. Dont je n'ai jamais su s'il parlait anglais, vu qu'il n'ouvrait pas la bouche. Il y avait aussi un couple de lesbiennes, Renata et Jo, entrepreneurs en bâtiment, qui avaient doté la maison des Havilland des aménagements pour handicapés nécessaires à Ava. Bien qu'habitant Vallejo, à deux heures de voiture, Bobby, l'ami d'enfance de Swift, ne manquait pas une soirée, où il débarquait avec sa petite amie du moment. (Voilà bien Swift, me disais-je. Peu lui importait le statut social de Bobby, qui travaillait comme grutier dans une carrière de pierre et habitait un studio : c'était son ami d'enfance et il ne le lâcherait jamais.)

Près de lui, en haut de table, Swift plaçait toujours son avocat, Marty Matthias. Originaire d'une ville de l'Est – Pittsburgh peut-être –, Marty, même après vingt-cinq ans de Californie, traînait toujours derrière lui comme un parfum de mine de charbon. Il ne jouait pas au tennis. Se serait laissé torturer plutôt que de faire de la marche. Quand je lui avais demandé s'il œuvrait dans le droit civil ou le droit criminel, il m'avait répondu : « N'importe quel droit si ça peut aider mon pote. » Il avait pour Swift la dévotion d'un chien, et Swift le lui rendait bien.

Portant un toast à Marty qui venait d'opérer pour son compte une manœuvre particulièrement brillante, Swift avait déclaré : « Ce type serait prêt à arracher l'oreille d'un mec et à l'avaler plutôt que de me laisser payer un nickel de trop au fisc. Pas vrai, Marty ? »

Et puis il y avait les amis d'Ava. Jasper et Suzanne, beaux et distingués propriétaires d'une galerie d'art. Également une femme âgée, proche de quatre-vingts ans, du nom d'Evelyn Couture, une veuve amoureuse des chiens, qui possédait une énorme propriété sur Pacific Heights, une voiture avec chauffeur. À première vue, elle n'était pas du genre à assister à ces soirées, mais elle semblait adorer Swift, qui la faisait toujours asseoir à côté de lui. Le soir où s'était produit le groupe de karaoké, Evelyn s'était levée et avait chanté « Combien pour ce chien dans la vitrine ? ».

Outre les habitués, on pouvait compter sur la présence de quelque nouveau venu – qu'Ava avait croisé en promenant les chiens ou dans un Starbucks, dont elle s'était toquée récemment. J'aurais pu être un de ces individus, sauf que j'avais été rapidement et comme par magie propulsée au niveau supérieur, celui des permanents et non des invités d'un jour. Je craignais de n'avoir rien à dire, mais ce n'était pas un problème. Comme la plupart des gens tiennent avant tout à parler d'eux-mêmes, ils sont contents d'avoir un auditeur.

Ava engageait un traiteur pour ces occasions. Tout ce qu'Estella avait à faire, c'était de préparer, puis de passer les plateaux d'olives, de salami, de fromages, d'artichauts grillés et les toasts au caviar. Carmen venait en général aider sa mère à nettoyer la cuisine, en fin de soirée, et tout en lavant la vaisselle ou épongeant le sol, casque sur les oreilles, elle écoutait la cassette d'un livre de cours.

La première fois que j'avais assisté à l'un de ces dîners, j'avais apporté un bouquet de gerberas, n'imaginant pas qu'Ava aurait commandé un arrangement floral pour chaque pièce. La fois suivante, elle me suggéra de prendre mon appareil photo.

« J'ai toujours désiré garder une trace de nos soirées. Pas de photos posées. Plutôt le style documentaire. Noir et blanc. Comme ce qu'a fait Sally Mann : des photos brutes de ses enfants nus pendant toute leur croissance. »

J'ai accepté, bien sûr. J'ai à peine occupé ma place à table – ce qui serait le cas désormais presque tout le temps –, guettant les instantanés, les poses inattendues. J'allais de la cuisine, où Estella et Carmen s'occupaient de la vaisselle, à la piscine, au bord de laquelle les invités traînaient parfois, à la bibliothèque où Ava, assise à côté de la cheminée, reprenait avec tel ou tel une conversation que l'intéressé souhaitait confidentielle. Contrairement à Swift, qui adorait les bavardages et la dynamique de groupe, Ava favorisait les longs apartés.

Et je m'efforçais aussi de prendre des photos des chiens, Sammy, Lillian et Rocco, différentes des centaines déjà existantes. J'avais un certain talent, m'avait fait remarquer Ava, pour me rendre quasi invisible – et pas seulement quand je mitraillais les gens avec mon appareil. Rocco excepté, qui grognait toujours à mon approche, les autres, bêtes et gens, ne semblaient pas s'apercevoir de ma présence. Pour la fête du Cinco de Mayo[1], Ava avait procuré à Estella une robe mexicaine de cérémonie (elle était guatémaltèque, mais bon, « c'est assez proche », disait Ava). Indispensable pour servir le *mole poblano*, le poulet sauce spéciale. Jaspar et Suzanne avaient amené l'une des artistes de leur écurie – une très belle jeune femme nommée Squrl. À un moment, après le dîner, je me suis dirigée vers le *pool house* avec l'idée de photographier les gens de loin. Tandis que je cadrais la scène, j'ai entendu un bruit derrière moi. Je me suis retournée.

À travers les portes-fenêtres aux rideaux partiellement fermés j'ai aperçu Suzanne et Squrl, quasiment nues, s'étreignant avec passion sur le riche tapis tibétain. Je me suis dit que ce n'était probablement pas le genre de cliché auquel songeait Ava quand elle évoquait les photos de Sally Mann. Je me suis esquivée avant que l'une ou l'autre ne me remarque.

Mais j'ai vu bien d'autres choses à travers mes lentilles. À l'extrémité du jardin, Ling et Ping plongés dans ce qui ressemblait à une méchante querelle. Estella glissant une entrecôte dans son sac. Et aussi l'image – saisie par hasard alors que je visais Lillian sous la table – la main charnue d'Ernesto posée tranquillement sur la cuisse fine et blanche de Ling, cependant qu'à côté d'elle Ping, son mari, se goinfrait.

Je n'ai montré aucun de ces clichés à Ava. Je les ai effacés. Les secrets des autres ne me regardaient

1. Commémoration de la victoire, le 5 mai 1862, des forces républicaines mexicaines sur le corps expéditionnaire français allié aux forces du gouvernement conservateur.

pas. Le pouvoir d'une image est beaucoup plus grand encore qu'on ne l'imagine.

Une nuit, Estella mit au centre de la longue table en teck un plat de « bananes flambées ». Une allumette au bout des doigts, Ava allongea son long bras mince à travers la table. Les flammes léchaient le bord du plat. Leur lumière ravivait l'éclat des pommettes d'Ava, la parant d'une beauté surprenante. J'ai essayé de capter tout cela : les bananes qui flambaient, l'air émerveillé des convives, autour desquels s'enroulaient des filaments de fumée. Passagers d'un paquebot éphémère naviguant quelque part en mer Égée, pont illuminé. Avec pour commandant Swift, évidemment.

Assis en haut de table, il présidait, renversé dans sa chaise, un cigare cubain serré entre ses dents blanches, une main caressant une partie quelconque du corps d'Ava (genou, coude, oreille), comme si nous étions leurs enfants rassemblés autour d'eux, qui nous avaient donné la vie. Ce que, d'une certaine façon, ils avaient fait.

Une nuit, tandis que Carmen débarrassait la table – notamment les carcasses de plusieurs douzaines de homards –, Swift nous demanda d'aller dans le jardin où chacun de nous reçut une lanterne volante de la taille d'un petit cerf-volant, que nous avons enflammée, puis lâchée. Nos lampions se sont élevés lentement, ont flotté par-dessus le toit, puis au-delà des arbres, puis encore plus haut dans le ciel nocturne, et j'ai imaginé que nous avions créé une nouvelle constellation, juste à l'aplomb de Folger Lane.

Personne n'a cherché à savoir (la réglementation anti-incendie étant très stricte) comment une telle féerie était possible. Dans le monde de Swift et d'Ava, tout semblait possible. Cependant que, dans la cuisine, une mère guatémaltèque et sa fille américaine jetaient aux ordures les restes de notre fabuleux repas. (Ne pas donner les restes aux chiens. C'est une nourriture trop riche.) Nous, dans l'obscurité, immobiles autour de la piscine aux eaux turquoise, regardions nos lampions s'élever vers les étoiles, planer, vaciller encore pendant plusieurs minutes. Quand le dernier s'éteignit, nous rentrâmes à la maison pour un verre de champagne et des soufflés individuels au chocolat, avec un nuage de crème fraîche surmonté d'une framboise. Ensuite, nous nous sommes souhaité bonne nuit et, un par un, avons regagné nos petites vies, loin de ce Shangri-la créé par nos mirifiques amis. Tous reconnaissants, j'en suis sûre, d'avoir échoué pour quelques heures, tels des voyageurs épuisés poussés par leur bonne fortune, sur ce rivage lointain et scintillant. Aucune photo – et j'en ai pris des centaines, un millier peut-être – ne saurait rendre compte de ce que j'éprouvais à me trouver dans un tel lieu, en la compagnie de ce couple magique.

25

J'avais quasiment renoncé à lire les propositions que suscitait mon autoportrait en ligne, tant elles étaient d'une uniformité décourageante. Pourtant, un jour de printemps, à peu près à la période où fleurissaient les tulipes d'Ava, j'ouvris mon PC et y trouvai une notice différente des autres.

L'auteur (pseudonyme : « UnTypeNormal ») y disait qu'après avoir étudié attentivement mon texte de présentation, il pensait (« en me fondant sur une rigoureuse analyse ») qu'il existait une faible possibilité (« gardez bien en tête que votre interlocuteur est un pessimiste ») que nos caractères s'accordent. Ou du moins que notre rencontre se révèle moins catastrophique que tant d'autres.

Difficile de déterminer, au vu de cette note, si le type était un parfait ringard ou s'il faisait de l'humour. Peut-être les deux.

Il s'appelait Elliot. Âge : quarante-trois ans – bien assorti à mes trente-huit printemps, me semblait-il. Divorcé, sans enfant.

« Pour être honnête, écrivait-il aussi, j'ai trouvé que la photo que vous postez en ligne n'est pas géniale. Je soupçonne qu'elle ne vous rend pas justice.

Mais votre visage m'a plu d'emblée, et je parierais que vous êtes le genre de personne à minimiser ses qualités. Peut-être parce que je suis ce genre-là moi aussi. »

À en juger par sa photo (mais elles s'étaient révélées si trompeuses dans nombre de cas, confrontées au modèle en chair et en os), Elliot était un homme plaisant – beau même, dans la catégorie un peu vieux jeu, mince avec un soupçon de bedaine : le genre d'homme à posséder un tiroir de commode plein de chaussettes blanches en fonction du principe qu'ainsi il n'a pas à se soucier de les assortir après lavage. Et son crâne, toujours d'après la photo, paraissait à peine dégarni. Il disait mesurer un mètre quatre-vingts. « Vous avouez aimer danser. Et je vois que vous mesurez un mètre soixante-cinq. Je veux croire que votre taille menue ne vous incitera pas à me rejeter comme partenaire de danse, et que vous serez encouragée à d'autant moins considérer la chose comme un problème que, selon la plupart des gens, je ne me tiens pas droit. »

J'ai souri en lisant cela. Et non, comme la plupart du temps, parce que l'auteur de ce texte semblait un candidat ridicule, ou le sujet idéal pour amuser Ava et Swift au cours de notre prochain dîner. J'ai simplement *aimé* le ton d'Elliot.

« Je ne suis pas riche, mais je possède une jolie petite habitation à Los Gatos, et il est peu probable que je me fasse virer de mon boulot, vu que je suis mon propre patron. »

Il était comptable indépendant. « Je sais, disait-il, ça sonne rasoir, n'est-ce pas ? Et vous vous attendez à ce que, dans la foulée, je vous informe que je m'intéresse à la généalogie. Eh bien, vous savez quoi ? Je m'y intéresse. »

Cela faisait sept ans qu'il était divorcé, après une union qui en avait duré douze. Mais cela s'était passé sans drame. Son ex-femme Karen et lui demeuraient bons amis. « Nous nous sommes peu à peu éloignés l'un de l'autre, voilà tout. Encore quelque chose de rasoir, peut-être, mais, en l'occurrence, je préfère une histoire ennuyeuse à celles où les deux protagonistes se déposent sur le seuil de la porte des lettres anonymes et haineuses et rêvent de s'assassiner.

« Je crois deviner aussi que, en dépit de votre penchant à l'autodénigrement, vous êtes une bonne photographe. Je suis parvenu à cette conclusion au vu des photos que vous avez postées sur votre page, d'où j'ai déduit que vous en étiez l'auteur.

« Quant à la photo de vous et de votre amie, que puis-je en dire ? Quelque chose dans vos yeux m'a incité à y revenir une demi-douzaine de fois ce soir. Et à m'exclamer tout haut – bien qu'il n'y ait eu personne d'autre que moi dans la pièce – “cette femme me plaît”. Plus significatif, peut-être, est le fait que, pendant que j'étudiais votre profil, j'ai ressenti un tiraillement peu habituel au coin des lèvres, suggérant que je souriais.

« Je vous le dis : vous êtes une belle femme. »

Un instant, j'ai pensé qu'il me confondait avec Ava. Parce que, sur cette photo, Ava était éblouissante. Ava paraissait toujours éblouissante.

Puis j'ai lu la fin de son texte, qui semblait une réponse à mon questionnement.

« Et ne croyez pas que je vous confonde avec votre amie. Même si, j'en suis sûr, c'est une personne merveilleuse. Je parle bien de vous, la femme douce, chez qui j'ai détecté une certaine tristesse ainsi qu'une réelle capacité au bonheur. La femme de droite sur la photo, que je souhaite persuader de dîner avec moi. Bientôt, je l'espère. »

26

Avant d'accepter un rendez-vous de ce genre, j'avais pour principe de commencer par une conversation téléphonique. On peut apprendre bien des choses de la voix d'une personne, qui vous convainquent, par exemple, de ne pas la rencontrer. (Des tas d'autres passent inaperçues, bien sûr, avec pour résultat des soirées catastrophiques.)

Je répondis donc dans ce sens au premier message d'Elliot, qui suggéra pourtant que nous sautions la phase de vérification téléphonique et que nous passions directement au dîner. Tout en m'indiquant qu'il n'était pas libre le soir même, ce qui me rassura (l'idée m'était venue qu'il s'agissait d'un désaxé solitaire, qui n'avait rien d'autre à faire que de cliquer sur ma photo toute une soirée et à intervalles réguliers). Je voulais un homme qui ait une vie sociale.

« Je suis pris demain également, ajouta-t-il. Que diriez-vous de vendredi ? »

Le vendredi soir, souvent, Ava et Swift m'invitaient à sortir, aussi ai-je hésité. Puis je me suis traitée d'idiote. Il était ridicule de refuser l'invitation à dîner d'un homme apparemment tout à fait raisonnable, plutôt beau de surcroît, au prétexte que mes amis pourraient à la dernière minute décider de m'associer à leurs projets de soirée.

« D'accord pour vendredi, ai-je dit.

— J'aimerais venir vous prendre, mais je comprends que vous ayez un peu peur de communiquer votre adresse à un parfait étranger. Donc, retrouvons-nous au restaurant. »

Je l'ai reconnu à la minute où j'ai franchi la porte. Il ressemblait exactement au portrait qu'il avait mis en ligne. À mon approche, il s'est levé. Pas tout à fait droit. Il n'avait pas menti. Mais de beaux cheveux et des yeux aimables. Il recula la chaise pour que je puisse m'asseoir.

« C'est plus fort que moi, il faut que je vous le dise. J'attends avec impatience cette rencontre depuis que j'ai vu votre photo pour la première fois. »

Nous sommes partis les derniers du restaurant. En me raccompagnant à ma voiture, il m'a pris le bras, fermement mais tendrement.

« J'aimerais vous embrasser. Ça vous pose un problème ?

— Pas le moindre. »

Après il est resté là, à me regarder.

« Je veux garder le souvenir le plus précis possible de cette soirée. Non que je risque de l'oublier.

— Pour moi aussi, elle a été très agréable. »

Normalement, à ce stade, un problème, voire plusieurs, aurait déjà dû surgir, me décourageant de poursuivre cette relation. Or la seule chose inquiétante chez Elliot, c'était l'intensité du sentiment qu'il disait éprouver pour moi. Comment pouvais-je faire un effet pareil sur un homme ?

Autre chose surprenante : je n'avais pas passé ma soirée à prendre mentalement des notes pour le récit, forcément comique, que j'en ferais ensuite à Swift et Ava.

Elliot me demanda si l'idée de dîner de nouveau ensemble dès le lendemain soir ne me paraissait pas importune. « Je pourrais ne pas me montrer si empressé, mais à quoi bon ? Quel intérêt ? »

D'accord pour demain, ai-je dit. J'avais espéré aller voir Ollie, mais je venais de recevoir un e-mail de Dwight m'apprenant que toute la famille McCabe serait à Sacramento pour l'anniversaire de Jared.

« Je ne voudrais pas vous effrayer, a repris Elliot, mais je dois vous avouer que notre rencontre a été la meilleure de cette sorte que j'aie jamais connue.

— Et moi, il faut que je vous avoue quelque chose avant d'aller plus loin. » Toute cette conversation se déroulait sur le parking du restaurant. « J'ai un fils. Il a huit ans. Il ne vit pas avec moi. On m'en a retiré la garde il y a trois ans. Je ne vous en voudrais pas si ça vous faisait changer d'avis sur moi. »

Il a pris son temps pour répondre.

« Ce que je retire de cela, c'est que vous avez été soumise à une terrible épreuve. Comme la plupart d'entre nous, reconnaissons-le. Au moins une fois dans notre vie. J'espère que vous me raconterez toute l'histoire.

— J'essaie d'arranger les choses entre Ollie et moi, mais c'est une situation difficile.

— Écoutez. Je me vante d'être un type raisonnable. Mais autant vous le dire : je sens que je vais devenir fou de vous. C'est déjà fait, probablement. La seule chose qui compte, c'est de savoir si vous pourriez me rendre la pareille. »

27

Ava me téléphona le lendemain matin.

« Alors ? Il est 9 heures et demie. Tu devrais déjà être là. Swift et moi voulons des détails.

— J'ai pensé que vous étiez au marché. »

La vérité, c'est que j'avais oublié – fait sans précédent. Trop occupée à me remémorer ma soirée avec Elliot.

« Nous sommes revenus depuis un bon bout de temps. Nous t'attendons. Viens nous raconter ta soirée, ta sordide histoire. »

Elle s'interrompit. J'entendis son rire. Swift avait dû s'amener derrière elle et se livrer à des gestes plus que suggestifs.

« J'essaie de me concentrer ! » dit-elle. Puis : « Ne fais pas attention ! C'est à Swift que je m'adressais. Tu sais à quel point il peut être énervant. »

Chose improbable : j'étais encore au lit quand Ava m'avait appelée. Lisant un e-mail d'Elliot. Ou plutôt deux – l'un expédié la veille, après que nous nous étions quittés, le second écrit le matin même.

« La dernière fois que je me suis senti si excité, c'était en 1994, quand ils ont annoncé le crédit d'impôt pour la production d'énergie renouvelable. »

Le fait qu'il n'avait pas éprouvé le besoin d'ajouter un point d'exclamation pour souligner qu'il s'agissait d'une blague me plaisait. Décidément, beaucoup de choses me plaisaient chez Elliot.

Son second mail disait : « Ça ne me correspond pas, pessimiste comme je suis, de tenir ce genre de propos, mais je crois que nous pouvons connaître un vrai bonheur. »

Je me suis rendue à Folger Lane dans l'après-midi. Un cappuccino m'attendait et des croissants rapportés par Estella de la boulangerie dont la propriétaire était une amie d'Ava. Récemment, à l'occasion d'une de nos virées, elle s'était arrêtée à la boutique pour déposer un hortensia dont la couleur lui semblait s'accorder parfaitement avec celle du store. Peu lui importaient les douleurs, l'inconfort que suscitait le simple fait de sortir de la voiture, Ava n'hésitait jamais. Elle était constamment en train d'acheter des cadeaux qu'elle tenait à livrer elle-même.

« Alors ? dit-elle en me tendant un croissant.

— Il m'a bien plu. Il m'emmène de nouveau dîner ce soir.

— Déjà ? Tu ne penses pas que c'est un peu excessif ? »

Swift vint nous rejoindre.

« Pas la moindre bizarrerie ? »

Je fis signe que non.

« Il est petit ? s'enquit Ava.

— Normal. Plutôt grand, en réalité. Et rien de négatif du côté des dents.

— Il t'a demandé de partager la note ?

— Non. »

J'indiquai le nom du restaurant où il comptait m'emmener ce soir-là, l'un de ceux qu'Ava et Swift fréquentaient, sans moi. Plus cher que le birman où ils m'invitaient.

« Pas trop miteux », dit-elle.

Swift voulut savoir comment il m'avait embrassée, jusqu'où il était allé.

Contrairement à l'habitude, j'ai rechigné à entrer dans les détails. N'ai pas eu envie d'en inventer.

« La soirée s'est bien passée, ai-je dit d'un ton neutre, peut-être un peu forcé. Tout était bien.

— Mais c'est merveilleux, chérie ! » s'est exclamée Ava. J'ai cru percevoir une légère dissonance dans sa voix, une nuance de déception. Mais peut-être me le suis-je imaginé, plus tard.

« Le type n'est plus marié, n'est-ce pas ? demanda Swift.

— Divorcé depuis des années. Et rien à raconter sur son ex qui n'était même pas abominable.

— Les hommes qui ont vécu sans femme trop longtemps, remarqua Ava, souffrent souvent du syndrome du vieux célibataire. Ils deviennent rigides et routiniers.

— Mais il est resté marié douze ans. Et lui et sa femme sont bons amis.

— Amis ? Vraiment ? » Elle eut l'air scandalisée. « Incompréhensible. Si Swift et moi nous séparions – ce qui n'arrivera jamais –, je voudrais lui trancher la gorge. Ton Elliot n'est peut-être tout simplement pas du genre passionné.

— Je crois que c'est juste quelqu'un de gentil. » Je me suis retenue pour ne pas le défendre plus vigoureusement.

« Génial, dit-elle. Si c'est un type *gentil* que tu recherches. »

28

Ma deuxième soirée avec Elliot fut encore plus agréable. En m'entendant la raconter le lundi matin dans le jardin de Folger Lane, autour d'un café, j'ai pris conscience que j'en avais déjà la nostalgie.

« Ce n'était pas seulement gentil. C'était extra, vraiment. »

Ava fit la moue. « Je ne veux pas doucher ton enthousiasme, mais quand c'est vraiment bien, tu dois te sentir surexcitée, tremblante, l'impression que tu vas mourir si tu ne le revois pas immédiatement. »

Je lui ai fait remarquer qu'il ne s'agissait que d'une deuxième rencontre. « Je n'ai pas dit que j'allais l'épouser. Mais, crois-moi, comparé à ce que j'ai connu chez d'autres hommes, la gentillesse ce n'est pas rien.

— Le soir où nous nous sommes connus, Swift et moi, nous sommes allés chez lui et nous n'avons pas quitté le lit de tout le week-end. » J'avais déjà entendu l'histoire, bien sûr – dans la version originale, il était question de six mois.

« Ne te méprends pas, chérie. C'est formidable que tu aies trouvé quelqu'un avec qui passer du temps. Mais je sais que tu t'es sous-estimée dans le passé.

Tu penses que cet Elliot est le meilleur homme que tu puisses rencontrer, mais ce n'est peut-être pas le cas.

— Je ne me sous-estime pas. Il est formidable. De toute façon, je viens juste de le rencontrer.

— Bon, tant mieux. C'est merveilleux. Et s'il te plaît toujours autant dans une semaine, il faudra que tu nous l'amènes. Qu'on le soumette un peu à la question. »

Elliot me plaisait encore mieux une semaine plus tard, le dimanche soir. Il m'avait emmenée chez lui et nous avions préparé le repas ensemble. La veille, c'était mon jour de visite à Ollie et, à mon retour, nous étions allés au cinéma.

Nous n'avions pas encore couché ensemble. Elliot était un homme très réfléchi – le genre de personne à lire tout ce qui a paru sur un certain modèle de voiture avant même de l'essayer. Nous avions parlé sexe. « Je veux que ce soit bien, disait-il. Être convaincu que tu seras la dernière femme avec qui je ferai l'amour. Pour le restant de mes jours.

— Sacré engagement ! À moins que l'expérience te tue sur-le-champ. »

Ma plaisanterie était tombée à plat. Elliot avait le sens de l'humour, sauf dans ce domaine.

Deux semaines plus tard, il m'a invitée à passer le week-end avec lui à Mendocino, dans le Nord, au bord de l'océan, et j'ai accepté. Même si ça signifiait manquer l'une des fêtes d'Ava et de Swift. Ils avaient engagé un groupe de percussionnistes japonais de kodo.

« Tu aurais pu prendre des photos fabuleuses, me dit Ava. Ils portent le costume traditionnel qui date du XIIIe siècle. Tu devrais voir les muscles de leurs bras… Sans compter le reste du corps. »

C'est durant ce week-end à Mendocino qu'Elliot et moi avons finalement fait l'amour. Pas de quoi perdre la tête, en ce qui me concernait, mais bien. Au retour, cependant, sur l'autoroute, quand nous sommes passés devant une plage où Ava et moi avions emmené les chiens, j'ai cru entendre sa voix – il y avait de quoi se sentir perturbé. Je nous ai revues, toutes les deux, dans son patio, Ava me racontant qu'au début de sa relation avec Swift elle l'aimait tant qu'elle en oubliait de manger. « À l'époque, il portait les cheveux très longs, qu'il nouait en queue-de-cheval. Une nuit, pendant qu'il dormait, je lui en ai coupé une mèche. »

J'observais le visage d'Elliot, attentif, il ne quittait pas la route des yeux, mais souriant, j'en étais sûre, au souvenir de ma petite personne et des deux jours que nous venions de vivre.

« As-tu jamais pensé à ne pas te couper les cheveux si court sur la nuque ? ai-je demandé.

— Non. Pourquoi cette question, de but en blanc ?

— Oh, pour rien. »

Le lendemain, à Folger Lane, Ava voulut que je lui raconte tout en détail, bien sûr. J'ai tenu à lui faire connaître une autre facette de la personnalité d'Elliot – prouver que derrière l'apparence d'un homme gentil et fade, ni meurtrier ni psychopathe, il y avait quelqu'un d'autre. J'avais pris d'innombrables photos de lui avec mon portable, et je cherchais la meilleure.

« Il est très enjoué et spontané, disais-je, consciente qu'aucun de ces clichés ne le montrait à son avantage. Dans sa cuisine, pendant qu'on faisait une paella, il a passé les bras autour de moi et on s'est mis à danser. »

Et le samedi précédent, dans l'intention de me réconforter du voyage rituel à Walnut Creek pour voir Ollie, il avait préparé pour moi un bain avec des sels, allumé des bougies autour de la baignoire, puis s'était éclipsé. Ensuite, allongée sur le canapé, dans son vieux peignoir en coton, j'avais eu droit à un massage de la plante des pieds. Nous n'étions pas encore amants, techniquement parlant, mais je ne m'étais jamais sentie autant aimée.

« Miam », dit Ava. Je devinais pourtant qu'elle n'avait pas changé d'opinion. « Et le sexe, c'est comment ? »

Au lieu de tout lui dévoiler, comme d'habitude, je me suis surprise à vouloir préserver certains détails de ce qui se passait entre Elliot et moi. Espérant néanmoins que ce que j'en divulguais suffirait à suggérer que c'était une réussite.

« À Mendocino, nous avons suivi l'ancien lit d'un cours d'eau, menant à une source chaude. À un endroit, nous nous sommes enfoncés dans la boue jusqu'aux chevilles. Et comme il n'y avait personne alentour, on s'est déshabillés, gardant juste le slip, on s'est enduits de boue et on s'est allongés jusqu'à ce que ça sèche, ensuite on a sauté dans l'eau.

— Il devait avoir une drôle d'allure avec ses jambes maigres et sa petite bedaine. » Des caractéristiques qu'Ava tenait de moi, évidemment.

Cette remarque a suscité en moi une sorte de revirement. La scène, quand elle s'était déroulée – s'enduire de boue, puis s'étendre au soleil presque nus –, m'avait semblé merveilleuse, excitante, romantique. Le tableau ainsi résumé par mon amie devenait tout différent. Vu à travers la loupe d'Ava, Elliot paraissait légèrement ridicule. Pathétique, même.

Pourquoi avais-je fait allusion à son ventre ?

29

De temps à autre, pendant que je travaillais chez les Havilland au projet de catalogue de leurs collections, une idée troublante me venait à l'esprit. Ce serait si facile de prendre un de ces objets et de l'emporter chez moi. Personne ne s'apercevrait de sa disparition.

Ils laissaient traîner des billets de vingt dollars dans toute la maison, mais je ne me suis jamais imaginé leur voler un cent. Même chose pour les précieux bijoux d'Ava, les bagues et le pendentif en diamant que Swift lui avait offerts, dont je connaissais pourtant la cachette. Quant aux œuvres d'art – les Diebenkorn, les Matisse –, je me serais plutôt fait couper un doigt que d'y toucher.

Parfois, néanmoins, quand je me trouvais seule dans la maison – Ava à sa rééducation, Estella chez l'épicier, Swift en pleine séance avec Ling l'herboriste chinoise ou le maître d'armes, ou en rendez-vous avec quelqu'un de sa fondation –, l'envie me tenaillait – guère différente de celle que j'éprouvais toujours de prendre la bouteille de vin en haut du placard – d'entrer dans le dressing-room d'Ava. Cette pièce qu'elle m'avait montrée et qui regorgeait de choses que je ne lui avais jamais vu porter. Vêtements, bijoux fantaisie.

Une bague notamment, en forme de poisson (et pas de chien !), une paire de pendants d'oreilles constitués d'une seule pierre rouge enchâssée dans une minuscule cage en or. Un jour, je les ai approchés de mes lobes – peu m'importait que la pierre fût ou non un rubis, j'en aimais tant la couleur et le mince filament doré auquel elle était accrochée. Il aurait été si facile de les glisser dans ma poche. L'image me poursuivait.

Ou bien je me préparais du thé dans la cuisine, et la pensée surgissait : dérober l'une de ces petites cuillers en argent – pièce d'un service, chacune ciselée d'une fleur sauvage différente. Dans le même tiroir, j'avais remarqué une cuiller pour gaucher. Ni Ava ni Swift ne l'étaient, moi si. Si cette cuiller m'appartenait, je me ferais des flocons d'avoine tous les matins, juste pour le plaisir de m'en servir.

Pendant une semaine, je n'ai pu m'empêcher de rêver du porte-bougie en porcelaine fine d'Ava, une boule contenant la bougie surmontée d'une calotte, posée sur une soucoupe en porcelaine assortie. À première vue, ça n'avait pas d'intérêt. Mais, quand vous allumiez la bougie – de préférence dans une pièce sombre –, toute une scène se révélait dans la porcelaine : une ruelle de village, un cheval et sa carriole, une ferme douillette dans les bois. Et je savais où, dans mon appartement, je placerais l'objet s'il m'appartenait.

Un soir où nous dînions ensemble, Ava l'avait posé sur la table. Pensant éventuellement à m'en acheter un, je lui avais demandé où elle se l'était procuré.

« Dieu seul le sait. On nous l'a probablement offert à l'occasion d'un de ces abominables événements mondains auxquels nous devions assister quand Swift dirigeait encore sa société. Des trucs comme ça, j'en ai plein les tiroirs. »

La vérité, c'était qu'Ava ne prêtait pas grande attention à ses affaires. Elle s'intéressait aux gens qu'elle aimait, et à ses chiens.

Une qualité des plus appréciables. Encore qu'on pouvait y voir la preuve d'une personne si gâtée que cette abondance de biens ne signifiait pas grand-chose à ses yeux. Y compris sa garde-robe. Elle déposait continuellement des vêtements chez le teinturier, puis oubliait de les retirer. Au point qu'un jour elle m'a confié deux cents dollars afin que je ratisse tous les teinturiers de la ville à la recherche des vêtements qu'elle y avait laissés.

Ça m'a pris des heures. J'en ai découvert qui traînaient depuis un an. Notamment une jupe en lin que j'ai adorée. Si je la rapportais chez moi, ai-je pensé, Ava ne s'en apercevrait même pas. « Arrête ! » ai-je dit tout haut – comme naguère quand je voulais attraper une bouteille.

Il m'arrivait de m'interroger sur ce qui clochait en moi et qui faisait naître de telles idées. Cette envie de dérober quelque chose aux Havilland. Signifiait-elle que j'étais un être abominable ?

Je savais pourtant que je ne ferais jamais rien qui puisse trahir la confiance de mes amis. Je ne prendrais jamais le risque de les perdre. Simplement, j'aimais Ava et j'aimais le monde qu'elle se fabriquait, plein de belles choses. Je voulais en faire partie. Je voulais que ce monde soit aussi le mien, du moins un fragment.

30

Ava avait beau dire que le but principal de Swift dans la vie était de l'aimer – et il n'était pas avare de mots lui-même pour promouvoir cette idée –, depuis quelque temps il s'enfermait de plus en plus dans son bureau. Il semblait s'investir complètement dans leur projet de fondation de secours aux animaux. Avec l'aide d'amis – parmi lesquels, curieusement, Ling et Ernesto, plusieurs jeunes types genre financiers qui venaient souvent ces temps-ci, un copain qui avait vendu sa start-up à la même époque que Swift, pour une somme encore plus élevée, et bien sûr Marty Matthias –, il s'efforçait de récolter le maximum d'argent. Bien entendu, Evelyn Couture, la veuve de Pacific Heights, annonçait sa participation, et Swift avait rencontré ses avocats pour préciser les modalités du legs.

À ce stade de nos relations, j'avais compris que, si Swift adorait passer des coups de fil et organiser des réunions, c'était Ava qui faisait réellement avancer les choses.

« L'envoyer lécher les bottes des donateurs est un bon moyen de ne pas l'avoir toujours dans mes pattes, m'avait-elle dit un jour. Il adore tirer sur son cigare en papotant sur le base-ball et l'équipe de San Francisco, et il est génial quand il s'agit de forcer les types à sortir leur carnet de chèques. Mais tu veux que je te dise ? Les sociétés à but non lucratif, ce n'est pas son truc. Il n'y connaît rien. »

Ava, elle, s'employait à faire passer le projet à un niveau supérieur, selon ses propres termes. Elle avait engagé un designer spécialiste des sites Web et une équipe de commerciaux afin de toucher les donateurs potentiels dans tout le pays. Et elle envoyait Swift – qui pourtant détestait l'avion – participer à des réunions à New York, Palm Beach, Atlanta, Boston ou Dallas.

Un jour, à la fin du printemps, quand je suis arrivée pour notre classique balade avec les chiens, suivie d'une séance de travail puis d'un dîner, Ava m'attendait devant la maison.

« J'ai une idée fantastique, je mourais d'impatience de t'en parler. »

Ça concernait l'anniversaire de Swift : il aurait soixante ans en octobre. (« Je suis à un cheveu de la soixantaine », disait-il.) Ava envisageait quelque chose de fabuleux.

Swift se doutait qu'elle fêterait cet anniversaire avec un faste particulier. Mais elle voulait rendre la chose beaucoup plus significative. Ouvrir ce même jour, à San Francisco, le premier centre de stérilisation et de castration de leur fondation, et l'annoncer en fanfare au cours de la soirée, avec, éventuellement, la projection d'un petit film.

Et surtout – c'est là que j'intervenais – offrir un album photographique illustrant la carrière de Swift et son dévouement à la cause des chiens, par des images de la vie qu'allaient pouvoir mener ces chiens grâce à la fondation.

« Si tu envisages d'annoncer publiquement pendant la soirée la réussite de votre entreprise, tu ne crois pas que Swift devrait être mis au courant ? »

Ma question a fait rire Ava. « Chérie, tu es vraiment une innocente. Swift ne fait jamais attention aux détails. Tu l'installes avec ses vieux copains de fac et une bouteille de malt, et il est heureux. Surtout si la serveuse du bar est jolie. »

Ava, quant à elle, était une abeille ouvrière, et moi aussi.

J'allais devoir rassembler toutes les photos de famille et les numériser. Puis Ava sélectionnerait celles qui racontaient le mieux la vie de Swift : jeune loup combatif, entrepreneur, père de famille, amoureux des chiens. Et d'Ava, évidemment. La fête serait l'événement mondain et philanthropique de la saison, rapporté dans les pages *people* et financières des principaux magazines d'information. Et, au centre de tout, le visage souriant de Swift.

« L'idée m'est venue cette nuit, dit Ava. Bien entendu, tu vas devoir photographier tous les chiens des refuges créés dans la région grâce à l'argent de Swift.

— Je ne suis pas photographe animalier », ai-je protesté.

Elle a haussé les épaules. Pour Ava il n'y avait pas de distinction substantielle entre les chiens et les humains, sauf que les chiens étaient plus gentils.

« Ce sera la même chose que photographier tous ces enfants dans les écoles. Et, bien entendu, comme toi c'est toi, tu le feras de telle façon que les gens tomberont amoureux des chiens et sortiront leur carnet de chèques.

— Je ne connais rien à la photographie animalière, ai-je répété. C'est un art très spécifique.

— Tu apprendras. »

D'une manière générale, Ava ne montrait pas beaucoup de patience pour les problèmes virtuels.

« Ce sera un superbe livre, à tirage limité, destiné uniquement aux invités de la fête et aux gros donateurs de la fondation. Je sais que tu feras un boulot fantastique. L'album montrera à quel point l'existence humaine et l'existence animale sont étroitement liées. »

Et côté logistique ? lui ai-je demandé. Quand je photographiais les élèves, l'école mettait une pièce à ma disposition, avec l'éclairage convenable et une équipe d'assistants qui veillaient au bon déroulement de l'opération.

Ava organiserait tout pour moi : les employés des refuges la connaissaient bien. Il me resterait à capter la nature de chaque chien, comme je le faisais avec les enfants.

Eh bien, voilà qui était réglé. Quand elle l'énonçait, un projet d'Ava devenait non seulement réalisable, mais prometteur. Dès qu'elle s'y attelait, il ne pouvait que réussir – une réussite au superlatif. Avant que j'aie eu le temps de dire ouf, je me suis retrouvée en train de trier les photos de famille contenues dans une vingtaine de boîtes. Certaines concernaient Swift, son enfance dans le New Jersey, ses années de lycée, où il s'était illustré comme catcheur – vedette évidemment. Puis venaient son premier mariage, la naissance de son fils, des voyages à Disneyland et en Europe. Je devais en premier lieu exclure les photos où figurait son ex-femme, Valerie, puis sélectionner celles qui me paraissaient susceptibles d'être numérisées. Dans certains cas, il me faudrait peut-être recadrer l'image de façon à en éliminer Valerie.

« Ça peut sembler méchant, disait Ava, mais si tu la connaissais, tu comprendrais. Je n'ai rien à faire de cette femme. Il nous faut des photos de Swift chef d'entreprise, avec Cooper à un match de base-ball. Swift dans la piscine et sur son bateau, toutes les activités qu'il aime. Pour finir avec lui, moi et nos chiens.

« J'ai même pensé au titre de l'album. Nous l'appellerons : *L'Homme et ses chiens.* »

Au bout du compte, le travail s'est révélé agréable. Suivre les étapes de la vie de Swift jusqu'à ce qu'il rencontre mon amie. (*Mon amie.* Rien que de pouvoir qualifier ainsi Ava m'électrisait.) On découvrait, étonnamment, un gamin emprunté, plus petit que la plupart de ses camarades, aux cheveux trop frisés, portant lunettes, puis affligé apparemment d'une sévère acné. Vers la seizième année, le corps change, il a dû commencer le catch. Il n'a pas gagné en hauteur, mais ses bras sont très musclés et ses mollets saillants. On constate aussi que son maintien s'est modifié : il ne plastronne pas, mais il est sûr de lui.

Les photos de la période lycée le montrent toujours souriant, avec une succession de jolies filles à son bras, la plupart plus grandes que lui. Ensuite c'est la fac, il adhère à une fraternité et s'achète une voiture. D'abord une Mustang cabossée, puis une Corvette. Enfin une Porsche.

Swift est un homme qui fonce. Ça se voit sur les clichés de la fin de l'adolescence. Il ne supportera pas qu'on lui barre le chemin.

Peut-être que le mariage le lui avait barré, pendant un certain temps. Le premier mariage. Mais Ava m'avait demandé de résumer cette partie de l'histoire en une page. Ce qui laissait un espace considérable pour la partie qui lui importait. La sienne.

31

Ava affirma qu'elle aurait adoré m'accompagner dans mes expéditions photographiques, mais que la création de la fondation lui prenait un temps fou. La surprise vint d'Elliot qui, jouissant d'un emploi du temps flexible puisqu'il travaillait à son compte, dit qu'il ne demandait qu'à m'aider.

Sauf qu'il était allergique aux chiens. Néanmoins, il était prêt à supporter quelques ennuis de sinus pour le plaisir de passer du temps avec moi en me conduisant aux refuges. Pendant que je mitraillerais les chiens, il lirait ou s'occuperait de son courrier sur son PC.

Nous avons beaucoup parlé durant ces trajets. Nous l'avions déjà beaucoup fait, mais dans des conditions qui s'y prêtaient peut-être moins que celles où nous nous trouvions présentement, juste nous deux dans la voiture. Nous avons abordé de nombreux sujets, laissés dans le vague jusqu'alors.

Elliot avait grandi dans une ferme, au nord de l'État de New York, non loin de Buffalo, où ses parents élevaient des vaches laitières et des poules. Une année, le frère cadet de son père était venu travailler à la ferme. Oncle Ricky. Tout le monde aimait Ricky, à commencer par Elliot ; l'un de ces personnages qui, rien qu'en entrant dans une pièce, attirent l'attention de tous et vous font oublier de quoi vous étiez en train de parler.

« Je connais le genre, dis-je, pensant à Swift.

— Mon père était un homme tranquille. Comme moi. Ennuyeux, jugeraient certains. Si vous étiez pris dans une tempête de neige sur la route, c'était le type sur qui vous pouviez compter pour venir avec son camion vous tirer de là, ou qui passait toute une nuit au côté d'une vache en train de vêler. Sinon, il ne pétait pas le feu, comme on dit. Contrairement à Ricky. »

Ricky tenait la comptabilité. Gérait la vente du lait, le salaire des employés. Dont certains étaient dans la famille depuis cinq générations. Si on ne pouvait pas parler d'une mine d'or, la ferme rapportait bien.

« Malgré mon jeune âge » – Elliot conduisait sans détourner les yeux, les deux mains sur le volant, comme toujours – « je percevais qu'il se passait quelque chose entre ma mère et mon oncle, sans bien entendu comprendre ce que ça signifiait. Je savais simplement qu'elle se comportait autrement quand il était près d'elle. Elle semblait plus heureuse. Mais distraite ».

Le père d'Elliot avait dû s'en apercevoir lui aussi. Une nuit, il y eut une bagarre, des hurlements. Le lendemain matin, en se levant, Elliot constata que Ricky était parti. Quelques mois plus tard naissait Patrice, la sœur d'Elliot. Personne ne dit rien mais, pour Elliot, il était fort probable que son père avait fini par avoir la certitude qu'elle n'était pas de lui. Sans pour autant la traiter différemment : il n'entrait pas dans ses principes de favoriser un enfant plutôt qu'un autre, quelles que soient les circonstances de la naissance.

« Après le départ de Ricky, nous avons découvert qu'il n'avait remboursé aucun de nos créditeurs. Nous devions plus de soixante mille dollars, sans compter les arriérés d'impôts. Sur le compte produit d'exploitation, une grosse somme avait disparu. »

Quant à l'auteur de ces méfaits, ils ne l'avaient plus jamais revu.

« Nous avons perdu la ferme. Mon père est allé travailler dans une brasserie et ma mère n'a plus voulu quitter son lit. De nos jours, on saurait qu'il s'agit d'une dépression, à l'époque je savais simplement qu'elle refusait de se lever, de parler, ou quand elle le faisait c'était pour dire des choses délirantes, par exemple qu'il fallait faire des stocks de boîtes de soupe Campbell pour le cas où il y aurait une attaque nucléaire. Elle était fascinée par ce type, Bob Barker, l'animateur de télé. Un jour j'ai compris pourquoi : il était le sosie d'oncle Ricky.

« J'ai cessé d'amener des copains à la maison, après l'école. Quand il rentrait du travail, mon père se versait une bière et s'installait devant la télé. Si on voulait dîner, il fallait que ce soit moi qui m'en charge. »

Je lui ai posé une main sur l'épaule. Je savais ce qu'on éprouve quand l'un de ses parents se trouve dans un état tel qu'on ne veut montrer à personne l'endroit où l'on habite.

Nous avons continué à rouler en silence. J'attendais qu'Elliot se décide à poursuivre son récit.

« L'année où ma sœur est entrée au lycée, ma mère s'est suicidée. Elle a fermé la porte du garage, est montée dans la voiture et a mis le moteur en marche. »

Je lui ai demandé si son père s'était remarié.

« Non, ce n'était pas non plus le genre. Et je crois qu'il n'a jamais cessé de l'aimer.

— Je n'ai jamais connu quelqu'un comme ça, ai-je remarqué.

— Eh bien, c'est fait maintenant. »

J'ai laissé passer un moment, puis :

« Pourquoi as-tu choisi la comptabilité ?

— Je n'ai jamais digéré le fait que mon père avait tout perdu juste parce qu'il n'y connaissait rien en finances. Il ne tenait pas de livres de comptes, ni aucun livre, d'ailleurs. Il a laissé les choses lui glisser entre les doigts, trop occupé par la gestion du quotidien. Ensuite, il n'y a plus rien eu à gérer, ni terre à cultiver.

— Alors tu as décidé que les chiffres seraient ton domaine.

— Je sais que, pour beaucoup de gens, c'est une carrière vraiment pas reluisante. Mais un comptable peut se révéler un héros s'il sauve ses clients de la ruine.

— C'est vrai. »

En vérité, l'image de cette profession pleine de petits bonshommes ternes et sans passion était exactement celle qu'Ava m'avait transmise. Et à laquelle j'adhérais.

« Je suppose que tu pourrais me qualifier d'obsédé, continua Elliot. Quand je me mets à vérifier les livres de comptes et les feuilles d'impôt de quelqu'un, c'est à la décimale près. Je me régale à la lecture des rapports d'activité. Toujours à la recherche de chiffres inexacts. »

À première vue, Elliot n'était pas le type qui attire les regards en entrant dans une pièce, même s'il portait autre chose que son pantalon informe et sa chemise à demi boutonnée, alors que, en réalité, il était plutôt bel homme. Simplement, il ne tenait pas à ce qu'on le remarque.

« Je souhaiterais te paraître plus héroïque, Helen, ou ressembler au mari de ton amie Ava, qui est probablement capable de l'emmener d'un coup d'avion à Paris pour la Saint-Valentin, ou de lui faire construire une tour Eiffel dans le jardin, si le voyage est trop dur pour elle. Peut-être qu'un jour tu estimeras suffisant que je sois un homme honnête qui t'aime de tout son cœur.

— Je ne te compare pas à Swift, ai-je protesté. (Et pourtant si.)

— Moi je le fais. Et je suis conscient de ce que je parais aux yeux de ces deux-là. »

Ces deux-là. À entendre son expression et le ton sur lequel il l'a prononcée, je me suis cabrée. J'aurais dû protester, lui affirmer qu'ils étaient impatients de le rencontrer, qu'ils le trouvaient formidable. Mais je n'ai parlé que de moi.

« Swift et Anna ont été merveilleux avec moi. Je leur dois tant.

— J'espère simplement qu'ils n'essaieront pas de se faire rembourser un de ces jours. »

32

On était en juin, et depuis un bout de temps je n'étais pas allée chez Swift et Ava. Pas même pour travailler au projet d'album d'Ava. Les Havilland avaient séjourné dans leur maison du lac Tahoe, et moi dans celle d'Elliot à Los Gatos. Il avait décidé de prendre des vacances et nous avions remonté la côte en voiture, campant plusieurs nuits de suite. Revenus le samedi suivant, nous avions invité quelques-uns de ses amis à un barbecue. Rien de comparable aux soirées de Folger Lane, mais une réunion très agréable. Elliot était vraiment un homme bien. *Gentil.* J'entendais la voix d'Ava quand elle avait répété :

Juste *gentil* ?

La semaine suivante je suis retournée chez eux, afin de recommencer à travailler sur l'album mais surtout pour voir Ava. Elle m'attendait devant la maison, et elle m'appela avant même que je sorte de la voiture. Lillian et Sammy couraient en cercle autour de moi, comme pour saluer une vieille amie perdue de vue depuis longtemps.

« Tu n'imagines pas comme tu m'as manqué, m'a-t-elle dit. Je me demande comment je faisais quand je ne te connaissais pas. »

Elle a passé ses longs bras sculptés autour de mon cou, j'ai respiré son parfum de gardénia.

« Estella vient juste de rentrer avec des croissants encore chauds. Alors, raconte-moi tout. »

Il n'y avait pas grand-chose à raconter. Du temps de mes horribles sorties d'avant Elliot, j'inventais des millions d'histoires. Maintenant, je ne trouvais qu'une seule chose à dire :

« Je suis heureuse. Ça peut paraître dingue, mais je crois que je pourrais vraiment aimer cet homme.

— C'est formidable, chérie. » Pourtant, sans que je sache expliquer pourquoi, sa réponse m'a légèrement douchée. M'a donné le sentiment que je la décevais, que je n'étais pas à la hauteur de ses espoirs. Comme si j'étais sa fille et que je lui avouais avoir entamé des études d'assistante dentaire alors qu'elle s'attendait à ce que je devienne chirurgienne cardiaque.

Auparavant, je lui racontais tout ce qui m'arrivait dans les moindres détails, à présent j'éprouvais le besoin de protéger d'une certaine manière cette nouvelle relation. Ce qui ne m'empêchait pas de nous imaginer, seules elle et moi, assises peut-être au bord de la piscine et discutant de nos hommes. Depuis deux mois que durait ma liaison avec Elliot, le désir de le rencontrer qu'avaient exprimé les Havilland ne s'était pas transformé en invitation, en bonne et due forme.

« Bon, me dit Ava en entrant dans la maison, j'espère que tu vas pouvoir me rendre service. Tu te rappelles Evelyn Couture ? »

C'était la riche veuve avec qui Swift s'était lié d'amitié, on ne savait pas trop comment, et qui débarquait aux soirées des Havilland, conduite par son chauffeur. Personnage improbable, dans l'entourage de Swift et Ava, mais difficile de comprendre parfois pourquoi ils prenaient un tel ou un tel sous leur aile. Je supposais qu'ils avaient remarqué sa solitude. Peut-être n'avait-elle pas de famille, ou une famille qui n'en voulait qu'à son argent.

« Elle quitte sa maison de Divisadero pour un appartement qu'elle a acheté en ville, à Woodside. Et elle ne sait plus où donner de la tête, quoi faire de ces quantités de choses qui n'ont plus leur place dans son nouveau logement. Je me suis proposée pour l'aider. »

Ava refusait d'admettre que sa situation en fauteuil roulant lui imposait des limites, et je dus formuler la question : pourrait-elle accéder facilement à tous les endroits de la maison d'Evelyn ?

« C'est vrai que ces constructions sont impossibles. Peut-être trouvera-t-elle un gentil géant ou un domestique capable de me porter à l'étage et de m'installer sur un des canapés de velours. Plus sérieusement, je crois que je vais te déposer là-bas. Tu sauras la calmer. Elle croule sous toutes ses affaires et ne sait pas par où commencer. »

Ava me déposa donc à Pacific Heights et partit faire des courses en ville, honorer les divers rendez-vous qu'elle avait pris : coiffeur, épilation des sourcils, kinésithérapeute. Moi, j'ai passé le reste de la matinée et une partie de l'après-midi à trier avec Evelyn les vêtements qu'elle donnait à vendre à un soldeur haut de gamme, au profit d'une école de danse. Juste avant que je la quitte (Ava était venue me récupérer), elle m'offrit une broche en forme de papillon et une paire de boucles d'oreilles – l'étiquette figurait toujours sur l'étui de chez Macy : 14,95 dollars.

« C'est Evelyn tout craché, me dit Ava. Espérons seulement qu'elle se montrera plus généreuse pour son legs à notre fondation. Nous y comptons beaucoup. »

Tandis que nous roulions en direction de Folger Lane, Ava a repris :

« L'album que tu vas réaliser pour nous sera une véritable œuvre d'art. Ce que je t'ai demandé de faire pour Evelyn aujourd'hui, c'était juste afin de mettre de l'huile dans les rouages, comme on dit. Le genre de choses qu'on est parfois obligé de faire quand des gens ont beaucoup d'argent et qu'on veut les aider à se sentir heureux. »

33

J'avais profité du week-end que nous avions passé à Mendocino pour raconter à Elliot toute mon histoire avec mon fils. L'affreux moment au tribunal quand j'avais eu l'impression que le bâtiment s'effondrait sur moi, puis l'emballage de toutes ses affaires dans des cartons et des sacs-poubelle. La crainte que me causaient pour Ollie les crises de colère de Dwight et l'indifférence de Cheri. L'espoir que je nourrissais de pouvoir un jour prendre un nouvel avocat – quand j'aurais fini de payer l'ancien – et d'obtenir une modification du droit de garde.

« Tu n'es pas la première personne sur terre à être condamnée pour conduite en état d'ébriété, commenta Elliot. Tu vas chez les Alcooliques anonymes. Tu ne bois plus. Tu pourrais peut-être prendre ton fils chez toi de temps en temps.

— Dwight refuse de laisser Ollie dormir chez moi. Chaque fois que je m'apprête à sonner à la porte de Dwight, j'ai l'impression d'avoir été convoquée dans le bureau du proviseur, la peur typique du mauvais élève.

— Peu importe ce que les autres pensent de toi, du moment que tu passes du temps avec ton fils. »

Un peu calmée, j'ai continué :

« Sauf qu'Ollie ne montre plus d'envie de me voir. Je crois qu'il est furieux contre moi. Même s'il n'est pas si proche que ça de son père, c'est à moi qu'il en veut. Et puis il y a la famille de Sacramento. Les fêtes d'anniversaire, toujours le week-end, les virées au parc aquatique.

— Ollie ne le sait peut-être pas encore, mais il a besoin de sa mère. Quand tu pourras passer plus que quelques heures avec lui, tu regagneras sa confiance. »

Une idée m'avait traversé la tête, en réalité : obtenir de Dwight l'autorisation d'emmener Ollie chez Swift et Ava. Offrir à mon fils l'image d'une vraie vie de famille, celle des Havilland. Sans compter qu'un enfant de huit ans ne pouvait qu'être enchanté par la maison de Folger Lane, avec la piscine et tout ce que Swift avait acheté jadis pour Cooper : juke-box, flipper, hockey sur table, quasi professionnel, platine de DJ et console de mixage. Moi je pouvais offrir Ava et Swift à mon fils – Swift en particulier qui, d'une certaine façon, était lui-même un gamin.

Ollie allait adorer Swift. Il adorerait les chiens, lui qui en réclamait un depuis l'âge de trois ans. Fils d'un homme qui hurlait toujours contre lui parce qu'il ne nettoyait pas sa chambre, il adorerait le mode de vie détendu de Folger Lane, où chacun s'occupait de son propre plaisir.

Le lendemain, tandis que nous déjeunions dans le jardin, j'ai demandé aux Havilland si je pouvais amener Ollie un jour de week-end.

« J'aimerais vous le faire connaître. Je sais qu'il adorerait votre maison. Et vous aussi. »

Je prêchais des convaincus.

« Il est temps d'avoir de nouveau un gamin ici, dit Swift. Maintenant que mon fils est là-bas, dans son école de commerce hors de prix.

— Nous avons toujours un gamin à la maison, rectifia Ava. Ce que Swift veut dire, c'est qu'il manque de camarade de jeux. Donc amène Ollie, Helen, et le plus tôt sera le mieux. »

Ce soir-là, j'ai appelé mon ex-mari pour le prier d'autoriser Ollie à coucher chez moi une nuit du week-end suivant.

« Tu n'as qu'à poser toi-même la question à Ollie. Je te le passe.

— J'ai des amis qui ont une piscine », ai-je dit à notre fils. C'était de la corruption, mais je m'en fichais. « Et aussi un bateau. J'ai pensé que ça pourrait t'amuser d'aller chez eux. Et peut-être qu'on ferait un barbecue.

— Je sais pas nager. » Comme presque toujours, Ollie me parlait d'une voix sans timbre, sur un ton méfiant.

« Ce serait une occasion d'apprendre. Et puis ils ont des chiens. Trois en réalité. Sammy, Lillian et Rocco. Sammy adore jouer au Frisbee. »

Ollie ne résista pas. « D'accord », dit-il.

Nous avons pris date pour le week-end suivant. Je viendrais chercher Ollie le samedi matin, et nous irions directement chez les Havilland. On ferait griller des steaks, Ava préparerait sa glace maison ; quant à Swift, difficile de dire ce qu'il inventerait, mais sûrement quelque chose de merveilleux, qu'Ollie n'aurait jamais connu.

Mon seul problème : pour ne pas risquer de troubler Ollie, je pensais qu'il valait mieux ne pas mêler Elliot à cette journée. Il me dit qu'il comprenait.

« Tu as raison de ne pas présenter à ton fils l'homme de ta vie tant que tu n'es pas sûre de ce que tu veux au bout du compte. » *L'homme de ma vie*. C'est ainsi qu'il se qualifiait.

« Je suis un homme patient, ajouta-t-il. Connaître Ollie signifie beaucoup pour moi. Il faut le faire correctement. J'envisage une longue présence dans ta vie – dans vos deux vies. »

34

Le week-end arriva.

J'ai changé quatre fois de tenue avant d'aller chercher Ollie. Robe, short, robe de nouveau, jean. Pour finir par conclure que le mieux était de ne pas faire d'effort particulier, ce qui me ramena au jean. J'avais remarqué, à l'occasion d'une visite récente, que Cheri avait pris du poids. Je savourais le plaisir de savoir que j'étais nettement plus mince – davantage que la moyenne d'ailleurs – que la femme pour laquelle mon mari m'avait quittée.

« Je me déteste d'être obsédée comme ça par mon apparence chaque fois que je vais là-bas, disais-je à Ava.

— C'est humain. Regarde, Swift et moi. Je ne doute pas un instant qu'il m'adore, mais quand je sais que je vais avoir l'occasion – rare – de tomber sur le monstre (sûrement la première femme de Swift, Valerie, la mère de Cooper) je vais me faire faire un brushing ou un autre truc aussi débile. Ce n'est pas entre Swift et moi que ça se passe. C'est entre l'ex et moi. Même chose pour toi, sûrement. Tu veux probablement et avant tout paraître mieux aux yeux de ton ex-mari que sa femme actuelle. Et être certaine qu'elle le remarque.

— Je déteste la façon dont les femmes se comportent entre elles, parfois. Comme si elles n'avaient pas dépassé le stade de l'adolescence.

— Ce qu'il y a de formidable dans notre amitié, vois-tu, c'est que nous refusons ce genre de conneries. Pas de compétition maladive. Je sais que tu ne cours pas après mon mari comme de nombreuses autres. Avec toi, la question ne se pose pas. »

C'était censé être un compliment, je le savais, mais tandis que je roulais sur l'autoroute pour aller chercher mon fils je me suis sentie, comme souvent, insignifiante et transparente. Si invisible que j'aurais pu sauter nue d'un plongeoir sans que l'homme le plus obsédé lève simplement les yeux.

Sauf un. Elliot. À ses yeux, et Dieu sait pour quelle raison, j'étais la femme la plus désirable de notre planète.

« Je t'affirme que je ne t'appellerai pas dix fois par jour comme un con, m'avait-il dit à l'occasion d'un de ces appels, justement. Mais je veux que tu saches que ce n'est pas l'envie qui m'en manque. Et aussi que je pense à toi constamment. »

Nous n'allions pas nous voir pendant tout le week-end, lui avais-je dit.

« Je suis peut-être un idiot, mais une chose est sûre : je ne me mêlerai jamais de tes rapports avec ton fils. C'est ce qui compte le plus au monde pour toi. »

Je l'ai embrassé. Si je pouvais compter sur quelque chose, en tout cas, c'était sur sa compréhension.

« Je veux que tu saches aussi que tu vas terriblement me manquer pendant ce week-end. Je vais probablement noyer mon chagrin en lisant le code des impôts ou en regardant un film de Myrna Loy. »

C'était ça, Elliot, me suis-je dit. Par le temps le plus radieux du monde, il était heureux de s'enterrer dans son bureau à regarder de vieux films ou à travailler sur son PC. Alors que Swift, ou son équivalent, se baladerait à moto, suivrait un séminaire sur l'amour tantrique. Ou le pratiquerait tout simplement.

Et j'ai ressenti un petit pincement au cœur. Si l'homme avec lequel vous avez une liaison vous satisfait pleinement, la tentation ne vous vient pas de porter sur lui un regard critique. De le comparer au mari de votre amie ou de l'observer, dans son vieux peignoir de bain, en reconnaissant qu'il se tient vraiment mal et a du bide. Ni que le peignoir est d'une si médiocre qualité que le mari de votre amie préférerait mourir plutôt que de le porter.

Mais il y avait aussi cela, qui me troublait beaucoup. En entendant Elliot affirmer que j'allais terriblement lui manquer pendant le week-end, il m'est apparu que la réciproque était vraie. Pourtant, j'éprouvais aussi une sorte de soulagement à l'idée qu'il ne serait pas là pendant ce week-end avec mon fils. Et que je n'aurais pas à me soucier de l'opinion des Havilland sur lui.

Par ailleurs, qui étais-je ? Avec mon peignoir de bain aussi quelconque que le sien, dans lequel je devais paraître tout autant ridicule que lui ? Moi qui adorais comme lui les vieux films et aurais aimé passer un après-midi entier – même ensoleillé – à en regarder trois d'affilée avec lui ? Si j'avais cru davantage en la capacité d'Elliot de contenter mon fils, de l'aider à sortir de lui-même, à le libérer de l'idée que sa mère l'avait abandonné, c'est lui que j'aurais choisi, pas Swift, pour transmettre à Ollie ce message : *Tu vois, tu peux passer une bonne journée avec ta mère. Et s'il y en a une, il y en aura plusieurs.*

Il faut bien reconnaître la vérité : je savais qu'Ollie ne serait pas impressionné par Elliot. Ce qui le séduirait, ce serait Swift, l'image de la vie à Folger Lane. La piscine, les chiens. Mais surtout Swift.

Pourtant, à l'époque, je ne l'admettais pas. Le sentiment de culpabilité que j'éprouvais à regarder Elliot d'un œil si critique, je l'éprouvais également à me sentir heureuse en sa présence, surtout lorsque nous étions seuls. Il m'arrivait – quand je me souvenais de ce que m'avait dit Ava – de me demander ce qui clochait chez moi, qui faisait que je ressentais une telle satisfaction auprès d'un homme apparemment aussi ordinaire qu'Elliot. Comme si j'avais choisi une vie un peu bas de gamme. Préférant un petit bonheur simple, sans complications, à une passion hors norme.

Ne te laisse pas aller, m'avait dit Ava. Ce que je n'avais pas l'impression de faire quand j'étais en compagnie d'Elliot. Mais chaque fois que je revenais à Folger Lane, à peine descendue de voiture je me reprenais à douter.

35

Comme souvent, Cheri était au téléphone quand je suis arrivée. Ollie et moi allions passer notre premier week-end ensemble depuis trois ans. Son demi-frère Jared, assis sur une chaise haute devant son assiette de céréales à moitié pleine, gesticulait, un stylo-feutre décapuchonné dans son poing. De la tête, Cheri m'indiqua le living d'où provenait le son d'un dessin animé. Dwight était sorti, probablement. Ollie était assis sur le canapé, en pyjama. Pâle, son cou maigre et raide émergeant du haut du pyjama, semblable à celui d'un oiseau. Il ne leva pas les yeux.

Faire une entrée théâtrale n'était pas mon genre. J'avais appris à la longue qu'il lui fallait plusieurs heures pour se sentir de nouveau à l'aise avec moi. Je savais que, quand je le prendrais dans mes bras, il serait crispé, sur ses gardes. Plus tard, avec un peu de chance – à peu près au moment de nous dire au revoir –, il s'amollirait contre moi et je reverrais brièvement l'enfant d'avant. Il serait temps alors de le ramener chez son père, et je le sentirais se cuirasser de nouveau.

« Ollie, chéri, ai-je dit. Bonjour. C'est bon de te voir. » Je me suis accroupie à côté de lui.

Il suçait son pouce, une habitude dont il essayait de se débarrasser parce que les gosses à l'école le taquinaient, mais qui reprenait le dessus quand il était seul ou anxieux.

« Tu veux que je t'aide à rassembler tes affaires ?

— Je veux finir de regarder mon émission. »

Je me suis assise à côté de lui, résistant à l'envie de le serrer contre moi. Je lui ai caressé le dos, ai passé mes doigts dans ses cheveux. Ils avaient besoin d'une bonne coupe, tout comme ses ongles. Indices chez un gamin que la mère s'occupe mal de lui. Cheri étant toujours au téléphone, je suis allée chercher, à défaut de sac de voyage, un sac-poubelle sous l'évier pour y mettre ses vêtements.

Deux caleçons. Deux paires de socquettes, que j'ai trouvées jetées en vrac dans un tiroir, et d'une seule couleur : blanche. Pour Cheri c'était sûrement plus facile. J'ai pris également deux T-shirts, dont celui avec l'image du fox-terrier, son préféré.

« Il te faut un maillot de bain. Je te rappelle que les amis chez qui nous allons ont une piscine.

— Je sais pas nager, m'a-t-il répété. Personne m'a appris. » Sous-entendu, c'était ma faute.

« J'irai dans l'eau avec toi. Il y aura une bouée.

— Tu as dit qu'ils ont un chien.

— Trois, exactement.

— Et ils ont le câble ?

— Tu verras quand tu y seras. À mon avis, tu t'amuseras trop pour avoir le temps de regarder la télé. »

Installé à l'arrière de ma Honda, ceinture bouclée, Ollie remarqua, d'un ton toujours aussi maussade : « Cheri a un lecteur DVD dans sa voiture.

— Eh bien, moi, je préfère parler. Ça fait deux semaines que je ne t'ai pas vu. Je veux savoir ce que tu as appris à l'école, ce que Mr Rettstadt vous a enseigné.

— Rien.

— Je ne te crois pas.

— Du bla-bla. Bla-bla, bla-bla, bladi-bladi-blabla.

— Je suis passée à la bibliothèque et j'ai emprunté plein de livres pour toi et moi. Il y en a un sur les insectes.

— Je déteste les insectes. » Autrefois, on avait tous deux consacré une bonne heure à étudier une fourmilière.

« Il y a d'autres livres.

— Je déteste lire. »

Pour finir, il s'est endormi. J'avais pensé m'arrêter en route dans un parc de loisirs où nous nous rendions parfois, mais le temps de traverser le pont il était presque midi, et je savais qu'Ava nous avait préparé un déjeuner.

« Je crois que tu aimeras mes amis. » Il venait de se réveiller. « Ils sont impatients de te connaître. »

Je m'entendais parler, on aurait dit une hôtesse de l'air annonçant l'atterrissage.

« Ava, la dame, ne peut pas marcher. Elle est en fauteuil roulant. Elle conduit une voiture spéciale qui la hisse automatiquement sur son siège.

— Quelle heure il est ? » Pouce dans la bouche. Regard vide, fixant la vitre. « Quand est-ce qu'on rentre à la maison ? »

En tournant dans Folger Lane, je me suis dit que j'avais commis une terrible erreur. Mon fils ne se laisserait pas aller, il refuserait le plaisir qu'on lui offrait. Ava et Swift feraient de leur mieux mais ensuite, après notre départ, ils s'écrieraient : « Dieu merci, c'est fini ! » Et ne nous inviteraient plus jamais. Peut-être même parviendraient-ils à la triste mais évidente conclusion que m'avoir retiré la garde de mon fils était probablement la meilleure solution.

Sur quoi, Ava nous ouvrit le portail. Lillian se précipita sur Oliver et se mit à lui tourner autour comme elle le faisait pour tout nouvel arrivant, et Sammy agita la queue en jappant gaiement. Le plus surprenant fut Rocco, qui non seulement ne gronda pas contre cet intrus, mais sembla se prendre d'une affection immédiate pour mon fils. Lui mordilla la main, et ne le quitta plus d'une semelle !

« Heureux de te connaître, Oliver, dit Swift. Je peux t'offrir un verre ? » À l'instar d'Ava, il était une de ces rares personnes qui ne changent pas leur manière de s'exprimer en s'adressant à un enfant.

« Est-ce qu'il faut mettre de l'argent là-dedans ? » Ollie venait de remarquer le flipper.

« Pour toi, mon pote, c'est gratuit. Mon fils Cooper y jouait tout le temps. Quand nous l'avons acheté, il était trop petit pour atteindre les manettes, alors on lui a installé cette caisse. »

Ollie grimpa sur le tabouret de fortune. Il caressa les manettes, puis me regarda, comme s'il redoutait que je lui interdise d'y toucher.

« Vas-y. Ce sont nos amis. Tu peux faire tout ce qu'il te plaît. »

Après le déjeuner, il a voulu voir où couchaient les chiens. Puis Swift lui a montré la pièce où il avait rangé toutes les vieilles figurines guerrières de Cooper.

« Votre fils est là ? l'interrogea Ollie.

— Il est grand, maintenant. Le seul enfant qui reste à la maison, c'est moi. »

Ollie le jaugea du regard.

« Tu fais comme chez toi, mon petit vieux, reprit Swift.

— Mais c'est pas un enfant, me chuchota Ollie.

— Bien vu, mon vieux, répliqua Swift. Mais parfois je me conduis mal, comme font les gosses. La seule différence, c'est qu'on ne m'expédie pas dans ma chambre. »

Nous sommes sortis. Ils sont restés tous les deux au bord de la piscine, Swift bronzé presque noir – il ne croyait pas aux crèmes protectrices –, les jambes d'Oliver, sous son short trop grand, d'une blancheur de lait.

« Je sais pas nager. » La voix de mon fils basse et rauque.

« Pas possible ! Il est temps d'y remédier, tu ne crois pas ? »

Swift le souleva, le balança sur son épaule et sauta dans l'eau. J'ai cru qu'Ollie allait crier, au lieu de quoi il éclata de rire.

Ils ont passé presque tout l'après-midi dans l'eau. Au bout de deux heures, Ollie plongeait du bord et faisait le mort, se laissant dériver à plat ventre, bras écartés, d'une extrémité à l'autre.

« Tu te moquais de moi, hein, en disant que tu ne savais pas nager ? Tu es un nageur inné. Tu seras un champion.

— Non, je savais pas. J'étais jamais venu chez vous avant.

— Eh bien, maintenant, tu sais ce qu'il te reste à faire. Venir nous voir souvent. »

Ollie prit un air sérieux, comme s'il réfléchissait à une proposition de travail et que, réflexion faite, il décidait de l'accepter.

« Croyez-vous que ça dérangera votre fils si je joue encore un peu avec son flipper ? » Swift lui avait montré une photo de Cooper survolant en deltaplane le désert de l'Arizona, et une autre où on le voyait dans une loge à l'occasion d'un match des Giants.

« Je suis sûr qu'il aimerait que tu y joues. Peut-être qu'un jour où tu viendras, il sera là et vous pourrez faire du deltaplane tous les deux. »

Ollie a joué au flipper, puis s'est amusé avec Rocco, à qui il lançait le volant. Ava nous a fait des smoothies, autorisant Ollie à jeter tous les fruits qu'il voulait dans le mixer. L'heure du dîner approchant, nous avons pris la Range Rover de Swift et sommes allés promener les chiens dans le parc, Rocco continuellement au côté d'Ollie.

Nous avons acheté des hamburgers et Swift a commandé un soda à la crème glacée pour Ollie. Assis à l'arrière de la voiture avec moi, Rocco sur ses genoux, Ollie s'est penché et m'a chuchoté à l'oreille : « J'aimerais tellement qu'on rentre jamais à la maison. »

Puis il s'est endormi, ce qui a donné l'occasion à Swift et à Ava de me demander où j'en étais avec Elliot, sans entrer dans certains détails – pour le cas où Ollie entendrait.

« Ainsi ce type te plaît vraiment ? constata Swift.

— Ce n'est pas l'affaire du siècle, mais les choses sont tellement faciles avec lui.

— Faciles », répéta Ava. Il y avait comme du scepticisme dans sa voix.

« Et qu'est-ce qu'il pense de notre petit bout de chou ? voulut savoir Swift. Parce que ce gosse mérite d'avoir un homme génial dans sa vie. Le meilleur.

— Pas de précipitation, chéri, dit Ava. Helen, pour l'instant, ne fait que sortir avec cet Elliot. Ils ne sont pas encore mariés.

— C'est juste. Helen doit prendre le temps de la réflexion.

— Certes, Elliot n'est probablement pas aussi naturel que toi avec les enfants, Swift. Mais personne ne l'est.

— Mais il est bon au lit, hein ?

— Chut », lui intima Ava, en montrant Ollie.

Il était 22 heures passées quand nous sommes revenus chez moi. Et, malgré sa taille – et son âge –, je l'ai porté. C'était si merveilleux de refaire ces gestes : le déshabiller, délacer ses chaussures, l'allonger sur le matelas pneumatique que j'avais préparé. Juste avant de replonger dans le sommeil, il m'a demandé si nous retournerions chez nos amis le lendemain. Chez *Monkey Man*, l'homme-singe des Rolling Stones.

Le lendemain matin, il me reposa la question, mais j'avais promis à son père de le ramener avant midi. Nous nous sommes assis sur le petit balcon prolongeant mon living – avec vue sur le parking – et je lui ai coupé les cheveux. J'aurais voulu rester là jusqu'à la fin des temps, mon fils sur sa chaise, une serviette de toilette autour du cou, moi ciseaux en main, égalisant ses fins cheveux blonds. J'ai pu me tromper, mais il m'a semblé heureux lui aussi. Détendu, épaules relâchées, il chantait « Yellow Submarine », qu'il avait entendu la veille sur le juke-box à Folger Lane.

Durant le trajet vers Walnut Creek, Ollie parlait de ce qu'il comptait faire la prochaine fois que nous irions chez Monkey Man. Jouer avec les chiens. Au baby-foot. Et nager avec Swift.

« C'est qui, lui ? Un super-héros ?

— On pourrait dire ça. »

Le lundi soir qui suivit, Elliot m'invita à dîner au restaurant.

« Ça fait seulement trois jours qu'on ne s'est pas vus, me dit-il. Mais c'est fou ce que tu m'as manqué. J'ai du mal à me rappeler à quoi ressemblait ma vie avant que je te connaisse. » Propos qui auraient dû me rendre heureuse, et pourtant m'ont légèrement irritée. Comme si rien d'autre ne l'intéressait.

« Je respecte pleinement ta décision de ne pas me présenter encore à Ollie. J'attends avec impatience le jour où tu te sentiras assez sûre de nous deux pour le faire. »

Je n'ai pas su quoi répondre. En vérité, ce qui me retenait, ce n'était pas tant mon manque de recul que la crainte qu'Elliot, face à Ollie, ne sache pas quoi lui dire. Et qu'Ollie ne le prenne pour un abruti. En réalité ma réticence venait de ce que je reconnaissais qu'Elliot n'était pas Swift. Et qu'Ollie souhaiterait qu'il le soit.

Je redoutais le jugement d'Ava et de Swift. J'avais peur de me sentir embarrassée devant mes amis. Ou, pire, qu'Elliot se sente lui-même mortifié.

« Je suis sûre qu'Ollie et toi vous vous rencontrerez bientôt, ai-je fini par dire. Je veux juste que ce soit au bon moment. »

Restait à décider que le bon moment était arrivé.

36

Souvent, quand je débarquais chez les Havilland (notamment pour travailler en secret au livre d'anniversaire), Swift se trouvait dans son bureau du *pool house*, en train de téléphoner. Ou bien il plaisantait quelques minutes avec moi, puis disparaissait. Cette fois-ci, quand je suis revenue, dans les jours qui ont suivi notre week-end, il a entrepris de me parler de mon fils.

« Ton gosse est génial, tu sais.

— Il s'est pendu à toi, il a adoré.

— C'est une énorme connerie que son père te l'ait enlevé. » Swift était en train de dévorer une cuisse de dinde, comme un homme des cavernes. À pleines dents et sans fourchette. « Un garçon de cet âge a besoin de sa maman. Même si mon ex-femme me rendait cinglé, j'ai compris ça avec Cooper.

— Crois-moi, on ne peut pas vous comparer, le père d'Ollie et toi.

— Tu es une mère formidable. Ollie devrait pouvoir passer beaucoup plus de temps avec toi. »

Moi, j'avais eu l'impression que la personne avec laquelle Ollie voulait passer un maximum de temps était Swift. C'était néanmoins bon à prendre. Tant qu'il aurait envie d'aller chez les Havilland, il demanderait à venir chez moi. J'avais une famille à lui offrir.

« Alors, quand vas-tu nous le ramener ?

— J'ai pensé aux vacances d'été. Mais comme son père ne sera pas chaud, si Ollie ne le réclame pas lui-même, je ne vois pas comment forcer le tribunal à revoir son jugement. »

D'autant, ai-je ajouté, que j'avais pris un travail supplémentaire, d'ailleurs mal payé : des prises de vue pour un catalogue sur la péninsule californienne, ce qui restreignait le temps que je pourrais consacrer à Ollie. Sans parler d'Elliot.

« Écoute, dit Ava. Oliver est heureux ici. Et puis nous avons Estella pour nous aider. Si tu arrives à convaincre ton ex-mari de te le confier pour deux ou trois semaines cet été, nous serons très contents de le garder pendant que tu travailleras. »

Leur générosité m'a stupéfiée. J'imaginais toutes les soirées qu'Ollie et moi pourrions passer ensemble. Le jeu de Lego réinstallé sur la table du living. Pop-corn sur canapé.

« Je lui apprendrai à nager, a ajouté Swift. Brasse papillon avant le Labor Day.

— Je vais parler à son père. »

37

J'ai appelé Dwight. Moins discutailleur que je ne m'y attendais, il m'a accordé deux semaines. De loin la plus longue période que je passerais avec mon fils depuis trois ans.

« Bien entendu, si j'apprends la moindre des choses sur toi et la boisson, il n'en sera plus question. Un seul mot suffirait. »

J'ai refréné mon envie de rétorquer.

Au téléphone, le lendemain soir, Ollie m'a annoncé son plan pour ses vacances. Enseigner des tours à Rocco, travailler sa natation. Pour gagner la course du Labor Day, prévue par Monkey Man.

« Si je suis de bonne humeur, je te donnerai peut-être une longueur d'avance, mon pote, avait dit Swift. Mais je ne crois pas que tu en auras besoin. Tu es beaucoup plus jeune que moi. Sais-tu quel âge j'ai ?

— Vingt-cinq ans ? » avait proposé Ollie. Ses notions sur l'âge des adultes étaient rudimentaires, mais Swift se comportait bel et bien en garçon de vingt-cinq ans.

Aussi excité qu'Ollie par les projets de vacances, il avait pris des billets pour un match des Giants et se renseignait sur l'âge qu'il fallait avoir pour piloter un de ces karts formule 4 qu'il avait vus foncer sur une piste longeant l'autoroute. Il pensait aussi à remettre à neuf la vieille cage de base-ball de Cooper. Et puis, comprenant que je n'autoriserais probablement pas Ollie à monter derrière lui sur sa moto, il se demandait : et si je me procurais un side-car ?

« Je veux emmener le gamin au lac Tahoe, nous annonça-t-il, à Ava et moi. Faire un tour sur le Donzi. »

Je l'avais déjà entendu mentionner le hors-bord, offert à Cooper pour son diplôme de fin d'études secondaires. Bon nombre des photos sur les murs de la maison les montraient, père et fils, à bord du bateau au profil aérodynamique. Riant, comme toujours.

« C'est un Donzi d'origine, année 1969. Vous croyez qu'une virée plairait à notre Ollie ?

— Peut-être ne faudrait-il pas oublier l'essentiel, mon ange, dit Ava. Qui est que Helen et Ollie puissent passer le plus de temps possible ensemble. Et non te fournir une nouvelle occasion de partager tes jouets avec un petit garçon.

— Je sais, je sais. C'est juste une sorte de répétition avant que Cooper et Virginia se mettent à produire des poupons. »

En entendant Swift s'exprimer ainsi, j'ai été submergée par une vague de gratitude et d'affection. Non contents de m'avoir en quelque sorte adoptée, les Havilland adoptaient aussi mon fils. Peut-être était-il vrai que je me servais d'eux comme moyen de séduire Ollie, l'amener à passer du temps avec moi, et alors ? Où était le mal ? Il fallait bien commencer quelque part.

« Je ne suis pas sûr de me sentir assez vieux pour être un grand-père, ajouta Swift. Disons un oncle. Un riche oncle. » Il éclata de son rire énorme, un peu fou. « On va se défoncer.

— Encore une fois, chéri, n'oublie pas que ces vacances sont destinées à réunir Helen et Oliver. Il se pourrait, d'ailleurs, que j'aie envie, moi aussi, de te voir, ne serait-ce qu'une portion.

— Et à quelle portion penses-tu ? »

38

La personne que nous avions omis de mentionner dans cette discussion concernant nos futures activités estivales était Elliot, dont mon fils continuait d'ignorer l'existence, et sur qui mes amis portaient un jugement tacite mais indubitable. De toute façon, le temps qu'Ollie coucherait chez moi, je devrais renoncer aux deux ou trois nuits hebdomadaires avec Elliot dans sa maison de Los Gatos.

Quand je lui ai annoncé la nouvelle, il a réagi avec sa gentillesse habituelle. Il était heureux pour moi. Et si ces deux semaines se déroulaient bien, qui sait ce qui s'ensuivrait ? Comme pour le reste, nous devions progresser lentement. Il était certain que, une fois qu'Ollie le connaîtrait, tout irait bien.

« Il me trouvera peut-être un peu ringard, mais il comprendra vite que je ne veux que son bien. Que je m'intéresse à lui. »

Je possédais déjà le matelas gonflable et, pour qu'Ollie dispose d'un peu d'intimité, j'ai acheté un paravent pliable. Ainsi qu'un Lego géant et une boîte de feutres, sans oublier un maillot de bain neuf. Dès lors, je n'avais plus qu'à attendre et à rêver.

Je suis allée chercher Ollie fin juin, deux jours après le début des vacances scolaires. Il m'attendait devant la maison et il sourit en me voyant – pour la première fois, autant que je m'en souvienne, depuis qu'il vivait là. De l'intérieur de la maison nous parvenaient les hurlements de mon ex-mari : Jared, apparemment, lui menait la vie dure.

« Il a renversé une boîte de céréales, expliqua Ollie. Tu sais dans quel état ça met papa. »

Quelques instants plus tard, Dwight sortit et s'approcha de nous. Tandis qu'Ollie grimpait dans la voiture et commençait à triturer la ceinture de sécurité, son père se pencha et me chuchota à l'oreille : « N'oublie pas, un simple écart, un verre de vin, et c'est terminé. »

Sur quoi il s'adressa à Ollie : « Rappelle-toi, mon fils, si tu as le moindre problème, tu peux nous appeler, Cheri ou moi. Même au milieu de la nuit. »

Puis il a reculé et nous a fait un petit geste de la main, sourire coincé. Cheri se tenait sur le seuil, Jared à cheval sur sa hanche. Pas l'ombre d'une émotion sur ce visage-là.

À peine étions-nous arrivés chez moi qu'Ollie a voulu courir chez Monkey Man. Et chaque jour ensuite il en a été de même. Il aimait bien Ava et il adorait les chiens, mais il était fou de Swift. La première chose qu'il disait le matin en ouvrant les yeux, c'était : « Quand est-ce qu'on va voir Monkey Man ? »

Je continuais à travailler à l'album pour Ava – un plaisir puisqu'il me permettait de rester à proximité de mon fils. Quand il ne nageait pas dans la piscine avec Swift, Ollie le suivait partout, le regardait prendre sa leçon de qi gong ou s'y mettait lui aussi. Quand il commençait à s'ennuyer, il courait vers les chiens.

Parfois je craignais qu'il n'abuse de l'hospitalité des Havilland, qu'il ne devienne agaçant, mais Swift m'affirmait que la présence d'Ollie le ravissait. « C'est mon meilleur complice, disait-il en sortant de la piscine. Après Ava, bien entendu. »

Ava, quant à elle, les appelait « les garçons » – et, très vite, ils s'étaient installés dans une routine quotidienne. Ils partaient faire des courses dans la Range Rover de Swift, puis disputaient des parties d'air hockey. Swift apprenait à Ollie à jouer aux cartes, affirmant qu'il était doué pour le bluff.

« La meilleure façon d'obtenir que les gens te croient quand tu mens, c'est de glisser des trucs vrais dans ton histoire fausse. Ensuite ils croiront n'importe quoi. »

Il lui apprenait à suivre les cours de la Bourse et, pour rendre la chose plus intéressante, lui avait acheté trois actions d'une société, la Berkshire Hathaway. Comme il l'avait fait pour Cooper des années auparavant. Parfois Ollie apportait son Lego dans le *pool house* où travaillait Swift et restait une heure ou deux à construire ses figurines, cependant que, dans la maison, Ava et moi choisissions des photographies pour l'album – déjà bien avancé – ou discutions tout simplement.

Mais la grande affaire, c'était la piscine. Après avoir eu si peur de l'eau, Ollie pouvait nager pendant des heures du moment que Monkey Man était avec lui. Il avait bronzé en quelques jours, et des muscles commençaient d'apparaître sur ses épaules maigrichonnes.

Le projet de répertorier la collection d'art d'Ava reporté à plus tard, je me consacrais à l'album d'anniversaire – *L'Homme et ses chiens* – ainsi qu'à d'autres tâches, menues mais de plus en plus nombreuses, que naguère Ava aurait assignées à Estella. Ranger un tiroir plein de colliers entrelacés, par exemple…

« Estella aimerait peut-être faire ça, lui ai-je dit un jour. Ou Carmen.

— Effectivement, j'ai souvent demandé à Carmen de m'aider pour des choses de ce genre, mais je dois être honnête : je ne lui fais plus confiance. Un jour que je rentrais à la maison, je l'ai vue sortir de la buanderie avec un drôle d'air. Un air coupable. Mais le point de rupture, c'est Cooper.

« Au lycée, il avait gagné la bague offerte au meilleur joueur de rugby. Un jour, un an plus tard environ, Carmen a laissé son sac ouvert sur la table, et je l'ai vue. La bague. Elle avait dû la piquer.

— Et qu'est-ce que tu as fait ?

— Je l'ai reprise, évidemment. Nous n'en avons jamais parlé à Cooper. Ça lui aurait brisé le cœur. Il a toujours beaucoup aimé Carmen. »

En acceptant ces travaux supplémentaires, me dit-elle aussi, je lui laissais plus de temps libre pour ses propres tâches. Pourtant, le plus souvent elle s'installait dans la pièce où j'œuvrais – classant, rédigeant, regroupant. Cependant que, dehors, mon fils et Swift nageaient et s'éclaboussaient ou s'entraînaient à la batte. Ollie était si ensorcelé par son Monkey Man que je commençais à en prendre ombrage.

« Je pense qu'Ollie et moi allons vous quitter un peu plus tôt, ai-je dit un après-midi. Peut-être pour aller faire un tour à vélo.

— J'ai tellement peur que l'album ne soit pas prêt pour l'anniversaire de Swift, rétorqua Ava. De toute façon, Ollie s'amuse tellement chez nous. Swift a toujours fait cet effet aux enfants : il les charme comme le flûtiste de la fable. On dirait qu'il les hypnotise. Ils le suivent partout. »

À cet instant, j'entendis mon fils me crier : « Eh, m'man ! Monkey Man nous invite à dîner. On peut rester, hein ?

— Bien sûr. » Qu'avais-je de plus excitant à lui proposer ?

39

Nos journées étaient si remplies, j'étais si heureuse d'avoir mon fils près de moi que je n'avais guère le temps de penser à Elliot. Ollie demanda à son père s'il pouvait prolonger son séjour d'une semaine : la réponse ne se fit pas attendre, ce fut non. Néanmoins je pris sa requête pour un bon signe : il se plaisait avec moi (et surtout avec Swift, évidemment).

Une seule fois, pendant toute cette période, Ava me demanda ce que devenait Elliot.

« Tu sors toujours avec ce type ? Evan ? Irving ? Le comptable ?

— Ça n'a pas été possible ces derniers temps, depuis qu'Ollie est là, mais sinon, oui.

— Au début de notre relation, Swift et moi on ne pouvait pas rester séparés même cinq minutes. Je suppose qu'entre ce type et toi, sexuellement parlant, ce n'est pas terrible. »

Je ne tenais pas à aborder la question, mais il était difficile de résister à Ava. Elliot était un amant doux, lui ai-je dit, manquant peut-être d'une certaine imagination, mais attentif et beaucoup plus tendre qu'aucun homme que j'avais connu. Quand je sortais de la baignoire, il me passait une lotion sur les coudes et les genoux – une certaine marque qu'il utilisait depuis toujours, traditionnelle chez les fermiers.

« Ouah ! Ça semble merveilleux », souffla-t-elle.

D'accord, je l'admettais volontiers : Elliot n'avait rien du personnage romantique auquel on pense quand on parle d'histoire d'amour. Pourtant, lorsque j'avais eu trois jours libres d'affilée et que nous étions allés camper, au nord dans le Humboldt County, un endroit isolé près d'une source chaude, il avait apporté son télescope et nous avions étudié les constellations. Sur le chemin du retour, il m'était apparu que, même s'il n'était pas de ces hommes qui vous laissent pantois à chaque rencontre, je m'attachais de plus en plus à lui. Mais, ai-je ajouté : je ne voyais pas comment associer dans ma vie, pour le moment, mon fils et Elliot. Mon fils comptant avant tout.

Je n'ai jamais dit que j'étais amoureuse d'Elliot ni, encore moins, que j'éprouvais ce besoin dévorant d'être continuellement avec lui qu'Ava affirmait avoir ressenti avec Swift. (Et qu'elle ressentait toujours, semblait-il.) En fait, rien de ce qu'elle racontait sur la façon dont les choses se passaient entre elle et Swift ne ressemblait à ce que j'aurais pu raconter concernant Elliot et moi. Je me sentais à l'aise, détendue, contente quand il était là. Il ne me manquait pas maintenant qu'il ne l'était pas. J'avais totalement confiance en lui – beaucoup plus qu'en moi-même. Il était foncièrement gentil.

« La gentillesse, c'est sûrement bien », reconnut Ava. Elle attendait autre chose d'une relation amoureuse.

Sans jamais cependant entrer dans les détails de la sienne, alors que Swift multipliait les allusions : entre eux, c'était époustouflant. Partout dans la maison traînaient des livres sur le tantrisme et la sexualité, et les estampes érotiques de Hiroshige dont ils possédaient une édition à tirage limité ornaient les murs du premier étage. Mais ce qui se passait réellement entre eux, comment Ava surmontait, dans ce domaine, sa paralysie, le sujet n'était jamais abordé.

Une nuit, chez moi, je suis allée sur Google et j'ai tapé : *sexe et paraplégie*, ce qui m'a fourni toutes sortes de sites avec informations sur les positions permettant de faire l'amour en fauteuil roulant. Et m'a procuré un sentiment de culpabilité, comme si j'avais poussé une porte qui aurait dû rester fermée. La seule chose que disait Ava sur l'intimité existant entre elle et Swift, c'était qu'elle dépassait ce que la plupart des couples pouvaient imaginer.

« Swift et moi n'avons aucun secret l'un pour l'autre. Comme si nous étions deux parties d'un seul corps. Peut-être est-ce pourquoi je ne prends pas ma paralysie au tragique.

— Certes, Elliot et moi sommes différents. Mais c'est très réconfortant d'avoir près de soi un homme si solide. En qui j'ai totalement confiance. »

Comme toujours, se voulant élogieuse, la réponse d'Ava tomba comme une condamnation.

« Sûr que c'est un type formidable. Mais demande-toi si tu n'es pas plutôt en quête d'un frère ou d'un copain. En ce qui me concerne, je préférerais évidemment une liaison passionnée. »

Ava n'avait pas d'enfant, ce qui faisait probablement la différence essentielle entre nous deux. Je venais de retrouver mon fils. Il n'y avait guère de place dans ma vie pour autre chose.

40

Pendant ces deux semaines, Ollie et moi avons repris d'anciennes habitudes, retrouvé un certain rythme de vie. Il dormait sur son matelas pneumatique dans le living, mais le matin il venait dans mon lit – parfois très tôt – avec une pile de livres et, adossés aux oreillers, nous lisions jusqu'au lever du soleil. Ensuite, petit déjeuner de toasts ou de crêpes, suivi éventuellement d'une partie de cartes : un jeu appelé Anaconda – une sorte de poker – que Swift lui avait enseigné. Ollie gagnait en général. Après on s'habillait et je le conduisais chez les Havilland, où il passait la matinée à s'amuser avec les chiens ou dans l'eau. Moi je travaillais à l'intérieur.

« J'ai une idée », déclara Swift. Nous étions au bord de la piscine, en milieu de matinée, je faisais une pause. Étendu sur un transat, Ollie écoutait de la musique sur l'iPod de Swift. Ava lisait un magazine. Estella venait d'apporter les bloody mary avec version non alcoolisée à mon intention.

« Ça fait un bail qu'on n'a pas fait une petite fête. Donnons un dîner, et on invitera le petit ami de Helen.

— Eh bien, je ne suis pas sûre… » Elliot me manquait, mais Folger Lane n'était pas le meilleur endroit où le retrouver, surtout en présence d'Ollie.

« Il est vraiment temps que nous fassions la connaissance de ce type. » Swift n'avait bien entendu pas enregistré son nom, d'autant qu'Ava l'appelait toujours « le comptable ». « Tu devrais l'appeler et lui demander s'il est libre pour dîner. »

Quelle date avait-il en tête ? lui ai-je demandé.

« Ce soir.

— Je ne crois pas que l'idée soit géniale. Elliot n'a jamais rencontré Ollie. Une chose après l'autre. Laissons Ollie passer un peu de temps avec Elliot et moi. Ensuite nous pourrons être tous ensemble.

— Tu réfléchis trop », intervint Ava. D'une voix coupante, que je lui entendais rarement et qu'elle employait en général pour s'adresser à Estella, lorsque celle-ci avait acheté la mauvaise marque de nourriture pour chien, ou omis de passer l'aspirateur dans un coin, ou – comme récemment – pour me raconter l'histoire du vol de la bague de Cooper par Carmen.

« Ce sera amusant, reprit-elle. Nous pourrions aller au yacht-club et dîner sur le bateau. »

Sans surprise, Elliot était libre ce soir-là, mais si content qu'il fût de m'entendre, il souleva la même objection que moi – sauf que, l'entendant se demander si l'endroit et le moment étaient opportuns pour une première rencontre entre lui et Ollie, je l'ai rembarré, brusquement moi aussi.

« Tu réfléchis trop. Et tu t'inquiètes de tout et de rien.

— Je m'inquiète de choses qui me tiennent à cœur.

— Et si on s'amusait simplement, pour une fois, sans tout analyser ? »

Il se tut quelques instants. Puis :

« Je croyais qu'on s'amusait déjà pas mal, toi et moi. Je prends juste la chose au sérieux. Connaître Ollie signifie beaucoup pour moi.

— Tout ira bien. » Le ton de ma voix ressemblait à celui d'Ava. « On fera griller des hamburgers sur le pont du bateau, et Swift laissera probablement Ollie gouverner. Il lui passera la barre. »

Nous avons décidé qu'Elliot viendrait nous rejoindre dans l'après-midi et qu'après un verre et un plongeon dans la piscine, pour ceux qui le souhaitaient, nous irions au yacht-club et dînerions à bord du voilier.

« Le Donzi ? demanda Ollie.

— Non, mon pote, le Donzi est à Tahoe. Mais tu iras bientôt sur celui-là aussi, je te le promets. Et alors, ce sera… » Il mima un cow-boy faisant tournoyer un lasso.

À l'arrivée d'Elliot, nous étions au bord de la piscine. Swift en maillot de bain, Ava en longue robe d'été. Ollie dans l'eau : il avait fait de tels progrès qu'il n'avait plus besoin de la présence d'un adulte à côté de lui.

J'ai remarqué d'abord la tenue d'Elliot. Chemise boutonnée et pantalon kaki trop ample, mocassins. Une coupe de cheveux récente laissait voir une bande de nuque, rose et vulnérable, ainsi qu'un petit espace nu autour des oreilles.

Je m'en fiche, aurais-je dû me dire, mais voilà, ça m'a agacée.

Je me suis levée, ai posé ma main sur son épaule, mais ne l'ai pas embrassé comme je l'aurais fait dans d'autres circonstances.

« Je te présente mes amis. Ava et Swift. » Pour Ollie, on attendrait qu'il sorte de l'eau.

« J'ai beaucoup, beaucoup entendu parler de vous. » Elliot a tendu la main à travers la table. Swift s'employait à ouvrir une deuxième bouteille de vin. Elliot en avait apporté une pour le dîner, que Swift recalerait sûrement après examen.

« Nous savons aussi beaucoup de choses vous concernant, a dit Ava. Enfin peut-être pas tout. Vous allez "faire la connaissance des parents", en quelque sorte.

— Helen a beaucoup de chance d'avoir des amis comme vous pour s'occuper d'elle.

— C'est le genre de personne qui peut se faire facilement exploiter, rétorqua Swift, en regardant Elliot droit dans les yeux. Il y a plus d'un crocodile dans le marigot.

— Je n'en suis pas un.

— Bien sûr que non », dit Ava. Elle lui tapota le bras. « Une souris serait plus effrayante qu'Elliot. »

Ils ont tous ri. Moi pas.

Swift lança une serviette de bain à Elliot. Épaisse, surdimensionnée, avec une rayure bleue et le logo de l'une des sociétés qu'avait lancées Swift. À l'époque où il travaillait dans la Silicon Valley, m'avait raconté Ava un jour, ils offraient ces serviettes comme cadeau de Noël, ainsi que des peignoirs de bain avec monogramme du destinataire.

Puis Swift lui tendit un cigare, un cubano sorti de l'humidificateur. Elliot eut l'air légèrement froissé.

« J'espère que vous avez apporté des vêtements de rechange, mon petit vieux, dit Swift. Nous ferons une virée en bateau, tout à l'heure.

— Sinon, Swift vous passera quelque chose », ajouta Ava. Elliot mesurait dix bons centimètres de plus que Swift et ils n'avaient pas du tout la même carrure, mais Elliot s'abstint de tout commentaire.

« C'est la règle, ici, poursuivit Swift. Si quelqu'un ne va pas dans l'eau de son plein gré, on le balance à la flotte. » Il explosa de rire. Elliot, lui, ne souriait pas.

Planté au bord du plongeoir, Ollie hurlait à Swift de le regarder sauter.

« Mon mari a transformé ce garçon en poisson, dit Ava, s'adressant à Elliot.

— Ensuite je lui apprendrai la lutte », ajouta Swift.

Enfin Ollie est sorti de l'eau – j'étais toujours émue à la vue de mon petit garçon, maigrelet et frissonnant, dégoulinant au bord de la piscine, claquant des dents, mais si heureux. Je l'ai enveloppé dans l'une des serviettes rayées et l'ai mené vers la table des adultes.

« Je veux te présenter quelqu'un, lui ai-je dit. Voici Elliot. »

Ollie l'a jaugé en une seconde : la chemise, le pantalon ringard, les chevilles et les mains blanchâtres.

« C'est ton copain, n'est-ce pas ? a constaté Ollie.

— Ce garçon n'en loupe pas une, a henni Swift.

— Ta mère et moi sommes bons amis, a dit Elliot. Mais je ne vais pas te mentir. Il m'arrive, quand j'ai de la chance, de sortir avec elle en amoureux. J'espère que nous pourrons le faire avec toi, tous les trois ensemble, de temps en temps.

— Je veux aller nulle part ailleurs qu'ici », a rétorqué Ollie. Puis, se tournant vers Swift : « Tu viens jouer au baby-foot ?

— Je vais te démolir, te démolir et te pulvériser. »

Swift souleva Ollie et l'emporta, gigotant et hurlant de rire, jusqu'au *pool house* où se trouvaient les jeux.

Ce qui nous laissa seuls, Ava, Elliot et moi. Elle entreprit de lui verser un verre de vin, mais il l'arrêta du geste.

« Je ne suis pas du genre buveur.

— Oh ! seigneur. » Petit rire d'Ava, l'air stupéfait. « Ne nage pas. Ne boit pas. Il vous arrive de vous amuser, *parfois* ?

— Mais oui.

— J'espère que vous n'avez rien contre les chiens ?

— J'adore les chiens. J'en aurais d'ailleurs un si je n'étais pas allergique à leurs poils.

— C'est bizarre, non, que les gens ne disent jamais qu'ils sont allergiques aux autres ? »

41

Une heure plus tard environ, nous nous sommes entassés tous les cinq dans la Range Rover, avec une glacière dans le coffre : huîtres, vin, salades préassaisonnées, steaks et hamburgers pour Ollie, en direction de la marina où Swift laissait son voilier.

« Je suis plus le genre pilote de hors-bord que matelot, dit-il, mais je laisse le Donzi à Tahoe. Là, on peut s'éclater pleins gaz.

— On le fera bientôt ? demanda Ollie.

— Sûr, Bill. »

Assis à l'avant entre Swift et Ava, Ollie s'amusait avec l'iPod de Swift. Écoutant du Bob Marley, que Swift lui avait fait connaître, et qui avait supplanté ses albums favoris – la musique des années 1980-1990 qu'aimait son père.

Elliot raconta qu'il avait assisté à un concert de Bob Marley, dans les années 1970. Il était évident, pour moi en tout cas, qu'il s'efforçait de trouver un sujet susceptible de retenir l'attention d'Ollie.

« Un jour que j'étais en Jamaïque avec un pote, dit Swift, on a été invités à une fête chez Bob. Une maison de dingues.

— Tu as *rencontré* Bob Marley ? s'est exclamé Ollie.

— On jouait au soccer ensemble, lui il appelait ça *football.* »

Je savais qu'Elliot était sujet au mal de mer, mais bien entendu il n'en dit rien. On ne risquait pas trop les coups de soleil, parce que l'après-midi était bien entamé quand nous sommes montés à bord du *Bad Boy* de Swift, mais Elliot s'était tartiné de crème protectrice. Grâce au ciel, il n'avait pas apporté le chapeau qu'il mettait parfois quand nous partions en randonnée – destiné à protéger le visage et aussi la nuque, tenu par une cordelière sous le menton. Qui me rappelait les bonnets portés par les petites filles de la série *La Petite Maison dans la prairie.* En revanche, il portait la casquette de l'équipe de base-ball d'Oakland.

« Moi, mon club, c'est les Giants, dit Swift.

— Moi aussi », proclama Ollie.

Première nouvelle !

Nous sommes sortis de la marina, la baie était splendide, mais la mer agitée.

« Je ne veux pas jouer les trouble-fête, s'excusa Elliot, mais Ollie ne devrait-il pas porter un gilet de sauvetage ?

— Je suis un grand nageur, protesta Ollie. C'est Monkey Man qui l'a dit.

— Même les bons nageurs en portent quand ils naviguent au large, tu sais, en fait je vais en enfiler un moi-même. » Il attrapa l'un des gilets accrochés à la paroi extérieure de la coque. « Mieux vaut prévenir que guérir, n'est-ce pas ? »

Ollie regarda Swift, qui souriait. Ce sourire qui apparaissait sur les centaines de photos que j'avais triées pour l'album – large, tout en dents –, suggérant qu'il était de connivence avec Ollie et qu'il reconnaissait comme lui l'absurdité de la suggestion d'Elliot.

« C'est une bonne chose qu'il existe des types comme vous, mon vieux, dit-il à Elliot, pour empêcher des types comme moi de devenir trop extravagants. Des types qui respectent la loi pour faire contrepoids aux hors-la-loi. Certains diraient peut-être que celui qui s'accroche à un gilet de sauvetage est une mauviette, mais où est le mal ?

— Je veux juste être sûr qu'Oliver ne risque rien. »

Swift lâcha une bouffée de cigare.

« J'entends, mon vieux, j'entends. Mais pas question que j'enfile un truc en polystyrène orange pour naviguer dans la baie. » Saisissant un gilet, il le fit tournoyer au-dessus de sa tête comme un lasso et le jeta dans l'eau. « Ça me fait perdre mes moyens.

— Youpi ! cria Ollie. Les gilets de sauvetage, c'est pour les bébés.

— Il n'y a pas si longtemps qu'il sait nager », insista Elliot.

Je sentais battre mes tempes.

« C'est probablement une bonne idée, ai-je dit. Je crois qu'Elliot a raison.

— Tu as entendu ta maman, mon pote ? » Swift lui posa une main sur l'épaule. « Son copain a marqué un point. Ce type est beaucoup plus intelligent que ton vieux Monkey Man.

— Est-ce que tu as obligé Cooper à porter un gilet de sauvetage quand il avait mon âge ? » voulut savoir Ollie.

Cooper, qu'il ne connaissait pas, bien sûr, avait pour lui statut de légende. Cooper et Swift, un couple de rock stars.

Pour finir, je lui ai fait enfiler le gilet de sauvetage, nouant les lanières en de multiples nœuds qu'il s'empressa de défaire, si bien que le gilet aurait offert une maigre protection si nous avions chaviré ou s'il était tombé par-dessus bord. Mais je n'ai pas insisté. Il en voulait déjà bien assez comme ça à Elliot. Et puis, j'aurais dû penser moi-même au gilet.

« Alors, il paraît que tu joues au tee-ball ? demanda Elliot. Est-ce que ton équipe gagne ?

— La saison est terminée, mais de toute façon, le tee-ball c'est débile. C'est un jeu de bébés. Les lanceurs, c'est que les papas, et ils lancent des balles en mousse. Certains garçons de mon équipe, ils restent cloués sur place, ils balancent même pas leur batte. Il faut que les papas leur lancent la balle droit dans la batte.

— Il faut bien commencer par quelque chose, non ? Bientôt, tu pourras jouer en Petite Ligue. C'est plus stimulant.

— Je déteste la Petite Ligue.

— Qu'est-ce que tu veux faire quand tu seras grand ? » La question n'avait rien de génial, mais Elliot essayait de tenir bon.

« Éboueur. Ou gangster. Voleur de banques, probable.

— Si tu veux voler l'argent des autres, il faut t'y prendre de façon intelligente. Créer une start-up », dit Swift.

La baie était parsemé de voiliers, le soleil bas à l'horizon.

« Et si on cuisait ces petites merveilles ? » demanda Swift. Il sortit quatre steaks de la glacière ainsi que deux hamburgers, préparés par Estella pour Ollie.

Je voyais à son visage qu'Elliot ne se sentait pas bien, mais il ne disait rien.

« Vous l'aimez comment ? s'enquit Swift. Moi, je l'aime saignant. »

Ava et lui échangèrent un regard. Leurs commentaires semblaient souvent pleins de sous-entendus sexuels. Quand nous étions seuls tous les trois, je m'en fichais – en réalité, j'entrais dans leur jeu. Mais en présence d'Elliot, sans parler d'Ollie, cette passion charnelle qui s'exprimait ainsi me rendait mal à l'aise.

« Pour dire la vérité, répliqua Elliot, je suis un peu barbouillé là, maintenant. Je me contenterai peut-être de pain. »

Swift attrapa une huître sur le plateau qu'Ava avait dressé, avec du raifort, du citron et de la vinaigrette, et l'avala goulûment.

« Rien de meilleur. Sauf une chose, peut-être. » Il accompagna son grognement de plaisir d'un nouveau regard significatif en direction d'Ava.

À ce moment, Elliot pivota avec une soudaineté inhabituelle chez cet homme qui en général se mouvait posément, il se dirigea vers la proue du bateau, se courba, sa tête disparut par-dessus bord. J'ai mis quelques instants à comprendre qu'il vomissait.

42

De ce jour, quelque chose a changé. J'avais bien entendu raconté à Elliot les projets de Swift et Ava concernant leur fondation – conséquence de leur dévotion pour les chiens –, qu'il semblait accepter comme l'un de ces caprices dont sont coutumiers les gens très riches. Mais après notre désastreuse équipée à bord du voilier, Elliot fut pris d'une véritable obsession : étudier le fonctionnement de la fondation.

Le séjour d'Ollie chez moi touchait à sa fin, et pour qu'il se termine en beauté, Swift avait organisé une virée à Mountain View et sa piste de karting. Une excursion que j'aurais bien aimé faire avec eux, mais Ollie s'était exprimé sans ambages : il voulait Swift, et personne d'autre. Du coup, j'en ai profité pour débarquer chez Elliot.

C'était la première fois que je le revoyais depuis l'épisode du voilier, et il y avait encore plus longtemps que je n'étais pas venue chez lui à Los Gatos. Il y régnait un désordre tout à fait inhabituel. La table de la salle à manger était jonchée de papiers, et un mur couvert de Post-it griffonnés. J'ai repéré le nom *Havilland* sur l'un d'entre eux, sur un autre celui de la fondation.

« Qu'est-ce que tu fabriques ? Tu n'es pas le comptable de Swift. C'est un hobby, chez toi, de chercher des informations sur des sociétés privées ?

— L'information est publique. Ils l'ont déclarée association sans but lucratif.

— Tu n'as vraiment rien de mieux à faire que de fourrer ton nez dans les finances de mes amis ? » J'avais conscience de la méchanceté de ma question, mais ça m'était égal.

« Il y a quelque chose qui cloche dans tout cela.

— En réalité, tu es jaloux. Parce que je passe trop de temps avec eux.

— Ça m'intéresse simplement. Les photos peuvent raconter une histoire, les chiffres aussi, figure-toi. Et ce n'est pas toujours une bonne histoire.

— Te rends-tu compte de tout ce qu'ils ont fait pour moi ? Et maintenant pour Ollie ? Il adore Swift. »

Une minute de silence, puis Elliot a repris :

« Tu ne crois pas que j'aimerais moi aussi gagner l'amitié de ton fils ? Si tu m'en offrais la chance.

— Je suis sûre que l'occasion se présentera. Disons que vous n'êtes pas partis du bon pied, toi et lui.

— Je pourrais par exemple faire un dîner pour nous trois. On prendrait mon télescope et on s'installerait dans un endroit que je connais, où la lumière ambiante est minimale. Je lui montrerais Mars.

— Peut-être à sa prochaine visite chez moi.

— Quand les planètes s'aligneront. »

Ce n'était pas du ciel qu'il parlait.

43

C'était le dernier jour des vacances d'Ollie, qu'il avait voulu passer chez Monkey Man, bien entendu. Il s'entraînait dans la piscine en vue de la compétition du Labor Day prévue par Swift, qui lui avait promis, s'il gagnait, de l'emmener au lac Tahoe. Et de réaliser son rêve : une course en hors-bord. Le Donzi.

Ava était sortie. Moi je m'occupais des invitations pour la fête d'anniversaire – on avait le temps, mais Ava voulait être sûre que les gens réservent leur soirée.

À l'heure du déjeuner, nous nous sommes retrouvés tous les trois au bord de la piscine à regarder Ollie faire ses longueurs.

« Il est génial ce gosse, a dit Swift. Et tu n'y es pas pour rien.

— Je ne mérite pas ces félicitations. Les deux semaines qui viennent de s'écouler sont les meilleures que j'aie passées avec mon fils depuis qu'il était à la maternelle.

— Je voulais justement te parler de ça, Helen. Ava et moi en avons discuté et nous sommes tout à fait d'accord. Nous aimerions te payer un avocat de façon que ton garçon revienne vivre là où est sa place.

— Je ne peux pas accepter un tel cadeau. Je n'ai même pas fini de payer l'ancien.

— À quoi servirait une famille, sinon ? Je vais appeler Marty Matthias. Prendre rendez-vous pour toi. »

Le soir, Ava et Swift nous ont emmenés dîner, Ollie et moi, dans un restaurant japonais. À l'honneur d'Ava je dois reconnaître qu'elle me suggéra de téléphoner à Elliot pour l'inviter également – elle l'appela même par son prénom –, lequel refusa, prétextant qu'il était occupé.

Le restaurant était l'un de ceux où le serveur fait la cuisine à votre table sur une plaque chauffante, tout en brandissant une épée de samouraï au-dessus de sa tête. Ollie a adoré, évidemment.

« Tu vas beaucoup me manquer, mon pote, lui a dit Swift. Promets-nous de revenir bientôt. »

Ensuite nous sommes rentrés chez moi. Ollie a enfilé son pyjama, je me suis allongée sur le matelas pneumatique à côté de lui. Je ne voulais pas faire un drame de son départ, même si l'idée des adieux le lendemain matin me paniquait.

« Tu sais quoi, je réfléchissais. Qu'est-ce que tu dirais si nous demandions à ton papa de te laisser vivre ici avec moi à la rentrée scolaire ? Juste essayer, pour voir. »

Il jouait avec l'iPhone que Swift lui avait offert au restaurant. Il leva les yeux vers moi. Pas un de ces regards obliques, méfiants de naguère, un regard bien droit.

« Ça me plairait bien.

— Attention, pas pour aller au restaurant tous les soirs ni recevoir tout le temps des cadeaux comme celui-là. Je parle d'une vie réglée. École. Devoirs à la maison. Corvées ménagères.

— Je sais. »

J'ignore s'il l'avait fait consciemment, mais il avait passé une jambe par-dessus la mienne et posé sa tête sur mon épaule. À cet instant seul comptait pour moi l'espoir de récupérer mon fils une bonne fois pour toutes.

Plus tard, d'autres idées m'ont traversé l'esprit. Notamment : je n'avais pas dit à Ollie qu'Elliot aussi ferait partie de notre vie. Mais je n'allais pas prendre ce risque, c'était trop tôt. Ce que nous venions de redécouvrir était encore trop fragile. En vérité, depuis la malheureuse équipée sur le bateau, je me posais des questions sur mon avenir avec Elliot, à supposer même qu'il y en eût un.

44

J'ai ramené Ollie à Walnut Creek (à la mi-juillet, les roses d'Ava étaient en pleine floraison) et, en mon absence, Elliot m'avait laissé trois messages téléphoniques. Je me suis dit que je le rappellerais plus tard. Toute à mon travail sur l'album d'anniversaire de Swift, je n'y ai plus pensé.

Il a rappelé dans la semaine, à près de 22 heures.

« Je me doute que tu es déjà au lit, mais il faut que je te parle.

— D'accord.

— Non, pas au téléphone. J'aimerais passer. » À l'évidence, il y avait urgence.

Depuis qu'elle avait fait sa connaissance, Ava ne m'en avait pas dit grand-chose, mais cela seul était significatif. Swift avait émis l'idée que, pour une vérification de comptes, ce type était sûrement formidable. Ollie n'avait même pas évoqué son nom.

Je n'avais pas raccroché depuis une demi-heure qu'Elliot sonnait à ma porte. Je n'avais pas eu le temps de me changer : j'étais toujours en peignoir de bain.

« Je sais que tes amis ne pensent pas beaucoup de bien de moi », dit-il avant même de franchir le seuil. Il tenait un sac en papier qui se révéla contenir une tranche du pain aux céréales qu'il faisait parfois lui-même. Il me tendit le sac. Comme d'habitude, la tranche de pain aurait pu servir de presse-papier.

« J'ai essayé de ne pas penser à toi en faisant cuire ce pain, mais ça n'a pas marché.

— Mes amis t'aiment bien… » J'ai stoppé net. L'une des choses que j'appréciais le plus dans ma relation avec Elliot, c'était que nous nous disions toujours la vérité. Il m'avait raconté la panique qui l'avait saisi un jour qu'il escaladait le dôme du parc Yosemite, et qu'il avait dû rebrousser chemin. Il m'avait avoué que, juste avant de dîner avec moi pour la première fois, il avait noté par écrit cinq sujets de conversation intéressants afin de ne pas se retrouver muet. Je lui avais avoué à mon tour qu'il m'arrivait d'inventer des histoires, sauf avec lui. Ce qui me rendait probablement plus ennuyeuse, mais du moins étais-je honnête.

« Ça m'est égal, ce que pensent mes amis… » De nouveau j'ai stoppé net. Ça ne m'était *pas* égal. Et il le savait.

« Le problème, a-t-il repris, c'est que je suis amoureux de toi. Et je sais que ça ne va pas changer. Simplement, si tu ne veux pas vivre avec moi, il vaudrait mieux que tu me le dises maintenant, avant que mon amour augmente et que te perdre ne devienne encore plus dur à supporter. »

Je ne lui ai pas répondu que je l'aimais. Je ne le lui avais jamais dit. Je restais immobile à l'observer – son visage doux et bon, les rides sur les joues et autour des yeux. Les cheveux en bataille, conséquence de cette habitude qu'il avait de se frotter le crâne quand quelque chose le tracassait – soit la plupart du temps.

Il est entré dans le living, a regardé autour de lui comme s'il voulait mémoriser le décor. Comme si ce devait être la dernière fois qu'il s'y trouvait. Et s'est laissé tomber sur le canapé, tel un homme épuisé après une très longue marche, qui aurait escaladé une montagne.

« Tu imagines probablement qu'Ollie ne pourra jamais se rapprocher de moi, mais tu te trompes. Je suis le genre de personne qu'on apprécie de mieux en mieux avec le temps. Je pense que ton fils s'en apercevrait. Si nous vivions ensemble toi et moi. Si tu me donnais une chance. »

Je restais muette, serrant contre moi le morceau de pain-butoir de porte, dans son sac de papier kraft.

« Je sais que je te rendrais heureuse, et il le verrait. Tu m'apprécierais toi aussi de plus en plus.

— Je t'apprécie maintenant, Elliot. Tu es le meilleur homme que j'aie jamais rencontré. »

Ce qui, pour le coup, était vrai. Quelles que soient les réserves qu'il m'inspirait, je ne doutais pas de sa bonté.

« Il y a des gens qu'on trouve formidables dès la première rencontre. Qu'on rêve d'avoir toujours près de soi.

— Mais nous passons des moments très gais ensemble. Tu te rappelles le jour où nous avons photographié les pitbulls ? Et le chihuahua qui n'arrêtait pas de bander contre ma jambe ?

— Je t'aiderais à prendre des photos de chiens sept jours par semaine si je pouvais. Je suis toujours heureux quand je suis avec toi. Enfin presque toujours. Je dois admettre que je ne l'étais pas sur le voilier. »

J'avais posé le pain sur la table et m'étais assise à côté d'Elliot sur le canapé.

« Et j'ai adoré la fois où tu m'as emmenée voir l'exposition d'insectes à l'Académie des sciences. Je n'aurais pas imaginé que c'était si intéressant.

— J'aurais souhaité y emmener Ollie également.

— Nous avons été heureux, seuls toi et moi.

— Personne ne me rend aussi heureux que toi, Helen. Ou plutôt ne me rendait. Je ne t'ai pas beaucoup vue ces derniers temps.

— J'allais te rappeler. J'étais simplement très occupée. »

Il a secoué la tête. Brusquement il a eu l'air très triste. Il était inutile de jouer la comédie avec lui.

« Si tu dois prendre ça comme une corvée. Ou une obligation… »

À en croire ce que répétait mon amie Alice, il ne faut jamais faire confiance à un homme aux mains trop douces. Celles d'Elliot étaient étonnamment rugueuses. Peut-être un legs de son enfance à la ferme. Peut-être parce qu'il bricolait beaucoup dans son jardin, où il avait notamment pavé une allée. L'homme aux mains les plus douces que je connaissais était Swift.

« J'avais besoin de temps pour moi. » Là encore, Elliot n'était pas dupe – je ne rechignais jamais à partager mon temps avec Ava et Swift.

« Je sais ce que représentent tes amis pour toi. Mais à la fin de la journée, ils se retirent dans leur grande maison, avec leurs pratiques sexuelles tantriques, à ce qu'ils racontent, et toi tu te retrouves seule dans ton lit. » Il s'est levé, dressé de toute sa hauteur. « Je suis l'homme qui veut le partager avec toi. »

Il m'a alors attirée à lui, caressant mon visage, mes cheveux, m'a embrassée avec une voracité inhabituelle, répétant mon nom d'une voix rauque – *Helen, Helen, Helen.*

Pour une fois, nous ne discutions pas. Je lui ai rendu ses baisers. Il me pétrissait le dos. Il a enfoui la tête dans mon cou. Est resté dans cette position de longues minutes. Puis il s'est redressé, bien droit.

« Mes débuts avec Oliver n'ont pas été grandioses, mais je pourrais vous faire du bien, à toi comme à lui. »

Pour une fois, la voix d'Ava n'a pas résonné à mes oreilles. Et je n'ai même pas pensé à mon fils. J'ai repoussé Elliot sur le canapé, j'ai posé ma tête sur la sienne. J'ai senti tout mon corps se détendre et un long soupir m'a échappé, le soupir qu'on pousse en se débarrassant de chaussures trop étroites ou d'une robe trop serrée, ou en empruntant enfin l'allée carrossable de sa maison après des heures passées sur la route.

« Nous pourrions former une famille », a dit Elliot.

45

Une semaine s'était écoulée depuis le retour d'Ollie chez son père quand une chose surprenante s'est produite. Dwight m'a téléphoné pour évoquer la possibilité qu'Ollie revienne passer la fin de l'été avec moi.

« On traverse une période difficile. C'est devenu un rebelle. Aucun respect de l'autorité. Il sort des mots comme "déconner", "gros con", et, quand je l'attrape, il en sort davantage. C'est un mauvais passage, mais Cheri redoute que Jared ne se mette à l'imiter. Si tu veux te coltiner le problème, ne te gêne pas pour nous. »

Je ne l'ai pas dit, mais je savais où notre fils avait acquis son nouveau vocabulaire. Swift répétait continuellement que ceux qui réussissaient dans la vie étaient des hors-la-loi, qui se fichaient des règlements. Un jour, Ollie avait raconté que son instit, Mr Rettstadt, les obligeait à marcher au pas quand ils revenaient d'excursion, parce que certains garçons faisaient les andouilles dans les rangs. Culbutes en tous genres.

« C'est une couille molle, avait commenté Swift. Il est probablement jaloux. Pas capable de culbuter lui-même. »

J'ai donc ramené mon fils chez moi. Dans la voiture, je lui ai demandé comment les choses se passaient entre son père et Cheri.

« Cheri est stupide. Tout ce qu'elle sait faire, c'est parler au téléphone. »

J'avais beau ne pas aimer Cheri, je ne pouvais pas laisser passer ça.

« Tu sais que je voudrais t'avoir tout le temps avec moi, mais quand tu vis chez ton père et ta belle-mère, tu dois essayer de t'entendre avec eux, tu dois te montrer gentil. Les enfants ne savent pas tout. C'est pour ça qu'ils ont des parents. Qui s'occupent d'eux. »

Ollie s'est tu pendant un moment, la cage de son hamster calée entre les cuisses.

« C'est pas que papa veut se débarrasser de moi, a-t-il repris, de cette façon qu'ont les enfants de parler de ce qu'ils redoutent le plus dans l'espoir qu'on leur dise que ce n'est qu'une invention. Il a juste pensé que j'ai besoin de changer de cadre. Jared fourre toujours son nez dans mes affaires. Les gosses, c'est pénible. »

Et puis il a ajouté, d'une voix si basse que je l'entendais à peine :

« Je crois que je tape sur les nerfs de papa.

— J'ai réfléchi à ce que nous pourrions faire, toi et moi, maintenant que nous avons le temps. Aller camper, peut-être. Visiter l'aquarium de Monterey.

— Et Monkey Man ? Il m'attend, il faut que j'y retourne, n'est-ce pas ?

— Oui, mais pas tout le temps. Ça pourrait être drôle de faire aussi des choses avec mon ami Elliot. Tu te souviens de lui ?

— Je veux rester avec Monkey Man. M'entraîner dans la piscine pour notre compétition. Il va m'emmener au lac Tahoe et dans son Donzi.

— Ava et Swift ont besoin d'intimité parfois. Mais toi et moi nous partagerons plein d'aventures. »

Ollie regardait par la vitre, comptant le nombre de Mini Cooper que nous croisions.

« Les gens n'aiment pas que les enfants traînent autour d'eux quand ils font l'amour. » Il a dit ça tout à trac, en traçant des lettres imaginaires sur la vitre.

« On ne fait pas l'amour en public, tu sais. Un jour, quand tu seras plus grand, tu rencontreras quelqu'un que tu aimeras. Et tu voudras protéger votre intimité.

— P'pa et Cheri, ils le font quand ils croient que je dors. Ils savent pas que je sais. »

Je me suis tue, cherchant une réplique.

« Encore une Cooper, a claironné Ollie.

— Les gens font l'amour quand ils s'aiment. » Ou pas, aurais-je pu ajouter.

« Je suis content que tu ne te sois pas mariée de nouveau. » Sous-entendu, étant donné le ton employé, je devais rester seule jusqu'à la fin de mes jours.

« On ne sait jamais. Ça pourrait m'arriver.

— Ça serait débile.

— Je n'ai en tout cas pas l'intention de me marier prochainement. » J'aurais pu en profiter pour glisser de nouveau le nom d'Elliot, mais je ne l'ai pas fait.

46

Juillet touchait à sa fin quand j'ai récupéré Ollie. Nous avons passé cette première soirée seuls tous les deux, comme je le souhaitais.

Mais le lendemain, impossible de ne pas le conduire chez les Havilland. À peine avait-il franchi la porte que Swift accourait et l'empoignait – une vraie prise de catch.

« Il t'en a fallu du temps, mon pote ! »

Ollie a éclaté de rire : Swift lui avait remonté son T-shirt et le chatouillait. Les trois chiens frétillaient en aboyant après lui, Rocco lui léchait la main.

Swift l'a renversé, tête en bas, pieds en l'air.

« Appelle-moi oncle. Appelle-moi oncle. Alors je te lâcherai. Peut-être. »

Hurlements de joie d'Ollie. « Oncle ! Oncle !

— Bon, je te libère. Mais tu dois comprendre que je suis ton chef tout-puissant. Tu obéis à mes ordres. »

Sa voix était anormalement grave, ses yeux plissés.

Ollie se pliait en deux de rire. Je me suis demandé s'il n'allait pas mouiller son short, ce qui se produisait jadis.

« Répète après moi, a dit Swift. Je promets de t'obéir, ô chef tout-puissant !

— Je promets de t'obéir... » Ollie essayait de reprendre son souffle.

« Chef tout-puissant.

— Chef tout-puissant. »

Ollie avait le même air que Sammy lorsque le chien voyait Ava prendre sa laisse et le gadget dont elle se servait pour lui lancer sa balle le plus loin possible – signe qu'ils allaient partir en promenade. L'air surexcité, mais pas apeuré. Ce qui signifiait néanmoins qu'Ollie aurait beaucoup de mal à s'endormir cette nuit-là. Beaucoup trop tendu.

La table était dressée pour nous quatre dans le patio. Deux paquets attendaient Ollie à sa place : un masque avec tuba, et une montre.

« C'est une montre étanche, expliqua Swift. Jusqu'à cent mètres sous l'eau. Cela devrait suffire dans l'immédiat, avant que je t'emmène faire de la vraie plongée sous-marine. J'en ai fait faire plein à Cooper, quand il était à peine plus âgé que toi. »

Ollie essayait de mettre la montre à l'heure.

« Elle a aussi un chronomètre. Pour mesurer ta vitesse d'un bout à l'autre de la piscine. Et combien de temps tu retiens ton souffle.

— J'ai toujours rêvé d'une montre comme ça », a coassé Ollie.

Première nouvelle, en ce qui me concernait. Mais sous l'influence de Swift, une facette de mon fils se révélait que j'ignorais. Un côté fanfaron et bravache. Il s'efforçait même de prendre une voix plus grave.

Le lendemain était un dimanche. Elliot a sonné à ma porte à 8 heures et demie, il m'apportait un cadeau : une agrafeuse. (Il avait remarqué que je n'en possédais pas.) J'étais sous la douche, c'est Ollie qui est allé ouvrir.

« C'est ce type ! m'a-t-il crié. Celui qui a vomi sur le bateau. »

En peignoir de bain, je suis entrée dans le living.

« J'ai pensé vous emmener tous les deux prendre le petit déjeuner. Je connais un endroit où ils font du pain perdu. Un vrai régal. »

Ollie était encore en pyjama, il avait mangé ses céréales en regardant des dessins animés à la télé. Je m'étais promis de lui faire perdre cette habitude, mais ce serait pour plus tard. Pour le moment, il me suffisait de l'avoir là.

« Bonjour, Ollie », a dit Elliot en lui tendant la main. Mon fils l'a regardé, l'air absent. Il a néanmoins serré la main offerte.

« Nous ne t'attendions pas », ai-je remarqué.

On voyait qu'il s'efforçait de prendre un ton léger – un peu foldingue, peut-être, comme Swift – mais chez Elliot, la spontanéité se planifiait.

« J'ai déjà mangé, a dit Ollie.

— Bon. Et si nous mettions ton vélo et celui de ta maman dans ma voiture, et qu'on allait se promener ? J'ai pris le mien.

— En réalité, je crois qu'Ollie préférerait traîner un peu à la maison. Et moi aussi. »

J'ai regardé la cafetière. Vide.

« Je pourrais en refaire.

— Non. J'aurais dû appeler avant de venir. Mais j'avais tellement envie de vous voir tous les deux.

— Pourquoi vous voulez me voir, moi ? a questionné Ollie. Vous me connaissez même pas.

— C'est vrai. » Elliot avait repris sa voix grave habituelle. « Mais je voulais apprendre à te connaître. »

47

Du jour où Swift lui avait parlé du Donzi, Ollie n'avait cessé de le tarabuster pour qu'il l'emmène à bord. Le Donzi allait plus vite que l'éclair, me disait-il.

Swift, à qui il avait demandé s'il le laisserait piloter le bolide, lui avait répondu d'une manière qui ne lui ressemblait pas. « Quand tu seras plus vieux. Il faut vraiment savoir ce qu'on fait pour piloter cet engin, sinon on peut avoir plein d'ennuis. C'est pourquoi j'ai attendu que Cooper ait dix-sept ans pour l'acheter, et après je ne l'ai laissé prendre les commandes que quand j'étais à côté de lui. »

Des paroles qui ont peut-être déçu Ollie, mais qui n'ont fait que renforcer le mythe du Donzi.

« C'est un bateau qui appartenait à des sales types qui s'en servaient pour transporter de la drogue en Amérique, me raconta-t-il, un jour que je le conduisais à Folger Lane.

« Et aussi des mitrailleuses. Après ils ont été arrêtés, la police a vendu le Donzi, et c'est comme ça que Monkey Man l'a acheté. »

Je l'ignorais, lui ai-je dit. C'était du Swift tout craché. Posséder un bateau-torpille ayant appartenu à des trafiquants de drogue et d'armes lourdes.

« Quand je serai grand, je veux ressembler à Monkey Man. » Ollie a pris une voix grave, plissé les yeux et s'est regardé dans le rétroviseur.

Soudain, en le voyant faire ça, j'ai pris conscience de quelque chose. J'avais beau considérer les Havilland comme ce que j'avais de plus proche en guise de famille, adorer passer du temps en leur compagnie, je ne voulais pas que mon fils ressemble à Swift en grandissant. Je comptais sur lui, sur sa générosité et sa protection, il m'amusait, mais je ne le respectais pas fondamentalement. C'était le genre de personnage que ma vieille amie Alice, du temps où nous passions des plateaux d'amuse-gueules dans des soirées, aurait probablement qualifié de trou du cul. Et j'aurais probablement acquiescé.

Cependant, mon fils continuait à énumérer les particularités du bateau-torpille.

« Monkey Man dit que le Donzi peut faire du 250 kilomètres à l'heure. Une fois, il fonçait si vite que la fille qui était à bord a perdu son soutien-gorge de bikini.

— Si nous allons un jour au lac Tahoe et que Swift t'emmène sur le hors-bord, je te garantis qu'il ne pilotera pas à cette vitesse. J'y veillerai.

— Tu n'es pas son boss. Personne n'est le boss de Monkey Man. »

48

En acceptant de me confier Ollie pour le restant de l'été, à part quelques brefs retours à Walnut Creek, mon ex-mari s'était montré si arrangeant que je ne voyais plus la nécessité de faire appel aux services de Marty Matthias, ce qui valait peut-être mieux car Swift semblait avoir renoncé à le contacter pour le moment. Peut-être, après le Labor Day, Dwight et moi pourrions-nous parler tranquillement, posément, de la garde de notre fils.

« Dwight semble accepter l'idée qu'Oliver revienne vivre avec moi, avais-je dit à Swift et Ava. Jongler avec un bambin et un gamin de huit ans, peut-être que ça les épuise, Cheri et lui. »

Quoi qu'il en soit, le comportement vindicatif d'Ollie dont se plaignait Dwight ne m'apparaissait guère. Le soir, quand nous rentrions à l'appartement, il prenait son bain et grimpait au lit à côté de moi avec un livre,, comme si les mauvaises années n'avaient pas existé.

Le premier week-end d'août, je l'ai conduit à Sacramento dans la famille de Dwight. Les McCabe qui, jadis, m'embrassaient en me proclamant leur fille ne sortirent pas de la maison quand je l'ai déposé.

Ce même week-end, les Havilland avaient prévu de se rendre dans leur maison du lac Tahoe. Auparavant, Ava aurait demandé à Estella de s'occuper des chiens, mais, outre que Rocco manifestait depuis peu une forte antipathie envers elle – plus forte que celle qu'il manifestait envers moi, qui d'ailleurs avait diminué –, Ava n'avait pas très envie de lui confier Folger Lane, redoutant que Carmen ne vienne la rejoindre. Bref, elle me demanda de rester.

Je savais qu'Elliot aurait saisi avec joie cette occasion de passer deux nuits avec moi. La présence permanente d'Ollie avait singulièrement écourté nos rencontres et quasiment éliminé celles qui se terminaient au lit.

J'aurais pu lui suggérer de me rejoindre chez les Havilland. Mais je me suis rendu compte que ce que je désirais, c'était être seule dans la maison.

J'ai naturellement proposé à Ava de faire des courses ou d'autres tâches utiles, à quoi elle a répondu que sortir les chiens et passer prendre des nouvelles d'Evelyn Couture étaient les seules choses vraiment nécessaires. « Détends-toi, m'a-t-elle dit. Plonge-toi dans le Jacuzzi et enduis-toi de La Mer. » Sa crème de visage à trois cents dollars le pot. « J'ai laissé un gros morceau de saumon sauvage dans le frigo. Éventuellement, passe à la teinturerie chercher mes affaires. »

Dans la voiture, en revenant de chez le teinturier, j'ai mis la radio à fond sur une station de hard rock. Ce n'était pas mon genre, mais j'avais envie de chanter à tue-tête. Je me suis arrêtée au marché d'Ava et j'ai acheté des fromages d'importation ainsi qu'une baguette. Plus une grande portion de gâteau au chocolat noir et des croissants. Le réfrigérateur d'Ava regorgeait de mets fins, mais choisir était un vrai plaisir.

J'ai constaté avec soulagement qu'aucune autre voiture n'était garée dans l'allée : j'avais vaguement envisagé la possibilité qu'Estella débarque. Les vêtements sur le bras, j'ai tourné la clef dans la serrure, me préparant à l'assaut des chiens. Comme d'habitude, Lillian et Sammy se sont précipités sur moi, surexcités, Rocco se contenta de montrer les dents.

Et brusquement l'évidence s'est imposée : je pouvais faire tout ce que je voulais dans la maison.

J'ai posé les vêtements. Ouvert le réfrigérateur.

Je m'étais assise des centaines de fois dans le patio avec Swift et Ava pendant qu'ils buvaient un verre sans que cela me trouble ; ce soir-là pourtant, à la vue des bouteilles de rosé fraîchissant dans le frigo, j'ai eu un moment d'hésitation. Pendant quelques secondes, je me suis laissée aller, m'imaginant au bord de la piscine avec une assiette de fromages et de crackers fabrication maison, et un grand verre de vin frais. J'ai fermé la porte du frigo.

Empoignant une bouteille de San Pellegrino, je suis montée au premier pour ranger les vêtements d'Ava dans son dressing. Et je n'ai pas pu m'en empêcher : j'ai caressé les pulls en cachemire, compté tout haut, dans mon français de collégienne, le nombre de corsages en soie. *Quatorze*. Pris sur un cintre une certaine robe longue qu'avait portée Ava récemment à un dîner organisé par Swift pour quelques membres de sa fondation. Une robe de soie peinte à la main, à manches papillon diaphanes. Avec un décolleté plongeant dans le dos, que les convives n'avaient pas dû remarquer puisque Ava n'avait pas quitté son fauteuil roulant. Seuls Swift et moi savions qu'elle ne portait rien sous sa robe.

« Parfois, au retour dans la voiture, m'avait-elle raconté pendant que je l'aidais à s'habiller, il lâche le volant d'une main pour me caresser.

— Sur l'autoroute ?

— Seulement la main droite. C'est un bon conducteur. »

Il y avait bien sûr une chaîne stéréo dans leur chambre, et une pile de CD. J'ai pris celui du dessus. Andrea Bocelli. Le chanteur italien aveugle. Je l'ai mis pleins tubes.

Du dressing, je l'entendais, des mots d'amour à l'évidence – je ne parle pas l'italien –, une voix passionnée, désespérée, qui expliquait probablement pourquoi les filles se jetaient à ses pieds et le suppliaient de les emmener avec lui dans sa chambre d'hôtel, tout aveugle qu'il était. Ça rendait peut-être la chose encore meilleure.

J'ai palpé la manche d'une veste de velours, l'ai caressée de ma joue. Avalé une gorgée d'eau minérale comme si c'était du champagne. Rêvé à l'effet sur ma peau nue de l'une des quatorze blouses de soie, me demandant avec quoi je la porterais. Un des pantalons de soie thaïe, ou peut-être rien. Juste la blouse. Si belle et délicate.

Je portais une chemise de chez Gap – coton blanc, boutonnée, basique. Je l'ai déboutonnée. J'ai avalé une autre gorgée d'eau. Laissé tomber la chemise par terre. Dégrafé mon soutien-gorge.

J'avais plus de poitrine qu'Ava, mais si je ne la boutonnais pas jusqu'en haut la blouse de soie devait m'aller. J'ai commencé à l'enfiler, par-dessus la tête, et me suis brusquement rendu compte que j'aurais dû déboutonner d'abord les poignets. J'ai forcé, un bouton a sauté. Pas le truc en plastique de Gap, un bouton de nacre.

Andrea Bocelli entonnait une deuxième chanson, encore plus sensuelle et dramatique que la précédente, si c'était possible. Je chantais avec lui, autant que peut le faire une personne qui ne parle pas l'italien et entend la chanson pour la première fois.

La blouse me serrait plus que je ne l'avais pensé, aussi l'ai-je laissée ouverte. Peau nue, sein gauche offert à ma main, bouteille de San Pellegrino aux lèvres. J'étais en Italie.

La chanson de Bocelli n'était pas précisément un air de danse, néanmoins je me suis mise à danser. J'avais, presque inconsciemment, attrapé sur l'étagère un pull en cachemire, dont j'enlaçais les manches comme si quelqu'un s'y glissait.

Tesoro ! Tesoro ! s'époumonait Bocelli.

J'ai envoyé balader mes chaussures, glissé mes pieds dans des mules de cuir vert. Saisi, dans le tiroir des accessoires, une étole et tournoyé autour de la pièce, la soie flottant comme une aile de cerf-volant.

Je suis retournée dans la chambre et me suis allongée en travers du lit, le grand lit d'Ava et de Swift. L'une des mules est tombée. On aurait pu me croire ivre, j'éprouvais simplement un merveilleux sentiment de liberté. Seule dans cette maison que j'adorais.

Ce que j'ai vu en premier, en ouvrant les yeux, ce furent les chiens – les trois alignés comme autant de juges. Lillian dressait la tête, Sammy aboyait. Rocco montrait ses petites dents pointues, d'une façon qui suscitait immanquablement l'image d'une rangée de points rouges sur la peau dans laquelle elles s'enfonceraient.

Et puis j'ai pris conscience de la présence de quelqu'un d'autre dans la pièce : Estella.

« Je faisais l'idiote, lui ai-je dit. Rien d'autre.

— On n'entre pas dans la chambre de Mrs Havilland. C'est une pièce spéciale. »

Je le savais. Pas besoin de le préciser. C'était une évidence.

« Je rangeais les vêtements sortis de la teinturerie. » Inutile de continuer. Je n'avais pas à traîner dans la chambre.

« Je dis rien, protesta Estella. Je sais l'effet que ça fait. Avec tous ces habits. Moi aussi, je reste avec mon fer à repasser, des fois, et je voudrais tant que ma fille soit habillée comme ça pour la cérémonie des diplômes. Plus un collier. De belles chaussures. »

J'ai poussé un grand ouf de soulagement. Un instant, j'avais imaginé Estella racontant à Ava que cette folle de Helen dansait dans le dressing avec son pull-over à quatre cents dollars pour cavalier. Et s'était allongée sur son lit, dans sa chambre où personne ne devait entrer, sauf elle et Swift. Comment aurait-elle pu comprendre après tout ce qu'elle avait fait pour moi ?

« Ava est si généreuse, ai-je dit. Elle m'a tant donné. Et Swift aussi, bien entendu.

— Faites attention, Mr Havilland, il est pas comme elle. Laissez pas votre fils être trop intime avec lui.

— Ollie adore Swift. D'accord, il se conduit parfois bizarrement, mais il a un si grand cœur.

— Mr Havilland, c'est mon patron. C'est pas bien de parler de lui. Simplement, je vous dis, faites attention. »

49

Quand Swift avait proposé d'engager Marty Matthias pour obtenir du tribunal une nouvelle décision concernant la garde de mon fils, j'avais espéré que la chose serait réglée à temps pour la rentrée des classes.

C'était irréaliste. D'autant que, à ma connaissance, Swift n'avait pas encore contacté Marty. Je brûlais d'envie de lui rappeler sa promesse, mais je ne voulais pas non plus me montrer trop pressante. Dès que sa fondation sera en état de marche, me disais-je, il s'occupera de mes affaires. En attendant, je profitais pleinement de mon fils. Il restait une semaine avant son retour chez son père.

Le Labor Day approchait. Pour Ollie, ça signifiait une seule chose : sa compétition de natation. Lui contre Monkey Man.

Ollie est revenu de Sacramento, les Havilland du lac Tahoe. Une nuit, Elliot est passé, et nous nous sommes installés dans la cuisine, parlant tout bas à cause d'Ollie, qui dormait sur son matelas pneumatique dans le living. Que penserait-il si, en se réveillant, il nous découvrait ensemble, Elliot et moi ?

« Je ne trouve pas ça bien de faire croire à ton fils que nous ne sommes que des amis, a dit Elliot.

Comme s'il y avait quelque chose d'embarrassant dans notre relation.

— Ollie en a bavé. Et maintenant que tout va beaucoup mieux, je ne veux pas risquer de faire tout capoter. »

Elliot n'a pas répondu.

« On pourrait peut-être aller pique-niquer, ai-je suggéré. À vélo. Sur une route plate, sans circulation, pour qu'Ollie puisse nous suivre. Le chemin qui longe le réservoir. Mais pas tout de suite.

— Tu ne crois pas que tu te montres trop protectrice avec ton fils ? Et que ma présence dans sa vie serait une bonne chose plutôt qu'un énorme problème ? »

Pour finir, j'ai accepté qu'Elliot vienne nous préparer à dîner et passer la soirée avec nous. Et, surprise : ce fut une soirée très agréable. Nous avons joué aux devinettes, Elliot a fait du pop-corn. Ollie, stupéfait, s'est étonné que, contrairement à moi, il ne se soit pas servi du micro-ondes pour l'opération. Prenant alors son air le plus sérieux, Elliot a déclaré que, dans ces conditions, il devrait peut-être réenvisager sa relation avec moi.

« Mais ma maman fait des cookies à la noix de coco géniaux.

— Alors, je patienterai. Elle ne m'en a encore jamais fait. »

Ensuite nous avons regardé un film. Elliot avait apporté le DVD d'un bon vieux Walt Disney, *Old Yeller*[1]. Ollie commença par dire qu'il ne trouvait pas ça très excitant et qu'il préférait les films d'action,

1. *Vagabond*, en français. Histoire d'un chien errant et de l'amour que lui porte un jeune garçon.

mais à la fin il pleurait. « Moi aussi, je pleure toujours à la fin », a affirmé Elliot en l'entourant de son bras. Un geste que peu de temps auparavant Ollie aurait repoussé. Non seulement il n'a pas résisté mais, quand il s'est endormi, sa tête reposait sur l'épaule d'Elliot. Qui n'osait plus bouger, de peur de le réveiller.

« Tu ne peux pas rester comme ça toute la nuit », lui ai-je dit. Je me suis sentie envahie par un curieux sentiment. Ni désir, ni passion, ni cette poussée d'adrénaline que suscitent les tensions dramatiques dans une relation amoureuse. Quelque chose de différent : de la tendresse, peut-être ?

« Il y a pire comme situation que de serrer contre moi ton fils endormi, a répondu Elliot. En fait, je ne connais pas grand-chose de meilleur. »

50

Dans deux jours, j'allais ramener Ollie chez son père. Le moment de la grande compétition de natation était arrivé.

« J'avais dit que je te laisserais une longueur d'avance ! lui cria Swift quand ils sortirent de la piscine, cet après-midi-là. Mais je reviens sur ma promesse. Tu es beaucoup trop rapide, mon pote. Tu n'en as pas besoin. »

Je frictionnais mon fils avec la serviette que j'avais apportée, il se laissait aller contre moi. L'un de ces instants de tendresse qui me manquaient le plus quand il vivait chez son père. Depuis un mois, je voyais son corps changer, s'allonger. Depuis un mois, je pouvais acheter le lait au gallon, sachant qu'il aurait tout le temps de le boire.

« Note que ça ne m'empêchera pas de te pulvériser, ajouta Swift. Ce que je veux dire, c'est que nous lutterons à la loyale. Ce ne sera pas une compétition pour rire. »

La seule chose qu'Ollie ne maîtrisait pas encore très bien, c'était la technique de la volte-face sous l'eau, quand il touchait l'une des extrémités de la piscine. Swift lui avait montré comment faire, mais souvent il suffoquait et toussait en remontant à la surface, ce qui le ralentissait.

On fixa la course au samedi, dernier jour possible pour Ollie. Toute la matinée, il travailla sa volte-face. Allongées sur des transats au soleil, Ava et moi observions nos deux garçons effectuer d'innombrables longueurs de piscine, pivoter, re-pivoter, encore et encore. À l'heure du déjeuner, Ollie était au point.

« Ce soir, déclara Swift, en plaquant un billet de cent dollars sur la table. Dix longueurs. Le gagnant empoche tout. » Paume de main levée, qu'Ollie claqua.

« Je croyais que, si je gagnais, tu m'emmènerais sur le Donzi », dit Ollie de la voix qu'il prenait pour s'adresser à Swift. Cool et détachée, comme si tout cela n'avait pas grande importance, alors que, pour lui, cette course comptait plus que tout au monde.

« Pas question pour le moment, mon pote. Il s'écoulera un certain temps avant que je puisse t'emmener au lac. Ce soir, je paie rubis sur l'ongle. À condition que tu me battes, évidemment. »

La compétition devait avoir lieu à 18 heures. Ava avait invité quelques amis. Il y aurait ensuite un barbecue, puis au dessert la fameuse glace aux fruits rouges, spécialité d'Ava. Je lui avais demandé si Elliot pouvait se joindre à nous, à quoi elle avait répondu « bien entendu », mais avec une pointe de désapprobation dans la voix, comme chaque fois que le nom d'Elliot venait sur le tapis.

Les amis commencèrent d'arriver tôt dans la soirée : Renata et Carol, les lesbiennes chefs d'entreprise ; Bobby, l'ami d'enfance de Swift, venu spécialement de Vallejo ; Ernesto, le masseur thérapeute d'Ava ;

Felicity, une nouvelle amie d'Ava dont j'avais entendu parler mais que je ne connaissais pas encore.

Ava l'avait rencontrée chez le vétérinaire. À peu près de mon âge, elle venait de perdre son mari, allait devoir vendre sa maison et se trouver un emploi. Et voilà que son chien devait subir une opération chirurgicale. Qu'Ava avait fini par payer, évidemment. Maintenant, Felicity se tenait au bord de la piscine, en longue robe verte, sortie tout droit de la penderie d'Ava, portant dans ses bras son petit épagneul King Charles.

« Oh, Felicity, s'écria Ava, c'est fou ce que tu es belle dans cette robe ! » Le hasard faisait qu'elle possédait un châle de cachemire exactement de la même couleur. Elles monteraient le chercher après le dîner.

Moi j'attendais Elliot – avec une impatience qui me surprenait. Juste après 18 heures, Swift est sorti du *pool house* en peignoir de bain à son monogramme, bras levés au-dessus de la tête, tel Mohamed Ali entrant sur le ring. Ollie suivait, en peignoir de bain monogrammé CAH, qui avait dû appartenir au jeune Cooper. Épaules redressées, poitrine gonflée, mais je savais à quel point il était paniqué, craignant de ne pas être à la hauteur, et surtout de décevoir Swift.

Ils ont pris position à l'extrémité de la piscine, ont enlevé leur peignoir – Swift aux épaules puissantes, dos velu, mon fils encore maigrelet et tremblant.

Swift possédait un canon miniature (bien entendu) qu'on chargeait avec de la vraie poudre. Ernesto a allumé la mèche, et bang : les concurrents ont plongé.

Je m'étais demandé comment Swift allait se débrouiller. Compte tenu des différences d'âge et de force – en se rappelant que, trois mois auparavant, Ollie était terrifié par l'eau –, il était impensable que

Swift engage un véritable combat. Il ferait en sorte qu'Ollie ne remarque pas la manœuvre, mais je ne doutais pas qu'il le laisserait gagner.

Pourtant, dès qu'ils eurent fendu l'eau, Swift s'élança avec une frénésie qui n'aurait sûrement pas été plus intense s'il avait eu un adulte pour concurrent. Il atteignit l'autre extrémité de la piscine avec au moins cinq mètres d'avance sur Ollie.

Mon fils se battait comme un diable, mais les sacrées volte-face constituaient toujours un problème. À un moment, alors qu'il émergeait pour reprendre son souffle, il jeta un regard rapide pour vérifier où se trouvait Swift, qui se révéla à sa hauteur, sauf qu'il avait trois tours d'avance.

Et puis, à trois mètres de la victoire, Swift s'arrêta. Il se mit sur le dos et fit du sur-place. Ollie le suivait de près, nageant de toutes ses forces, mais il lui restait encore un aller-retour à accomplir. Swift nous regarda, tous massés au bord de la piscine, et nous sourit. Et ce ne fut que lorsque Ollie se rapprocha de la ligne d'arrivée, à la fin de son dernier tour, qu'il se remit à nager.

Ollie toucha le bord une brasse avant Swift. Sous les hourras des spectateurs.

Je n'oublierai jamais l'expression de son visage quand il est sorti de l'eau. Il tremblait et, l'espace d'un instant, il s'est voilé la face de ses mains, comme si tout cela était trop pour lui.

« Je l'ai vraiment fait ?

— Tu as été génial, mon pote. » Swift sortait de l'eau lui aussi. « J'ai cru que j'allais t'avoir, mais au dernier moment tu t'es vraiment arraché. »

Assise à côté d'Ava, je captais toute la scène : mon fils au sourire éclatant, Swift et son rire mugissant, cependant qu'il passait le médaillon acheté pour l'occasion autour du cou d'Ollie. Qui ne cessait de répéter : « J'arrive pas à y croire, j'arrive pas à y croire. »

Ava me toucha le bras. « C'est du Swift pur sucre, chuchota-t-elle, sourire légèrement crispé. Il savait qu'Ollie devait être sacré vainqueur, mais il n'a pas pu s'empêcher de déclencher une compétition. Swift *déteste* perdre. *Quoi que ce soit.* »

« Et maintenant, claironna Ollie, l'air toujours aussi ébahi, je vais aller au lac Tahoe. N'est-ce pas, Swift ? Et monter dans le Donzi ?

— C'est sûr et certain. Dès que nous aurons un bon long week-end, nous partirons toi et moi.

— Ce projet signifie tant pour Ollie, ai-je dit à Ava. Grâce à Swift et à toi il a eu un superbe été. Et moi aussi.

— Fondamentalement, Swift est toujours un jeune garçon. Juste un peu plus costaud que la moyenne et qui a dépassé la puberté.

— Ollie le vénère.

— Comme tout le monde, non ? »

Swift finissait de se sécher. Il a enfilé l'une de ses extravagantes chemises hawaïennes et en a tendu une autre à Ollie – décorée dc singes dans des bananiers. La chemise était mille fois trop grande, mais Ollie l'a revêtue néanmoins, laissant pendre par-dessus la chaîne au médaillon de vainqueur.

Elliot s'est approché de moi. Il avait assisté à la course, en retrait dans l'ombre, au côté d'Evelyn Couture.

« De quoi parliez-vous, Evelyn et toi ? » Il était difficile d'imaginer deux personnes ayant moins de choses en commun que ces deux-là.

« Elle a entendu dire que je suis comptable. Elle m'a raconté qu'elle déménage en ville et que, bien entendu, elle lègue sa propriété à la fondation de Swift et d'Ava. »

Première nouvelle. Chaque fois que je me rendais chez Evelyn, c'était pour l'aider à emballer vêtements et objets destinés aux dépôts-ventes des associations qu'elle soutenait. La majorité du mobilier partait en salle des ventes. Je supposais que la maison elle aussi serait vendue.

« C'est formidable, ai-je dit.

— Ton aide a probablement beaucoup facilité la chose.

— Tu n'es pas sérieux. On ne décide pas du sort de sa maison à cinq millions de dollars juste parce que l'amie de vos amis vient vous aider à emballer vos affaires.

— Cette maison vaut beaucoup plus que cinq millions de dollars. Vu la description qu'elle m'en a faite, je dirais plutôt vingt millions. De quoi castrer combien de chiens et de chiennes, à ton avis ? J'aimerais bien savoir qui siège au conseil d'administration de la fondation en question.

— Une bande de richards qui aiment les chiens. Quelle importance ?

— Tu me connais. Je ne résiste pas à une feuille de calcul. Vérifier des chiffres est probablement mon occupation favorite ! »

Je m'apprêtais à renchérir sur la plaisanterie, mais Elliot a pris un air encore plus grave qu'à l'habitude. « En réalité, c'est faux. Mon occupation favorite, c'est de passer mon temps avec toi. »

51

Le lendemain, j'ai raccompagné Ollie chez son père. Il n'a pas pleuré quand je l'ai déposé devant la maison, et je savais qu'il ne le ferait pas ensuite. L'expérience m'avait appris que c'est ainsi que les enfants de parents divorcés se protègent : en se barricadant contre les émotions suscitées par le passage du monde de l'un à celui de l'autre.

En début de matinée, tandis que je l'aidais à empaqueter ses affaires, j'avais compris qu'il était déjà ailleurs. À cette façon qu'il avait eue de se raidir quand je l'avais serré contre moi.

« Tu avais promis que j'allais peut-être rester avec toi, m'avait-il dit la veille quand je l'avais couché, pour la dernière fois, sur son matelas pneumatique. Mais c'est faux.

— Je m'en occupe. » Ou plutôt Swift s'en occupait. Du moins je l'espérais.

Ollie avait gardé pour dormir la chemise donnée par Swift. Maintenant, il la pendait sur un cintre et en examinait le tissu, comme s'il voulait le mémoriser. Pour une raison qu'il ne m'expliqua pas, mais pas très difficile à comprendre, il ne voulait pas emporter la chemise chez son père.

« Tu sais, nous irons chez Swift et Ava chaque fois que tu reviendras ici, lui ai-je dit.

— Et il m'emmènera au lac Tahoe. Il me l'a promis.

— Il le fera, c'est sûr. »

Je suis descendue de voiture et je l'ai pris dans mes bras. Il ne s'est pas raidi.

« Nous allons nous revoir très vite », ai-je dit. De bien pauvres mots.

À peine étais-je rentrée chez moi que j'ai reçu un texto d'Ava.

« Viens dîner ce soir. » L'étonnant avec Swift et elle, c'est qu'ils ne vous demandaient jamais si vous aviez d'autres projets. Or j'en avais d'autres – en quelque sorte. J'avais promis à Elliot de l'appeler à mon retour et éventuellement de le voir le soir même. Mais voilà : tout ce que je désirais, c'était me retrouver dans la maison où j'avais passé l'essentiel de ce bel été avec mon fils. Chez les Havilland.

J'ai envoyé un SMS à Elliot :

« Désolée. Me sens pas d'attaque suite au départ d'Ollie. On remet notre soirée ? »

Il m'a répondu aussitôt, tendre et compréhensif comme toujours :

« Bien sûr. Repose-toi. Je t'aime. À bientôt. »

J'ai filé à Folger Lane.

Je les ai rejoints dehors, à l'arrière de la maison. Ils n'en étaient pas à leur premier verre de vin. Ava n'a rien dit, elle m'a simplement prise dans ses bras. Swift m'a versé un verre de San Pellegrino. J'ai bien failli lui demander un verre de vin. Je me sentais si mal sans Ollie. Rien que la vue de la piscine me rendait malade.

« Ce gosse va me manquer, a soupiré Swift.

— J'ai vraiment espéré qu'il reviendrait vivre avec moi. »

Le moment était arrivé pour Swift de mentionner sa promesse. L'avocat allait sûrement me donner des papiers à remplir. Réclamer une révision du jugement fondée sur un changement de situation, et une attestation de sobriété parfaite de la part de Swift et d'Ava. Assise en face d'eux, je les observais.

« Swift va faire du saumon grillé, dit Ava. Felicity dîne avec nous. »

52

On aurait pu croire que, en l'absence d'Ollie, j'allais passer plus de temps avec Elliot. Il n'en fut rien. D'une part, la date approchait de la grande fête d'anniversaire de Swift, et je devais terminer la mise en page de l'album. En outre, Ava réclamait mon aide pour l'organisation de la fête elle-même. Mais ce n'était pas l'unique raison qui m'incitait à maintenir une certaine distance entre Elliot et moi.

Depuis que je l'avais présenté aux Havilland – le jour de cette désastreuse promenade en bateau –, mes amis n'avaient pas caché qu'ils ne l'estimaient pas assez bon pour moi. Je m'efforçais donc de les voir séparément. Je m'étais autorisé une seule exception à cette règle, afin qu'Elliot assiste à la compétition de natation, et ce jour-là la donne semblait avoir changé : c'était Elliot qui avait émis des réserves à l'égard des Havilland.

« Que sais-tu de la façon dont Swift a gagné tant d'argent ? m'avait-il demandé à la suite de sa rencontre avec Evelyn Couture.

— Nous ne parlons pas affaires. Ce n'est pas notre genre d'amitié.

— C'est juste que j'ai passé un certain temps en ligne à vérifier quelques petites choses. Leur fondation à but non lucratif est une affaire de famille : le conseil d'administration est constitué de trois personnes : Swift, Ava et Cooper Havilland.

— C'est illégal ?

— Pas du tout. Simplement je trouve ça curieux. »

Les semaines suivantes, Elliot n'a pas cessé de me poser des questions dont je ne connaissais pas les réponses, ce qui m'énervait. Que m'importait que Swift cède des actions à la fondation ou à une compagnie d'assurances des îles Caïmans !

À mon sens, cette enquête d'Elliot était suscitée – tout comme ses recherches généalogiques ou la consultation de l'Argus automobile pour le cas où il envisagerait de remplacer sa Prius – par la curiosité d'un comptable désœuvré ayant beaucoup trop de temps à perdre. Qu'est-ce que ça pouvait me faire que La Niche ait un conseil d'administration de trois ou de trente personnes, et qu'ils aient adopté tel ou tel règlement ? Décidément, Elliot confirmait l'opinion d'Ava : un homme qui n'aimait rien tant qu'éplucher des feuilles de chiffres.

Un matin, chez lui, en me levant je l'avais trouvé déjà à son bureau plongé dans des analyses de bilans. Il ne devait pas être plus de 6 heures. L'apparence de sa chevelure suggérait qu'il avait beaucoup fourragé dedans, ce qu'il faisait quand il se concentrait sur quelque chose. Trois grandes tasses de café vides étaient posées à côté de son bloc-notes.

Dans ma tête résonnaient les mots de Swift : *petit comptable de rien du tout.* Et la question d'Ava : Juste *gentil* ?

« Qu'est-ce que tu essaies de résoudre ? lui avais-je demandé.

— Je veux essayer de comprendre comment tout ça fonctionne. »

Dès lors, comme entraînée par un courant puissant et régulier, je n'ai pu m'empêcher de jauger Elliot. « Tatillon », « anxieux », les qualificatifs dont l'affublait Ava me trottaient dans la tête. Si attentif qu'il fût envers moi, son obsession des détails m'énervait particulièrement. Nous passions encore de bons moments ensemble – à résoudre des mots croisés, manger du pop-corn au lit en regardant de vieux films en noir et blanc, tester des restaurants originaux qu'il avait découverts sur Internet. Tant qu'il ne s'agissait que de nous deux, enfermés dans notre petite bulle, c'était évidemment ce que j'avais connu de mieux en matière de relation amoureuse. Mais quand il s'est braqué sur les Havilland, j'ai décroché. Elliot se donnait pour mission de trouver la preuve que quelque chose clochait dans la façon dont Swift menait ses affaires. J'ai fini par en conclure que quelque chose clochait chez Elliot.

53

Un soir de septembre, il était déjà tard, Elliot a téléphoné. Il fallait qu'il me voie, m'a-t-il dit, il arrivait. Je l'évitais depuis plusieurs jours, surchargée de travail par les ultimes préparatifs de la fête d'anniversaire, j'étais fatiguée et n'avais pas la moindre envie d'écouter ses nouveaux arguments sur le financement de la fondation des Havilland. Je l'ai reçu en pyjama.

« Excuse-moi, je suis affreuse.

— Pas du tout. Pour moi, tu es merveilleuse. Tu es toi-même. » Lui, sur bien des plans, était un homme vieux jeu. Maintenant, planté sur le seuil, vêtu d'un costume, il tenait un bouquet de roses à la main – de ceux qu'on achète en supermarché, pas chez le fleuriste. Il avait sûrement déserté le jour de la distribution du « petit livre rouge » sur l'art de faire sa cour. (C'était un de mes sujets de plaisanteries avec Ava.) Une fois, il m'avait offert des sels de bain médicinaux, une autre, alors que nous partions camper dans les montagnes, un caleçon long.

Ce soir-là, l'air plus anxieux que jamais, il m'apportait une bague. Un diamant d'une dimension surprenante de la part d'un homme qui ne gaspillait pas son argent, avec une monture des plus traditionnelles – le genre de bague que votre père aurait offert à votre mère, du moins un père différent du mien.

« Je sais que tu vas refuser, me dit-il. Mais je te conjure d'y réfléchir soigneusement. Je serai un bon mari. Non seulement je t'aimerai, mais je veillerai sur toi. Je suis sûr que tu n'as jamais connu ça. »

Réfléchir soigneusement. Du Elliot tout craché. En cet instant clef, où l'on pourrait imaginer que la passion l'emporte sur l'intellect, il optait pour la voie paisible et sensée.

« Je ne suis pas Adonis. Mais je suis certain que personne ne saurait t'aimer mieux que moi, Helen. Je ne te ferai jamais de mal, tu peux compter sur moi. »

J'avais toujours laissé les autres – très souvent les hommes – décider à ma place. Cette nuit-là, en observant le regard tendre et angoissé d'Elliot, les rides profondes de son visage, le bouquet de roses sous cellophane, l'étui en velours bleu, j'ai décidé que je l'aimais. Il m'émouvait. J'avais en confiance en lui. Je me le représentais chez le bijoutier, choisissant la bague dans son étui vieillot, puis, au volant de sa voiture, faisant plusieurs fois le tour de mon immeuble avant de se garer, conscient que, dans le cas probable où je l'éconduirais, il vivait un ultime moment où l'espoir était encore possible. Je n'allais pas briser le cœur d'un tel homme.

« Épouse-moi », m'a-t-il dit.

Je suis restée immobile, à regarder ses mains étonnamment calleuses, celles du fermier qu'il aurait pu être. Je me le rappelais, assis tranquillement dans la voiture à attendre – deux heures, plus parfois – que j'aie fini de prendre ces innombrables photos de cabots. Et qui maintenant attendait, avec son étui à la main.

« Oui. Je t'épouserai. »

Cependant que je le disais, l'image a resurgi de Swift sur le bateau, de son expression quand il contemplait le gilet de sauvetage, et j'ai entendu la voix d'Ava. *Piètres espérances*.

« Tu fais de moi le plus heureux des hommes. En tout cas aussi heureux qu'un homme comme moi peut l'être. »

J'ai pris la bague mais ne l'ai pas passée à mon doigt. Je l'ai tenue dans ma paume puis l'ai remise dans l'étui de velours.

« Je ne suis pas tout à fait prête à le dire aux autres. Je dois d'abord m'habituer à l'idée. »

En réalité, je savais que ce qui me retenait, c'était la réaction d'Ollie. Quand il apprendrait que je me remariais, et surtout avec Elliot, ce type qui avait voulu absolument lui faire porter un gilet de sauvetage, puis qui, penché par-dessus bord, avait vomi. Certes, depuis, il s'était forgé une bien meilleure opinion de lui, il n'en restait pas moins que mon amoureux comptable n'était pas Monkey Man.

Enfin, plus que tout, ma répugnance à mettre la bague venait du fait que je ne voulais pas avoir à justifier ma décision auprès des Havilland.

54

Du moment même, ou presque, où j'ai dit oui à Elliot, j'ai commencé à me dérober.

Parfois, je voyais son nom s'afficher sur l'écran de mon portable, et je laissais sonner. En général, quand je rentrais chez moi après avoir dîné avec Swift et Ava ou bien passé la journée en ville à aider Evelyn Couture, je trouvais un message sur mon répondeur.

« C'est moi », disait-il. Les premiers temps, la voix pleine d'espoir, ensuite de plus en plus angoissée, puis découragée. « Ton fiancé… »

Quand je daignais le rappeler, nos conversations étaient très brèves. Il tentait de me parler de son travail, de choses qu'il avait lues dans le journal, d'un rendez-vous de médecin, la vie ordinaire, quoi, et moi, pendant ce temps, je parcourais mes e-mails.

« J'envisage d'acheter une voiture tout électrique, me disait-il par exemple. Quand nous vivrons ensemble (sous-entendu, chez lui) nous pourrions poser des panneaux solaires sur le toit et renoncer au gaz.

— Bonne idée. »

Le plus souvent, pourtant, en rentrant le soir je lui envoyais un texto disant que j'étais trop fatiguée pour parler et que je me manifesterais le lendemain.

Puis le lendemain arrivait, et je replongeais dans les préparatifs de la fête, apportant des tas de choses plus drôles les unes que les autres – depuis de vieilles lanternes chinoises jusqu'aux sets de tables ornés d'un grand portrait de Swift sourire carnivore, sur lesquels les serveurs déposeraient les assiettes, commandées spécialement elles aussi, décorées de portraits de chiens – dix races différentes.

Cinq jours d'affilée, j'ai laissé les messages d'Elliot s'accumuler. Finalement, je l'ai rappelé.

« J'aurais dû le faire plus tôt, mais ces journées sont dingues, tu comprends. Surtout qu'il faut s'arranger pour que Swift ne remarque rien.

— Tu crois vraiment qu'il ne flaire pas quelque chose ? Il va avoir soixante ans. Ce type est un égotiste forcené. Il sait très bien que sa femme voudra célébrer cet anniversaire d'une manière grandiose. Je crois qu'elle serait capable de louer Candle Stick Park[1]. »

Après avoir effectivement imaginé les endroits les plus invraisemblables, Ava avait finalement décidé d'installer une immense tente sur le terrain derrière la maison et de louer la quantité de tables nécessaire. Les gens se sentiraient beaucoup plus libres. « Par exemple, imagine que quelqu'un veuille se déshabiller et piquer une tête dans la piscine. » Elle et moi savions de qui il s'agissait.

Quant à la décoration, parmi plusieurs thèmes proposés, Ava avait choisi une évocation du lac Tahoe en hiver : une machine devait cracher de la neige dans tout le jardin, un vrai tapis sur lequel se dresserait une statue de glace de Swift, grandeur nature, tel un

1. Gigantesque stade de San Francisco.

David de Michel Ange, à l'appendice transformé en fontaine à champagne.

Elliot voulait évidemment savoir comment Ava allait s'y prendre pour garder tout ce chambardement secret.

« Elle va s'arranger pour que Swift soit obligé de quitter la ville le jour de la fête. Donc il ne sera pas à la maison pour les ultimes préparatifs.

— Je croyais qu'il n'aimait pas les voyages, surtout sans Ava.

— Elle organise une virée entre garçons, Swift et Ollie, à l'aquarium de Monterey. » Précisément l'endroit où Elliot et moi avions prévu d'emmener mon fils. « C'est moins loin que le lac Tahoe, et d'ailleurs je ne veux pas qu'Ollie aille là-bas sans moi.

— M le Magicien. Il agite sa baguette et, hop, ton rêve se réalise. »

Je n'ai pas riposté.

C'était une gageure que de parvenir à tout mettre en place en une seule journée. S'assurer que les invités seraient tous là au moment où Swift et Ollie, au retour de leur virée, franchiraient la porte. L'orchestre reggae installé près du *pool house* ; le feu crépitant dans un foyer, sur la pelouse du jardin enneigé ; les différentes attractions – dont un mangeur de feu et un acrobate à la barre – qui ajouteraient du piquant à tant d'extravagances, pour le cas où il n'y en aurait pas assez.

À l'heure du cocktail, des serveurs passeraient des plateaux de foie gras, huîtres, caviar, flûtes de champagne. S'ensuivrait un dîner assis avec carré d'agneau, gratin de pommes de terre, haricots verts, salade d'endives, poires et noix. Devant chaque convive (ils seraient plus de cent : les habituels et, pour le reste, en majorité des flambeurs, des joueurs capables de signer de très gros chèques) serait déposé un exemplaire de l'album *L'Homme et ses chiens*. Nous en avions fait imprimer un millier, destinés surtout aux futurs membres de la fondation.

J'avais raconté cette folie à Elliot pendant que nous dînions au restaurant, ce qui nous arrivait de plus en plus rarement. Nous en étions au café. Je portais la bague pour l'occasion, mais l'atmosphère restait tendue, même si nous nous efforcions de nous comporter comme si tout allait bien.

« Je n'ose pas imaginer ce qu'Ava inventera pour le soixante-dixième anniversaire de Swift, dit Elliot. En présumant qu'ils vivront toujours ensemble.

— Qu'est-ce que tu racontes ? Il n'existe pas plus belle relation que celle des Havilland. Je n'ai jamais vu de couple s'aimer autant.

— L'amour ne se manifeste pas toujours de façon évidente. Tout un chacun n'éprouve pas le besoin de crier au monde entier et à longueur de journée quel couple fantastique il forme avec son partenaire. Certains expriment leurs sentiments par leur comportement. »

55

J'étais venue montrer à Ava les dernières épreuves de l'album, qu'on devait rendre à l'imprimeur le lendemain. J'étais en train de me garer quand la Mercedes d'Ava est arrivée. Estella occupait le siège passager.

« Je l'ai emmenée se faire faire les mains et les pieds. C'était la première fois de sa vie. Tu imagines ? »

Oui, j'imaginais. Estella me tendit la main – ongles courts de travailleuse au vernis rouge étincelant. Ses ongles de pied rouges dépassaient des tongs en papier offertes par les pédicures dans les salons de beauté, ses propres chaussures – une vieille paire de Nike – coincées sous son bras.

« J'ai essayé de lui faire choisir une couleur un peu moins clinquante, dit Ava, mais notre amie voulait le grand jeu. »

Je me suis penchée pour admirer.

« Et comment va Carmen ? La fac ? ai-je demandé.

— Elle réussit bien. Ma fille, elle sera docteur. Prendra soin de sa famille.

— Vous n'avez pas à vous inquiéter, Estella, a dit Ava. Vous savez bien que Swift et moi prendrons toujours soin de vous.

— Carmen aura ses diplômes, et on s'occupera de nous-mêmes. J'ai une fille intelligente.

— Les études de médecine, c'est dur, Estella, a insisté Ava. J'espère qu'elle réussira, mais ne rêvez pas trop. N'envoyez pas tout promener.

— Bien, Mrs Havilland. » Estella se dirigea vers la maison. Sa voix avait perdu toute son allégresse.

« De plus, a ajouté Ava, que ferions-nous sans vous ? »

56

La maison des Havilland au bord du lac Tahoe nécessitait certains aménagements. La personne qui s'en occupait normalement posait quelques problèmes, il fallait lui trouver un remplaçant.

« Je pourrais probablement régler la question par téléphone, m'avait expliqué Ava, mais je ne veux pas confier les clefs à quelqu'un que nous ne connaissons pas. »

Elle me demanda de m'y rendre et de consulter plusieurs cabinets de gestion. « Prends ça comme des vacances. Nous avons passé une petite annonce dans la presse. Fais venir ceux qui ont répondu. Swift et moi avons toute confiance en ton choix. »

Par ailleurs, ils envisageaient une totale rénovation de la propriété. Dès qu'elle en aurait fini avec les festivités de l'anniversaire, Ava commencerait à s'en entretenir avec leur architecte.

« Ce qui serait bien, ce serait que tu prennes des tas de photos de la maison. Pour que notre architecte ait une idée préliminaire des travaux, avant de s'y déplacer lui-même. »

Au bout de quelques instants, elle ajouta : « Tu pourrais emmener ton amoureux, si le cœur t'en dit. »

Swift et elle refusaient toujours de l'appeler par son prénom.

J'ai dit que j'acceptais. Mais que j'irais seule. Je n'étais pas d'humeur à faire un voyage en compagnie d'Elliot.

Je ne m'étais encore jamais rendue au lac Tahoe. Dans mon idée, les gens qui fréquentaient ce lieu appartenaient à un monde qui n'était pas le mien. Des gens qui pratiquaient le ski, de neige ou nautique, jouaient au tennis, faisaient de la voile ou du hors-bord. Rien qu'à la façon dont ils disaient *Tahoe* – jamais *lac Tahoe* –, on sentait une connivence dont j'étais exclue.

Néanmoins, à force d'en entendre parler par les Havilland, j'avais envie d'en juger par moi-même. Sans compter la fierté que me causait leur confiance. Tant que j'y serais, suggéra Ava, je pourrais peut-être faire nettoyer les tapis et les rideaux, convoquer un plombier pour examiner le lave-vaisselle, qui s'était montré capricieux lors de leur dernier séjour.

De toutes les charges, celle qui me séduisait le plus, évidemment, c'était la prise de photos. Autres que des portraits de chiens ou de jeunes écoliers. J'étais ravie à l'idée de déambuler dans la propriété, appareil à la main, sans horaire fixe.

Il m'a fallu quatre heures de route pour arriver sur place, mais ça m'était égal. Je n'arrêtais pas de penser à la promesse de Swift de parler de moi à son avocat, promesse qu'il ne semblait jamais trouver le temps de remplir. J'hésitais à le harceler, mais j'avais fini par évoquer le sujet. « J'y travaille, mon chou, ne t'inquiète pas », m'avait-il répondu en me tapotant le bras. J'avais bien quelques doutes, mais que pouvais-je faire ?

Trois ans s'étaient écoulés depuis ma condamnation pour conduite en état d'ivresse, sans que survienne le moindre incident. Je gagnais raisonnablement ma vie et, surtout, mon fils affirmait vouloir habiter de nouveau avec moi. Même si son héros, Monkey Man, et les chiens, notamment Rocco, y étaient pour quelque chose.

Telles étaient les idées qui me trottaient dans la tête tandis que j'approchais des rives du lac Tahoe. Après une si longue route, j'envisageais de passer une bonne soirée de détente dans la maison et de n'aller en ville que le lendemain rencontrer les candidats à la gestion du domaine. J'aurais amplement le temps ensuite de faire les photos.

J'ai longé d'imposantes propriétés en bordure de lac, dotées de toutes sortes d'aménagements, mais d'aucun charme. Puis je me suis engagée sur la petite route menant à celle d'Ava et de Swift.

Rien de ce que j'avais vu n'égalait la séduction de cette maison. Pourquoi, me suis-je dit d'emblée, vouloir changer quelque chose ? Construite au bout d'une longue allée, entourée d'arbres. De bonne dimension – cottage plutôt que manoir –, encerclée d'une véranda, une cheminée de pierre sur le toit. Un sentier moussu conduisait à la plage.

La maison était construite en bardeaux, avec des volets rouges. Les arbres du terrain n'avaient rien de commun avec ceux que j'avais remarqués en venant, qui semblaient avoir été plantés récemment par quelque paysagiste en vogue. C'étaient des pins, des séquoias surgissant d'un tapis de fougères. Un hamac pendait entre deux d'entre eux et une balancelle faisait face au lac.

Les autres bâtiments de la propriété comprenaient la maison d'amis et le hangar à bateaux qui abritait les kayaks, planches à rames, équipement de ski nautique et un canoë en écorce de bouleau que Swift avait commandé spécialement au Canada. Et, bien entendu, ce qui faisait son orgueil et sa joie : le Donzi. Grâce à Ollie, je connaissais toute l'histoire de cette Ferrari des mers : comment l'homme à qui Swift l'avait acheté avait, à l'issue d'une folle course-poursuite, été rattrapé par la police au large de la Floride, avec une cargaison de drogue d'une valeur de plusieurs millions de dollars et une kalachnikov. « Ensuite, le sale type est allé en prison. Et Monkey Man a eu le Donzi », avait conclu Ollie, partagé entre crainte et admiration. « Je possède le bateau le plus sensass des environs », s'était vanté Swift.

Pour le moment, à l'heure où j'arrivais, il y avait peu de bateaux sur le lac, qui scintillait jusqu'à l'horizon. Mais ce qui m'éblouissait le plus, c'était le décor dans lequel s'inscrivaient la maison et son terrain – on aurait pu se croire dans les années 1900, tant étaient occultés les attributs de la vie moderne.

J'ai garé la voiture devant la maison. En cette fin d'après-midi, le lac, au-dessous, jouissait d'une lumière idéale. J'ai sorti mon appareil photo. Dans des moments pareils, quand je commence à mitrailler, rien d'autre ne compte. Même un arbre en train de flamber, s'il n'apparaît pas dans mon viseur, je ne le remarquerai pas. Fascinée, j'ai capté un huard glissant à la surface de l'eau aux reflets d'or. Il a plongé, je l'ai saisi juste à l'instant où il a refait surface.

Dieu sait combien de temps je suis restée là : cinq minutes ? une demi-heure ? Soudain, j'ai entendu de la musique provenant de la maison – du genre hip-hop. J'ai levé les yeux et j'ai vu tout ce qui m'avait échappé : une voiture garée dans l'allée – une décapotable jaune, capote baissée. De la fumée s'échappant de la cheminée. Une fenêtre ouverte d'où fusaient des rires.

Normalement, j'aurais dû avoir peur. Mais l'idée que des individus avaient envahi ce lieu idéal, si cher à Swift et Ava, a chassé tout sentiment de crainte. Je devenais féroce protectrice.

Répondant à une impulsion, j'ai braqué mon appareil. Quel que soit l'individu qui avait envahi la maison, il semblait important d'enregistrer le numéro d'immatriculation de la voiture. Puis je me suis approchée de la porte. Elle n'était évidemment pas fermée à clef.

La première chose que j'ai vue en entrant était une valise, en cuir, d'apparence luxueuse. Sur le sol, à côté, un sac à dos élimé. De ce qui devait être le living provenaient les craquements d'un feu de bois et une odeur de fumée. Comme dans un rêve, j'ai traversé le vestibule pour déboucher dans la pièce avec ses vieux canapés de velours – tellement plus beaux que leurs équivalents modernes –, deux fauteuils club en cuir, une chaise à bascule en chêne, un tapis indien, et un tableau dont l'auteur était, sans aucun doute, le même que celui dont le portrait de chiens avait suscité ma première conversation avec Ava.

Une odeur de viande grillée. Des voix, l'une haut perchée qui gloussait, l'autre plus basse. J'ai compris soudain que les envahisseurs ne pouvaient être des voleurs.

La porte, à l'autre extrémité de la pièce, s'est ouverte brusquement. Est apparu Cooper, le fils de

Swift, un verre de martini dry à la main, que j'ai reconnu immédiatement aux photos de lui que j'avais vues, bien sûr. Nue sous une chemise d'homme déboutonnée, arrivait Carmen, la fille d'Estella.

57

Nous sommes restés interdits tous les trois, Cooper avec son verre de martini dans une main, une sacrément longue fourchette à barbecue dans l'autre.

La dernière fois que j'avais entendu parler de Cooper, ses parents buvaient à sa santé, se félicitant de ses fiançailles avec la belle Virginia. La dernière fois que j'avais vu Carmen, elle nettoyait les toilettes.

Au bout de quelques secondes, j'ai fait demi-tour, franchi la porte, dévalé l'escalier, direction ma voiture. Quand j'ai estimé que j'étais hors de vue, j'ai saisi mon appareil et pris une photo de la maison. Je l'avais promis à Ava et à Swift. Comme j'avais promis à Ollie une photo du Donzi. Mais maintenant, il était hors de question que je redescende au hangar à bateaux.

Vers 20 heures – la route était longue jusqu'à Portola Valley –, mon téléphone portable a sonné. Ava.

« Laisse-moi deviner. Tu es pelotonnée sur le canapé près de la cheminée, avec un verre de ta foutue San Pellegrino au lieu du très bon cabernet que tu trouverais dans la cuisine. Et je parie que tu n'as pas amené ton chéri, alors que tu vas dormir dans l'endroit sans doute le plus romantique des rives du lac. Ce qui te permettra peut-être de comprendre pourquoi votre relation est bancale. Non que j'aie l'intention de m'étendre sur le sujet.

— En fait, je suis sur le chemin du retour. » Malgré ma facilité à inventer des histoires, je n'avais pas eu le temps d'imaginer comment j'allais expliquer à Ava pourquoi j'avais quitté le lac si rapidement.

Elle voulut savoir ce qui s'était passé, bien entendu.

« Je ne me sens pas bien. Des sortes de nausées. Ce doit être une infection intestinale.

— Dans ce cas, tu viens ici directement. On va te mettre au lit avec une bouillotte et une tasse de tisane à la menthe. Je t'attends, quelle que soit l'heure.

— Non, ça va aller. J'ai juste besoin de rentrer chez moi.

— Tu viens ici. Pas de discussion. Nous devons prendre soin de toi. »

Il était presque 23 heures quand je suis arrivée. La maison était éclairée, les chiens attendaient, Ava m'a ouvert la porte. M'a fait entrer dans le salon.

« Bon, et maintenant dis-moi. Que se passe-t-il ? Parce que je ne gobe pas ton histoire de gastro. Tu n'es jamais malade. »

Elle me connaissait si bien.

« Laisse-moi deviner, ajouta Swift qui nous suivait, un verre à la main. Tu as quand même emmené ton comptable à Tahoe. Vous vous êtes engueulés. À mon avis, vous avez joué au Scrabble, tu as essayé de placer un mot non reconnu par le dico, il a refusé. Il te restait plus qu'à te tirer. »

J'ai fait signe que non. Je ne pouvais lui laisser croire que je m'étais querellée avec Elliot. Comment pouvait-on se quereller avec Elliot ?

« Non. C'est juste un problème de femme. » Je pensais que ça suffirait à faire fuir Swift, et j'avais raison. Je savais depuis longtemps que pour se débarrasser d'un homme, rien n'est plus efficace que de faire allusion à des histoires de règles.

« Bon, répéta Ava. Maintenant tu t'assois et tu me dis la vérité. Je suis ta meilleure amie, tu t'en souviens ? Nous n'avons pas de secrets l'une pour l'autre. »

En réalité, elle ne m'avait encore jamais appelée sa meilleure amie. Mais, du coup, j'ai craqué. Je me suis écroulée sur le canapé. Ava s'est penchée en avant – elle était assise dans son fauteuil roulant – et m'a entourée de ses bras.

« Tu peux tout me dire. Tout ira bien.

— C'est Cooper. Il était dans la maison et je suis tombée sur eux. Carmen était avec lui. »

Ava a semblé accuser le choc, oh, très peu. Imperceptiblement, sauf pour moi. Elle s'est redressée, a posé ses longs et beaux bras sur les accoudoirs. M'a jeté l'un de ses regards calmes et froids, caractéristiques.

« Et c'est tout ? » Dans sa voix perçaient irritation et amusement. « La grande catastrophe ?

— Ils se faisaient à dîner. Elle portait une chemise d'homme. *Juste* une de ses chemises à lui. Ils étaient *ensemble.* »

Ava secouait la tête, un étrange sourire aux lèvres, différent de celui qu'elle affichait quand l'un des chiens posait sa tête sur ses genoux ou que Swift s'amenait par-derrière et enfouissait son visage dans ses cheveux.

« Écoute. Quoi qu'il se passe entre Cooper et cette fille (*cette fille*), ça ne signifie rien. Il se conduit en garçon, point final.

— Mais il est fiancé. Je croyais qu'il devait épouser Virginia ».

Ma naïveté la fit presque rire.

« Rien d'essentiel n'a changé. Cooper obtiendra son diplôme en juin prochain et partira pour New York. Il y aura un grand mariage. Virginia et lui auront une très gentille vie. »

Gentil. Ce mot qui l'avait fait tiquer quand je l'avais employé pour décrire Elliot.

« Je doute que Virginia accepte cet état de choses.

— Elle l'accepte déjà. Tu crois qu'elle ignore que Cooper est un coureur ? Et que, depuis sept ans qu'ils sont ensemble, c'est la première fois que ça se produit ? Les hommes sont ainsi, Helen. »

J'aurais pu ergoter, j'y ai renoncé.

« Et Carmen ? Qu'est-ce que tu en fais ? Elle imagine probablement autre chose. Je suppose qu'elle l'aime. Et Estella… » Il y avait fort à parier qu'Estella refuserait d'accepter l'argumentation d'Ava concernant le comportement de Cooper.

« Ce n'est pas ton boulot de t'occuper de Carmen, rétorqua Ava. Ni le mien. Ni celui de Cooper, d'ailleurs. Carmen est une adulte. Elle est capable de décider toute seule, à l'évidence c'est ce qu'elle fait.

— Est-ce que Swift est au courant ? »

Ava eut l'air légèrement impatientée.

« Peut-être que oui, peut-être que non. Quoi qu'il en soit, il n'en ferait pas toute une affaire. Et ce devrait être la même chose pour toi. »

D'évidence, le sujet était clos.

« Tu passes la nuit ici, n'est-ce pas ? Nous t'avons préparé une chambre. »

Mieux valait que je retourne chez moi, lui ai-je dit. Elle n'a pas insisté.

« Je suppose que tout cela s'est passé avant que tu aies pu t'occuper des choses ?

— Les choses ? Quelles choses ?

— Interroger les gestionnaires. Prendre des photos pour notre architecte.

— J'en ai pris seulement une, de l'extérieur. Désolée. »

Les autres – le lac au coucher du soleil, l'oiseau plongeur, la plaque d'immatriculation de la décapotable – ne serviraient à rien.

« Ne t'en fais pas, reprit Ava. Ce n'est pas grave. Concentrons-nous sur la fête d'anniversaire, d'accord ? Tu imagines la tête de Swift quand il découvrira le jardin recouvert de neige ? Il sait que je concocte quelque chose pour son anniversaire, comme chaque année, mais un truc pareil, je ne l'ai jamais fait. »

Dans la voiture, en rentrant chez moi, ce n'était pas à Swift et à sa fête que je pensais. Je revoyais le visage de Cooper quand il avait émergé de la cuisine.

Un autre que lui, quelqu'un de différent, aurait peut-être été affolé, voire horrifié, d'être découvert dans une telle situation. Rien de tel chez Cooper. À vingt-trois ans, le garçon semblait tenir pour acquis que sa vie se déroulerait selon ses désirs et que, si une personne quelconque trouvait à redire à son comportement – par exemple la fidèle amie de ses parents –, c'était son problème à elle, pas le sien.

Il ne m'avait jamais vue, mais il savait qui j'étais, sans aucun doute. Il avait souri, un peu de travers, il est vrai, soit parce qu'il avait quelques verres dans le nez, soit que ce fût son sourire de gamin avec lequel il charmait les gens. Si ma visite impromptue l'énervait, à la rigueur, c'était parce qu'elle gâchait l'ambiance. Parce que la troisième personne dans la pièce – Carmen – avait eu l'air auquel on pouvait s'attendre (celui de sa mère, par exemple, bien des années auparavant, traversant le désert pour pénétrer au Texas et tombant nez à nez avec une patrouille de police).

Acculée et terrifiée.

58

J'aurais dû aller directement au lit en rentrant. Non seulement je ne l'ai pas fait, mais je ne suis même pas rentrée directement.

Sur le chemin de mon appartement, il y avait un magasin de vins et spiritueux. J'étais passée devant des milliers de fois sans y prêter attention. Ce soir-là, je me suis arrêtée. Et j'ai acheté une bouteille de cabernet. Et voilà : toutes ces réunions des A. A., ces années de sobriété rayées en un instant.

J'ai vidé la bouteille. Après, je me suis plantée devant ma glace pour voir si mon visage affichait une quelconque différence. De toute façon, étant donné la quantité d'alcool que je venais d'absorber et le fait que je n'avais rien mangé de la journée, il m'aurait été bien difficile d'avoir une claire appréciation de quoi que ce soit.

J'ai alors fait une chose étrange qui pourtant, sur le moment, m'a parue sensée. Peut-être ai-je voulu garder une trace de cette soirée afin de me dissuader de recommencer. Peut-être s'agissait-il d'un acte désespéré tendant à me prouver qu'au bout du compte je n'avais pas réussi à changer ma vie.

J'ai attrapé l'appareil photo posé sur une pile de livres, celui dont je m'étais servie pour afficher mon portrait sur le site de rencontres, et j'ai pris la pose. J'ai attendu le clic de l'obturateur.

Puis j'ai décroché le téléphone. J'aurais pu appeler mon soutien chez les A. A., mais la personne vers qui je me tournais en cas d'urgence désormais, c'était Ava. Si je n'avais pas été ivre, je ne l'aurais jamais appelée en pleine nuit. Et comme toujours – alors que, même dans mon état, je me rendais compte que je l'avais réveillée – la voix d'Ava au bout du fil reflétait sa compassion et son inquiétude.

« J'ai merdé, ai-je dit. Je suis soûle.

« Je suis Helen, ai-je énoncé à voix haute, comme aux réunions des A. A. Je suis une alcoolique. »

Le lendemain matin, j'ai essayé de tout oublier. Le voyage à Tahoe. Ce que j'avais vu. La réaction d'Ava. Surtout mon ivresse, tout en sachant que je devrais l'avouer à ma prochaine réunion des A. A., ce que j'ai fait. Mille quatre-vingt-six jours de sobriété. Retour à zéro.

Toutefois, avant de tenter d'effacer de mon esprit ce désastre, je devais accomplir un devoir : j'ai imprimé la photographie de mon visage dévasté et l'ai placée dans le tiroir, au milieu de mes sous-vêtements. À titre de pense-bête quotidien.

Guérie de ma gueule de bois, j'ai pris ma voiture et suis partie pour Folger Lane. J'avais résolu de demander d'emblée à Swift s'il envisageait toujours de m'aider à récupérer Ollie. Dès qu'il aurait obtenu l'accord de son avocat, je commencerais de rassembler les documents nécessaires – état de mon compte en banque, attestations de bonne conduite, références morales. Fournies par Ava et Swift, bien sûr. Et peut-être Evelyn Couture.

Soudain, l'évidence s'est imposée : il n'y avait pas une seule composante de ma vie actuelle qui ne provienne directement des Havilland. Mes amis, mon gagne-pain, jusqu'à mes vêtements. Ava et Swift répondaient de tout, à l'exception du garçon à qui j'avais donné naissance et de l'homme avec qui je couchais – et encore. D'une certaine manière, ils avaient revendiqué Elliot, en me faisant remarquer ses faiblesses, si bien que je finissais par ne plus voir ses points forts.

Il y avait quand même de quoi me poser des questions. Ayant appris, de la bouche d'Ava, avec quel dédain son beau-fils, son mari, la fiancée de son beau-fils traitaient la notion de fidélité dans un couple, j'aurais dû éprouver un respect renouvelé pour Elliot, loyal jusqu'au bout des ongles. Or je ne voyais qu'une chose : prendre position en faveur d'Elliot signifiait m'opposer à tout ce que Swift et Ava représentaient. Eux à qui je devais ma situation présente – y compris le désir d'Oliver de m'ouvrir, enfin, son cœur. Le malaise que j'éprouvais depuis l'aventure du lac Tahoe ne devait pas entrer en ligne de compte si je voulais récupérer définitivement mon fils.

59

Je n'avais encore averti personne de mes fiançailles avec Elliot. Non qu'il y eût grand monde à qui en parler, en tout cas je ne tenais pas à ce que Swift, Ava ni surtout mon fils le sachent.

Tant que la question de la garde n'était pas réglée, je ne voulais pas courir le risque que, en apprenant mon projet de mariage avec un homme qu'il n'estimait guère, Ollie refuse de venir vivre avec moi. C'était la raison pour laquelle, avais-je expliqué à Elliot (en omettant l'opinion d'Ollie à son égard), je ne portais pas la bague.

« Il a besoin de mieux te connaître. Je suis sûre qu'ensuite il t'aimera. » En réalité, j'avais des doutes.

Et j'étais encore plus apeurée à l'idée de mettre les Havilland au courant. Ils comptaient tellement pour moi que j'avais besoin d'obtenir leur aval, sinon leur bénédiction. Sachant que je ne pourrais pas repousser éternellement le moment de leur annoncer mon prochain mariage, j'ai pensé qu'un dîner à quatre, pour commencer, faciliterait les choses, et j'ai décidé de prendre l'initiative. « Pour une fois, ai-je dit à Ava, j'aimerais vous inviter à dîner chez moi, Swift et toi. Ce serait un dîner très simple, mais ça vous permettrait de connaître Elliot un peu mieux.

— J'essaierai de persuader Swift. Mais tu le connais, il n'aime pas dîner chez les autres. »

À mon grand étonnement, ils ont accepté. Je n'avais pas l'intention de leur apprendre la nouvelle tout de go, j'espérais simplement que, si le dîner se déroulait bien, d'autres suivraient, qui permettraient à mes amis de découvrir les bons côtés d'Elliot : son sens de l'humour – pince-sans-rire il est vrai – et surtout sa bonté à mon égard.

J'ai passé la journée en préparatifs. J'ai acheté des fleurs et des bougies, changé les meubles de place dans le living afin qu'Ava puisse manœuvrer son fauteuil. La salle de bains étant ce qu'elle était – plutôt miteuse –, j'ai tenté de la rendre plus agréable en posant une orchidée sur le couvercle du réservoir d'eau des toilettes, j'ai dissimulé mes produits de beauté, placé sur la tablette une bougie parfumée hors de prix et de jolies serviettes de toilette. J'ai encadré et accroché au mur la gravure, représentant un terrier de Boston, que m'avait offerte Ava.

« Ce sont tes *amis*, a commenté Elliot en constatant mon agitation et mon anxiété. Tu ne devrais pas te faire tant de souci. Ils viennent passer une soirée avec nous, pas critiquer ton appartement. » Ni lui. Du moins je l'espérais. Et réciproquement. Car, si dure que puisse se montrer Ava envers Elliot, lui, de son côté, s'était révélé capable d'une étonnante agressivité, du moins quand il s'agissait des Havilland. Je ne lui avais pas raconté en détail ce que j'avais découvert au lac Tahoe et ce qui s'en était suivi : il aurait renoncé à nouer le moindre lien amical avec Ava et Swift. Mais, même sans savoir la trahison de Cooper et la réaction d'Ava, aux nombreuses raisons qu'il avait de ne pas aimer les Havilland semblait s'ajouter une véritable obsession : celle de comprendre le fonctionnement de la fondation sur le plan financier – sujet évidemment d'intérêt général pour le genre d'individu un peu cinglé qui n'aurait rien de mieux à faire que d'étudier une pile de documents ennuyeux. Un individu comme Elliot, par exemple.

L'idée que l'homme que j'avais promis d'épouser soupçonnait mes amis de magouilles financières me rendait malade, à quoi s'ajoutait un sentiment de culpabilité et de honte quand je pensais qu'il ne se serait jamais lancé dans cette tâche fastidieuse s'il ne m'avait pas connue.

Ava et Swift arrivèrent à 17 h 30 pile. J'ai demandé à Elliot de leur ouvrir. J'étais dans la cuisine, à quelques pas de la porte seulement, mais je voulais leur donner l'image d'un couple et aider Elliot à se sentir accepté, intégré dans notre trio. Et quand Swift lui a tendu une bouteille de vin – du très bon rouge –, je lui ai demandé de l'ouvrir et de remplir les verres. Sauf le mien, bien entendu.

Comme je l'avais prévu, Ava a remarqué tout de suite la gravure qu'elle m'avait donnée. Swift a entrepris Elliot sur les Giants, qui venaient de faire une très bonne saison, évidemment.

« Je dois reconnaître que je ne suis pas un fan de base-ball, a dit Elliot. Et encore moins de basket. Les éliminatoires se déroulent toujours en pleine période de déclarations d'impôts.

— Une raison qui suffirait à me faire changer de carrière, a répliqué Swift. Mais vous avez en face de vous un bon à rien, qui ne travaille plus. Je n'ai qu'une seule chose à faire, penser à de nouvelles façons de procurer un orgasme à ma femme. »

J'avais l'habitude de ce genre de boutades de Swift, mais Elliot a eu du mal à l'encaisser et à trouver que répondre. Ava est venue à son secours, en quelque sorte.

« Ce n'est pas si difficile que ça.

— Je peux faire quelque chose dans la cuisine ? » a crié Elliot.

Je savais qu'il espérait entendre « oui », moi je voulais autre chose : que lui et mes amis apprennent à se connaître.

J'avais passé bien des soirées heureuses avec chacun d'eux – Ava et Swift d'une part, Elliot de l'autre –, mais jamais encore tous ensemble, autour de ma petite table, avec un poulet brûlé au milieu en guise d'offrande. Je voulais, comme je l'ai déjà dit, qu'Ava et Swift découvrent l'homme adorable qu'était Elliot et persuader Elliot que mes amis, malgré les plaisanteries assez odieuses de l'un et les remarques vaguement condescendantes de l'autre, n'étaient ni odieux ni condescendants.

« Raconte à Swift ton enfance à la ferme quand tu courais après les vaches égarées, ai-je suggéré à Elliot, parce que c'était une bonne histoire et qu'il la racontait bien.

— Vous avez grandi dans une ferme ? s'exclama Swift. Et vous alliez batifoler dans la grange ?

— Mes parents ont délaissé l'agriculture quand j'avais sept ans. Ils ont vendu la ferme et nous sommes allés à Milwaukee, où mon père a trouvé du boulot dans une fabrique, une brasserie.

— Une brasserie, hein ? » La bière était un sujet qui convenait à Swift. « Et vous vous êtes lancé là-dedans vous aussi ?

— En fait, la comptabilité m'a séduit très jeune. J'aime la précision des chiffres. Je trouve formidable qu'un registre comptable puisse raconter toute une histoire. Pas toujours bonne, notez bien. Dans notre cas, ce fut un désastre. Nous avons perdu notre ferme.

— Désolé pour vous, dit Swift en saisissant la bouteille de vin.

— J'ai compris alors comme il est important de surveiller de très près son bilan. Mon père ne le faisait pas et ça lui a coûté sa terre, qui appartenait à notre famille depuis plus de cent ans.

— Chacun ses goûts. Moi, à la vue d'une calculatrice ou d'un tableur, je me tire. Je laisse ça aux gens qui travaillent pour moi.

— J'espère qu'ils font du bon boulot. »

J'avais mis un gâteau au four, qui n'en finissait pas de cuire. Les Havilland ne sont pas restés pour y goûter.

« Tu nous connais, chérie, m'a dit Ava. Tôt au lit. Pour Swift, c'est comme une religion.

— Au lit. » Clin d'œil de Swift à l'attention d'Elliot. « Pas nécessairement pour dormir. »

J'ai coupé un morceau du gâteau enfin cuit et l'ai servi à Elliot. Moi, je n'étais pas d'humeur.

« Je sais que tu les aimes, et je respecte ton sentiment, a remarqué Elliot. Mais tu n'as pas l'impression, en leur présence, de te sentir brusquement très petite ? Que Swift capte pour lui tout l'air qu'il y a dans une pièce ?

— Je ne comprends pas ce que tu veux dire. Swift et Ava s'intéressent constamment à ce qui m'arrive. Cet été, Swift a passé des heures à apprendre à nager à Ollie.

— Mais que savent-ils de toi, du moment que ça ne les concerne pas ?

— Ils m'interrogent. Ils veulent m'entendre raconter mes histoires. Ils me trouvent amusante.

— Amusante ? Genre le bouffon du roi ? »

Ce que je voyais sur le visage d'Elliot, c'était du mépris. Pas pour moi, mais sait-on jamais ?

« Tu te sens menacé par notre amitié, n'est-ce pas ? Tu veux que je choisisse entre Swift et Ava et toi.

— Non, Helen. Je voudrais que tu te choisisses, toi. Au lieu d'accourir chaque fois qu'Ava lève le petit doigt, et d'exécuter tout ce qu'elle demande afin qu'ils continuent à donner le surprenant spectacle des Havilland. La mise en scène permanente de leur merveilleux couple. »

Je n'avais jamais entendu une telle colère dans la voix d'Elliot. J'en étais comme étourdie.

« Ils ont tout fait pour moi, ai-je répété. Ils sont ma famille.

— J'avais espéré devenir ta famille, avec Ollie. Les membres d'une famille qui ne se tirent pas à 20 heures pour aller se tripoter au lit.

— Ce sont des êtres passionnés. Liés l'un à l'autre d'une façon que la plupart des gens ne comprennent pas.

— Lui est narcissique. Elle, je n'ai pas encore compris quel numéro elle joue. Celui du toutou paraplégique, peut-être. La femme qui l'admirera toujours parce qu'elle est coincée dans son fauteuil vingt-quatre heures sur vingt-quatre. »

Je me suis sentie devenir de glace, prise de nausée. J'ai crié :

« Ava vit en fauteuil roulant depuis douze ans ! Tu crois que c'est facile à supporter ? Qui es-tu pour juger la façon dont ils mènent leur vie ?

— Le fait est que ce sont eux qui jugent la mienne. » Il affichait un calme effrayant. « Depuis le jour où nous nous sommes rencontrés. Et ils ont décidé dans les dix premières minutes que je ne méritais pas qu'ils perdent leur temps avec moi.

— Ils ne te connaissent pas. C'est pour ça que je les ai invités. Pour qu'ils apprennent à te connaître. Mais toi tu n'as voulu parler que de comptabilité. »

J'ai quasiment craché ce dernier mot, comme si c'était une obscénité.

« Chiffres. Colonnes de chiffres. Budget en équilibre. Je me demande comment ils peuvent ne pas trouver ça aussi *fascinant* que toi ?

— Je suis désolé de ne pas être aussi excitant que tu le souhaiterais, Helen, mais les gens excitants ne sont pas toujours ceux sur qui on peut compter.

— Ava et Swift m'aiment. Swift va payer l'avocat qui m'aidera dans le procès en appel pour la garde d'Ollie. Et je sais que ça coûtera cher.

— Swift était censé l'avoir fait depuis des lustres. Puisque ça ne suit pas, pourquoi ne me laisses-tu pas t'aider ?

— Swift est occupé, c'est tout. Il va le faire. Ava et lui sont mes meilleurs amis au monde.

— Tu ne sais pas reconnaître l'ami qui est proche de toi, Helen. Quant à l'amour, si tu ne crois pas au mien, je ne vois pas ce que je peux faire de plus pour t'en convaincre. »

La tendresse habituelle de sa voix, la douceur de son visage avaient disparu.

« Ce que je sais, ai-je répliqué, c'est que les bons amis n'essaient pas de vérifier en douce vos finances, comme s'ils espéraient découvrir des choses terribles. Ils ne s'imaginent pas que tout le monde dissimule un abominable secret et que leur boulot consiste à le dévoiler. »

Plus je haussais le ton, plus Elliot baissait le sien – il semblait souffrir d'avoir à parler.

« J'entends beaucoup d'émotion dans ta voix, Helen. Mais guère d'amour.

— En ce moment, alors que tu attaques les deux personnes qui ont fait preuve de plus de gentillesse à mon égard que quiconque, il m'est difficile d'éprouver de l'amour pour toi.

— L'amour, quand il est vrai, ne fait pas du va-et-vient. L'amour est censé être constant. »

Jusqu'à cet instant, nous étions restés à table face à face, les bougies – que j'avais achetées l'après-midi même afin de parfaire le décor – s'étaient consumées, laissant sur la nappe de petites flaques de cire fondue. À présent Elliot se levait et se tenait devant moi, avec ses cheveux coupés trop court et ses pantalons informes. J'attendais qu'il me saisisse par les épaules, me serre contre lui, me reproche d'être injuste, affirme qu'il méritait mieux. Il aurait pu élever la voix, me dire que je faisais le mauvais choix. Ce que peut-être une partie de moi-même savait déjà.

Mais combattre n'était pas son genre. Alors, très lentement, comme si chaque muscle de son corps le faisait souffrir, tel un vieillard perclus d'arthrite, il a enfilé sa veste et s'est dirigé vers la porte.

« Je voulais être ton compagnon, Helen. Un véritable, irréprochable. Je voulais devenir le beau-père aimant de ton fils.

— Véritable, irréprochable, ai-je ricané, à condition que j'abandonne mes amis. J'étais au fond du trou quand je les ai rencontrés. Ils m'ont sauvée.

— Et tu le crois vraiment, n'est-ce pas ? Tu m'as brisé, Helen. »

Il aurait suffi d'un mot de regret de ma part pour qu'il fasse demi-tour, mais ce mot, je ne l'ai pas dit. Je l'ai laissé partir.

60

Ce soir-là, après le départ d'Elliot, je me suis rendue à une réunion des A. A. Ce n'était pas ma réunion habituelle du mardi, aussi y ai-je trouvé un grand nombre de visages inconnus, des gens qui, de toute évidence, n'avaient pas d'enfants réclamant leur présence à la maison, des personnes qui auparavant traînaient dans les bars et à qui ces assemblées tenaient lieu de nouvelle vie nocturne. Ils étaient jeunes et leurs histoires n'avaient pas grand-chose à voir avec la mienne, actuelle ou passée. Au bout de dix minutes, je me suis demandé ce que je faisais là.

Âgés d'une vingtaine d'années, ils appartenaient à cette catégorie d'alcooliques qui, à l'adolescence, se procurent de fausses cartes d'identité, se plantent devant des magasins de spiritueux en attendant que quelqu'un leur achète une bouteille de mauvais gin, ou font des virées en voiture avec des packs de bière. Aucun d'entre eux, ce soir-là, ne savait ce que signifie attendre que son fils soit endormi pour sortir la bouteille de vin du placard et la vider, et se lever le lendemain matin pour le conduire au jardin d'enfants.

Au moment où j'allais sortir, une toute jeune femme s'est approchée de moi.

« Vous connaissez les Havilland. » Plutôt une affirmation qu'une question. Et à l'évidence, elle aussi les connaissait.

Entendre prononcer ce nom dans cet endroit m'a prise de court. Je n'associais jamais Ava et Swift à cette partie de ma vie – la plus sombre.

« Comment le savez-vous ?

— L'amie avec qui je suis venue ici ce soir est serveuse Chez Vinny. Elle connaît les Havilland et vous a vue en leur compagnie. »

Rien de surprenant à ce que Swift et Ava aient noué une relation amicale avec une jeune femme. Ava se faisait des amis partout. Celle-ci était-elle l'une des innombrables bénéficiaires de sa générosité ?

« Je connais leur fils, ajouta mon interlocutrice. *Connaissais.*

— Cooper ? Tout le monde semble aimer Cooper.

— Ouais, ça dépend qui. Son père est convaincu qu'il marche sur l'eau et pisse du parfum. »

Cette jeune personne n'appartenait pas à la cohorte des individus prêts à clamer que les Havilland étaient les humains les plus généreux qu'il leur eût été donné de rencontrer. Je n'avais pas envie de savoir pourquoi, mais elle restait plantée devant moi, me regardant d'un air accusateur.

« Je m'appelle Sally, dit-elle. Ils se souviendraient peut-être pas de mon nom. Je vous suggère d'ailleurs pas de le leur demander. »

La monotonie de sa voix, une certaine amertume la faisaient paraître beaucoup plus âgée que ne le suggérait son apparence.

« Cooper et moi on picolait ensemble. Quand il revenait pour les vacances universitaires, on était un paquet à traîner avec lui. Il nous appelait ses nanas de la ville. On est même allées dans la maison superchic de ses parents sur le lac Tahoe. C'était pas mon petit ami. Juste un des garçons avec qui je me shootais. »

Et puis il y avait eu ce jour où ils s'étaient rendus en voiture à la plage : Sally, ses deux amies Savannah et Casey, Cooper et deux de ses copains de fac.

« On était sur les dunes avec une demi-bouteille de bourbon et de la crème de menthe. Ils ont dû nous droguer. Quand on s'est réveillées, Savannah, Casey et moi, on n'avait plus que nos T-shirts. Nos culottes et nos jeans avaient disparu. Plus de portables ni d'argent pour rentrer chez nous.

— Comment savez-vous que c'étaient Cooper et ses copains qui les avaient piqués ? » Ils étaient peut-être partis, et quelqu'un d'autre avait fait le coup. Tout est possible.

« Il a pris une photo de moi – dans l'état que vous imaginez. Et il l'a envoyé par SMS à ses potes.

— Dans ce cas, pourquoi ne les avez-vous pas dénoncés à la police ?

— On l'a fait. Mais l'avocat des Havilland est intervenu. Un salaud. Disant qu'il allait révéler des tas de choses sur moi. Comment je m'étais fait choper pour des vols à l'étalage quand j'étais au lycée. J'ai dit que je m'en fichais, que c'était il y a longtemps. Mais ils s'en sont pris à mon père. Il est entrepreneur en bâtiment, et il a souscrit des tas d'emprunts. Soudain, les banques ont exigé qu'il les rembourse. »

Je l'écoutais, autour de nous on repliait les chaises, on éteignait les lumières, j'étais clouée sur place.

« Et puis, *pfuit*, plus de problèmes. Le père de Cooper les a fait disparaître. »

Et Cooper aussi avait disparu. Il avait regagné la fac de Dartmouth.

« Ces gens obtiennent ce qu'ils veulent, a-t-elle conclu. Ça doit être génial d'être leur ami, mais certainement pas d'être leur ennemi. »

61

C'était un mercredi, quatre jours avant la fête d'anniversaire. Il était prévu qu'Oliver viendrait passer le week-end chez moi. Ava m'avait dit de le mettre dans la confidence. « Comme si j'étais une sorte d'agent secret ! » s'exclama-t-il. Une histoire dont bien sûr Monkey Man était le héros, comme toujours.

Quand Ava suggéra à Swift d'emmener Oliver à Monterey, il ne fit aucune objection. Nous dînions tous les trois dehors. « Tu te rappelles, tu as promis à Oliver de l'emmener voir un endroit formidable s'il gagnait la course de natation. Eh bien, c'est le moment de tenir ta promesse. Et comme Tahoe est trop loin, nous avons pensé, Helen et moi, qu'une virée à Monterey serait idéale. »

J'avais expliqué à Oliver qu'il ne devait parler à personne de la fête. Je n'avais pas mentionné Dwight, mais Ollie semblait avoir compris très tôt qu'il ne devait pas évoquer devant son père et sa belle-mère certains aspects de la vie chez les Havilland.

Le vendredi, je suis allée le chercher à Walnut Creek. Il dormirait chez moi, et le lendemain Swift et lui partiraient pour Monterey, avec ordre de revenir avant 19 heures, dernier délai.

Depuis quelque temps, Ollie exigeait de rester seul pour prendre son bain. J'acquiesçais, même si l'une des mille et une choses qui me manquaient depuis qu'il ne vivait plus avec moi, c'était de le voir s'amuser dans la baignoire. À défaut, je l'entendais.

C'est fou ce que les enfants inventent quand ils sont seuls dans une baignoire. Par exemple faire dialoguer leurs jouets. Une fille dinosaure reproche à son frère d'avoir été méchant avec leur petit frère. « C'est pas vrai », dit le garçon. « Si, je t'ai vu », piaille la fille. « Méchante toi-même », « Tu me tapes sur les nerfs », « Répète, et je te tape vraiment ».

En entendant Ollie barboter ainsi, j'ai soudain regretté de l'avoir autorisé à passer la journée du lendemain avec Swift. Il ne serait bientôt plus un petit garçon, je n'en aurais pas assez profité. Et la pensée s'est imposée à moi, aussi nettement qu'un panneau d'affichage sur l'autoroute : *Ne le laisse pas partir avec Swift*.

Mais si j'obéissais à cette injonction, Ollie ne me le pardonnerait jamais. Tout comme il n'avait pas totalement pardonné à Elliot de l'avoir obligé à mettre son gilet de sauvetage lors de notre sortie en bateau. (*Elliot*. Rien que d'évoquer son nom provoquait une légère douleur au fond de ma poitrine. Depuis notre désastreux dîner, je gardais mon mobile chargé et à portée de main, pour le cas où il m'appellerait. Ce qui était absurde, compte tenu de mon comportement précédent, de tous ses appels auxquels j'avais refusé de répondre. Et puis, je lui avais dit des choses affreuses : comment pourrait-il me pardonner ? L'ironie de l'histoire, c'est qu'Ollie me demandait des nouvelles d'Elliot. Bien qu'adorant Monkey Man, mon fils semblait comprendre ce qu'il y avait de réconfortant dans la présence d'Elliot. Sa solidité, son sérieux. Quand il nous avait quittés, Oliver et moi avions découvert tout le bien qu'il nous faisait.) Swift devait venir chercher Ollie le samedi à 6 heures. J'ai préparé son sac la veille : vêtements de rechange, barres de céréales, son appareil photo numérique, cadeau d'anniversaire, afin qu'il puisse photographier les dauphins, les requins, les phoques de l'immense aquarium de Monterey.

Debout à 5 heures, gilet des Giants de Chicago offert par Swift par-dessus son T-shirt bien enfoncé dans le jean, il se tenait sur le seuil de l'immeuble quand Swift s'est amené avec la Land Rover.

« Eh, mec ! a crié Swift. Prêt pour un week-end entre hommes ? J'ai apporté deux machettes des fois qu'on se ferait attaquer par des salopards. »

Il noua un bandana autour de la tête d'Ollie, un autour de la sienne.

« Attention, tout le monde. Nous sommes des pirates. » Son énorme rire d'hyène.

« Il blague, chéri, ai-je dit à Ollie pour le rassurer. Il n'y aura pas de méchants.

— Juste celui-ci, a dit Swift en l'aidant à grimper dans la voiture.

— On est un couple de pirates ! a crié Ollie, tandis que j'attachais sa ceinture.

— Ralentis, n'est-ce pas, Swift ? N'oublie pas que ta charge est précieuse. »

Il ouvrait le toit de la Land Rover.

« Tu crois que je ne le sais pas ? Je le traiterai comme mon propre fils. »

62

Toute la matinée, j'ai résisté à l'envie d'appeler Swift sur son portable et de demander à parler à Ollie. Mon fils voulait s'amuser entre hommes, sûrement pas avoir sa mère sur le dos.

Aussitôt après mon petit déjeuner, je suis partie pour Folger Lane, où les préparatifs de la fête avaient commencé dès que la voiture de Swift avait été hors de vue. De trois camions, garés devant l'entrée, on extrayait fleurs, tables, nappes et serviettes, verrerie. Dans la cuisine l'équipe de traiteurs préparait les plateaux.

Ava m'avait informée la veille que les mille exemplaires de l'album – *L'Homme et ses chiens* – venaient d'être livrés.

« Je meurs d'impatience de voir à quoi ils ressemblent, mais je ne veux pas les sortir des cartons en ton absence. »

Ava m'attendait dans la vaste buanderie attenante à la cuisine. Une centaine de boîtes en carton ondulé s'empilaient contre un mur. Elle avait réussi à les faire déposer sans que Swift s'en aperçoive, dans cet endroit où il ne mettait jamais les pieds, domaine exclusif d'Estella. Il n'avait d'ailleurs pas la moindre idée de la façon dont fonctionne une machine à laver.

Du premier carton, j'ai sorti un volume, senti son poids dans ma main, passé mes doigts sur les lettres en relief de la couverture. Ava avait opté pour le modèle le plus coûteux : cuir rouge, gravure à l'or. J'ai mis quelques instants à découvrir la faute. Une coquille.

Si le sous-titre était exact : *La vie extraordinaire de Swift Havilland*, le titre : *L'Homme et ses chiens* était devenu : *L'homme est un dieu*[1].

J'ai regardé Ava, craignant son indignation. Elle riait.

« Ce n'est pas si faux, non ? Notre homme est bien une sorte de dieu. Il n'a peut-être pas créé l'univers. Simplement il le croit. »

Estella est entrée pour voir ce que nous fabriquions. Elle a pris un exemplaire, l'a feuilleté, considérant les photos avec soin. Puis elle a quitté la pièce sans un mot.

« Je suis une idiote, a dit Ava. Des mois passés à réunir toutes ces photos d'amis et de fêtes, et pas une seule d'Estella.

— Elle n'est pas du genre à s'offenser d'un truc comme ça. »

Il n'y en avait pas non plus une seule de moi. Je n'allais pas en prendre l'initiative, et Ava ne l'avait pas suggéré.

Malgré tout ce qu'il y avait à faire, j'ai consacré quelques minutes à examiner le livre. Je l'ai emporté dans le jardin, ainsi qu'un verre de limonade. M'imaginant à la place d'un invité découvrant les photos – le réparateur

1. *The Man and His Dogs* devient *The Man is a God.*

de moto, le masseur ou Evelyn Couture – et curieux de savoir : *Qui est cet homme ?*

Page un : un visage de bébé, plein cadre. Six ou sept mois, mais les traits sont reconnaissables. La bouche ouverte, il hurle de rire.

Dédicace : *Pour mon mari, mon amant, mon âme sœur. Pour fêter ses six premières décennies sur la planète Terre. La Voie lactée ne sera plus jamais la même.*

Suivaient deux pages de photos de Swift enfant. Ava avait décidé que cette partie ne devait pas occuper beaucoup d'espace – à la vue des photos on comprenait pourquoi. Swift avait été un garçonnet peu attrayant, ce que montraient tous ces clichés. Où figuraient aussi un frère aîné et une sœur cadette. (Étonnant, me disais-je, que durant tout mon travail je n'aie jamais entendu prononcer leur nom. Ils ne figuraient pas sur la liste des invités à la fête, ni aucun autre membre de la famille de Swift – son fils excepté. Même chose en ce qui concernait la famille d'Ava. Dont, réflexion faite, je ne connaissais rien.)

Il y avait un portrait de famille cérémonieux, avec Swift un peu plus âgé. Le père semblait un homme dur : mâchoire carrée, petits yeux noirs, une posture qui sentait le militaire. À côté de lui – mais ne le touchant pas, n'effleurant même pas sa chemise de la main – se tenait la mère. Maigre, presque décharnée, les yeux enfoncés, une femme vaincue aurait-on dit, la bouche ouverte comme si elle manquait de souffle. Une main sur l'épaule de son plus jeune fils, geste qui suggérait moins une preuve de tendresse qu'un besoin de le contrôler. De le tenir à l'écart des ennuis.

Puis venait l'adolescence, survolée rapidement elle aussi. Un Swift de petite taille, comme sous-développé, une vilaine peau, une vilaine coupe de cheveux. L'une des photos le montrait en camping, à l'évidence au cours d'une randonnée scolaire – les élèves alignés, avec en arrière-plan le parc Yosemite ou son équivalent –, portant un paquetage sur son dos. Grimace de clown de la classe, peut-être parce qu'il s'était rendu compte que les meilleurs rôles étaient déjà pris. Un bras passé derrière le dos du copain à côté de lui – Bobby, qui assistait à toutes les soirées des Havilland – une main dressée au-dessus de la tête du garçon (pas facile, le gamin avait facilement quinze centimètres de plus que lui), les doigts formant des cornes du diable.

La transformation venait après. Champion de lutte. Peau acnéique mieux soignée. Petite amie au bal annuel de sa promotion. (Pas la plus excitante peut-être. Mais de gros seins que, même sur la photo officielle, Swift semblait ne pas lâcher des yeux.)

Cliché suivant : Swift quitte la fac avec deux valises Samsonite et une guitare basse. (Il n'avait pas joué plus de dix minutes dans un groupe rock, avais-je appris. Le Swift que je connaissais n'exprimait guère d'intérêt pour la musique.) Pantalon étroit, longs favoris, haut de la chemise déboutonné. Debout, raides, à côté de lui : sa jeune sœur, son père et sa mère, l'air abasourdi d'être apparentés à cet individu. Le frère aîné devait déjà vivre ailleurs.

C'est aussi la dernière image de l'album où figure la famille de Swift. Et, à ce que je croyais comprendre, peut-être la dernière occasion où ils avaient constitué un élément significatif de sa vie.

La suite témoigne d'une ascension étonnamment rapide. Membre d'une fraternité. Une jolie fille à son bras. Une autre encore plus jolie. Belle voiture, une Corvette. Une série de photos montrant ce qui ressemble à des farces d'étudiants (Swift habillé en femme, Swift montrant ses fesses à la vitre d'une Mustang décapotable, Swift dans une baignoire avec trois femmes. Tous ivres, semble-t-il).

Puis viennent les images des commencements d'une carrière qui lui a permis d'acquérir la maison actuelle et celle de son ex-femme, de payer des réceptions somptueuses et tout le reste. Désormais il porte des costumes. Le premier a l'air bon marché. Les suivants, non. On passe au mariage avec Valerie, la mère de Cooper. Elle figure sur deux photos, en tout et pour tout : l'une prise le jour du mariage, l'autre quelques années plus tard, où l'on constate qu'elle s'est alourdie. Elle tient un bébé, Cooper, et semble profondément malheureuse. Un peu à l'écart, Swift fume un cigare et fait le clown devant l'appareil, comme d'habitude.

Le reste de l'histoire se déroule comme on peut s'y attendre. Une succession de voitures et de petites amies post-divorce, et Cooper qui grandit. (Obéissant aux ordres, j'ai retouché ces images pour en éliminer la mère de Cooper.) Le bail de son premier immeuble à Redwood City. L'avis de création de sa société. Theracor, introduite en Bourse. Puis Ava.

Une photo les montre peu de temps après leur rencontre – elle n'est pas encore en chaise roulante. Comme je l'avais deviné, elle était plus grande que Swift, avec de très belles jambes. Un corps rond, charnu, voluptueux. On se rendait compte à quel point l'accident l'avait vieillie. Lui, les années l'avaient beaucoup moins touché.

C'est Ava qui avait eu l'idée de faire alterner les images de la vie de Swift et les portraits de chiens que j'avais réalisés dans les refuges qu'ils finançaient tous les deux – travaux exécutés à l'occasion de mes joyeuses virées en voiture avec Elliot. Au début, cette idée de combiner images de Swift et images de chiens m'avait paru un peu bizarre, aussi avais-je tâché de théâtraliser la présentation. Les chiens des premières années étaient adorables, mais avec un air vaguement mélancolique, ceux d'après le divorce semblaient plus heureux. Sur la page opposée à celle où figuraient Swift et ses parents, trônaient un basset et un corniaud borgne. Face à celle où l'on voyait un Swift déguisé en diable annoncer la vente de sa société aux actionnaires d'Oracle, posait un chien, photo prise dans le refuge de Sonoma, une sorte de croisement entre un pitbull et un lion. Des deux mâles qui se faisaient ainsi face, celui qui se léchait les babines n'était pas le chien.

Pendant que je tournais ainsi les pages du livre, Ava est arrivée derrière moi. Précédée par son parfum de gardénia. J'ai senti son long bras mince encercler mon cou et la menotte d'argent effleurer ma peau. Elle m'a caressé les cheveux puis elle a rangé son fauteuil roulant contre ma chaise.

« Tu as fait un merveilleux travail, chérie, tu as vraiment capté l'essentiel chez Swift.

— Toutes les photos étaient là, il m'a suffi de les classer selon un certain ordre. »

Je l'ai regardée : une des rares fois où elle s'exposait sans maquillage. Les signes de vieillesse étaient impressionnants. Jusqu'aux jambes que, habituellement, elle dissimulait. Là, découvertes jusqu'au-dessus des genoux, elles ressemblaient à deux bâtons, posés sur le repose-pieds du fauteuil, parés de chaussures aussi coûteuses qu'inutiles.

« Je ne pourrais pas m'en sortir sans lui, tu sais. » La douceur, la vulnérabilité de sa voix m'ont étonnée.

« Mais tu es forte, toi aussi. »

Comme si elle ne m'entendait pas, elle a poursuivi :

« C'est comme si lui et moi ne formions plus qu'une seule personne. Comme des frère et sœur siamois partageant un cœur unique. Si l'un meurt, l'autre aussi. » J'ai cru percevoir une pointe d'amertume dans le ton.

63

Il était midi et j'aidais le personnel à transporter les assiettes et l'argenterie quand on a livré l'appareil à fabriquer de la neige. Il s'agissait de transformer Folger Lane en une réplique de la propriété du lac Tahoe, congère sur la pelouse y compris. Tandis que la machine se mettait à cracher de la neige, Anna m'expliqua que créer une jolie scène hivernale de pays des merveilles ne suffirait pas. Tant qu'on y était, et pour que le plaisir de Swift soit complet, on allait faire gicler sur le haut de la congère un liquide jaune, donnant l'impression qu'un chien y avait pissé récemment.

Quant aux véritables chiens, Ava les avait séquestrés dans sa chambre, nantis d'un assortiment de friandises canines de façon à les empêcher – Rocco surtout – de troubler les préparatifs frénétiques de la fête. De faux cubes de glace, énormes, pendaient aux avant-toits de la maison, et des pingouins de neige bordaient l'allée centrale. (Pas vraiment la faune naturelle du lac Tahoe, mais Ava se permettait bon nombre de libertés.) Des ampoules, ornant les arbres et l'intérieur d'un igloo, une fois allumées répandraient une lueur mystérieuse.

Ollie allait adorer. Ollie qui, en ce moment même, devait s'extasier sur les barracudas et les raies manta de l'aquarium.

« Je meurs d'impatience de voir l'igloo illuminé dans la nuit, dit Ava, quand le cube de glace bleue pâle se dressa sous nos yeux. Ça me rappelle mon bol à infusion en porcelaine fine. »

Elle avait aussi fait réaliser deux sculptures en glace de ses chiens : l'une montrant Sammy et Lillian couchés en rond dans leur panier ; l'autre, Rocco tout seul. Gueule ouverte, comme d'habitude. Aboyant.

Derrière la maison, à côté de la charmille de roses, deux hommes en salopette, portant dans le dos l'inscription *Souvenirs fugaces*, installaient une autre sculpture de glace, dans laquelle étaient enchâssées des photos de Cooper – comme si, victime d'une avalanche, il souriait au monde des vivants de son éternité congelée. À l'extrémité de la piscine se dressait un écran plasma sur lequel passait en boucle un film vidéo entièrement consacré à Swift : Swift s'adonnant au qi gong, Swift faisant de la course à pied, nageant, dansant. Swift posant en guerrier, lançant un Frisbee aux chiens, Swift étendu sur une chaise longue flottante, cigare et verre à la main. La plus imposante des statues de glace occupait le centre du jardin – un Swift nu grandeur nature, avec un tube dans le pénis d'où coulait le champagne.

« Il y aura sûrement quelqu'un pour glousser que le pénis est sous-proportionné par rapport à la sculpture, dit Ava. Et Swift se sentira probablement obligé de lui prouver qu'il se trompe.

— Quand on parle du diable… J'étais justement en train de me dire que je ferais bien d'appeler les deux gamins. Ils devraient arriver bientôt. » J'étais fière de moi d'avoir tenu si longtemps sans appeler Ollie.

Le portable sonna dans le vide.

« Ils ont probablement perdu le sens du temps, commenta Ava. J'imagine qu'on va les voir rappliquer vers 19 h 30. »

J'ai chassé mon inquiétude. La métamorphose du jardin continuait. Ava avait eu l'idée incongrue d'installer, au milieu des sculptures et des éclairages, un foyer sur lequel un artiste devait exécuter la danse du feu. Il y aurait aussi un acrobate à la barre verticale, une discipline que Swift adorait. Sur les tables, au nombre de douze, les sets présentaient une image de Swift souriant, mordant un cigare d'une longueur exceptionnelle. À la place de chaque convive était posé un paquet, emballé dans du papier d'argent noué d'un ruban bleu glacé – un exemplaire de l'album, *L'homme est un dieu*. Ainsi qu'une enveloppe contenant un formulaire à remplir et à joindre au chèque établi au nom de la fondation La Niche. Cadeau d'anniversaire. Contribution suggérée : 2 000 dollars.

À 16 heures, Ava appela Swift, en vain.

« Ils doivent tellement s'amuser qu'ils ne veulent pas perdre une minute. Je parie qu'ils se sont arrêtés à ce restau mexicain que Swift adore, pour manger un burrito géant. »

J'ai opiné, mais j'ai de nouveau regretté d'avoir autorisé Ollie à faire cette escapade idiote.

Sur quoi Virginia, la fiancée de Cooper, est arrivée – mais un de ces physiques qu'on oublie facilement. Elle venait de chez ses parents, à Palo Alto, où ils avaient dressé des plans pour le mariage. L'avion de Cooper, en provenance de New York, devait atterrir à San Francisco dans la soirée, nous dit-elle. Il louerait une voiture à l'aéroport.

Virginia se rendit chez un pédicure. Estella emmena promener les chiens. Ava surgit, le visage recouvert d'un de ses masques spéciaux, activateurs de collagène.

« Le portable de Swift ne répond toujours pas. » Il y avait un soupçon d'inquiétude dans sa voix. « Probablement une mauvaise liaison. »

J'ai commencé à m'affoler.

Virginia était revenue de chez la manucure, en compagnie de sa mère, et les deux femmes semblaient flotter dans le jardin en robes longues bleu argent. On attendait Cooper.

« Vous le connaissez, dit Ava. Toujours en retard. »

Bobby, l'ami de Swift, fut l'un des premiers invités à débarquer avec sa dernière petite amie en date, scandaleusement jeune, prénommée Cascade. Il fut suivi d'Ernesto et d'une femme, Geraldine, ex-assistante personnelle de Swift dans son ultime start-up. Puis j'ai salué Ling, l'herboriste de Swift, et Ping, son mari, ainsi qu'un paquet d'autres que je n'ai pas reconnus : probablement de vieux associés en affaires. Rena s'est présentée sans Carol – à l'évidence partie avec une autre femme. Felicity, la nouvelle protégée d'Ava, est apparue, minette en tenue de ski. Quant à Evelyn Couture, elle portait une robe longue qui aurait pu avoir appartenu à Nancy Reagan durant ses années à la Maison Blanche.

L'orchestre mariachi – plutôt incongru dans ce décor hivernal (mais Swift adorait la musique mariachi) – avait commencé à jouer. La barre verticale se dressait près de la piscine, l'acrobate attendait que Swift franchisse la porte pour entrer en action.

Les serveurs, plus Estella, faisaient circuler les premiers plateaux d'amuse-gueules : saumon sauvage sur de fines tranches de pain, avec crème fraîche et caviar. Lillian et Sammy, libérés, arboraient pour l'occasion de nouveaux colliers, Rocco, compte tenu de son manque de sociabilité, restait confiné dans la chambre des maîtres, avec un os volumineux pour l'occuper.

« Il est stressé par la foule, expliquait Ava, mais il faut qu'il sache que je ne suis pas loin. »

Et toujours pas de Cooper.

« C'est lui tout craché, dit Ava en consultant sa montre. Il veut être sûr que tout le monde soit là pour faire son entrée de vedette. »

Je savais qu'en réalité l'absence qui l'inquiétait le plus était celle de Swift. Que dire de moi, pensant à Ollie…

À 20 h 30, Ava s'approcha de la statue du Swift nu, présenta son verre sous le pénis dispensateur de champagne et le tapota (le verre, pas le pénis) avec une petite cuiller.

« Comme vous le savez tous, dit-elle, la lumière faisant scintiller les perles argentées de sa robe longue, nous sommes réunis pour fêter l'anniversaire de mon incroyable mari. C'est censé être une surprise, bien que la vue de toutes les voitures lui mettra sûrement la puce à l'oreille. En attendant son arrivée, d'une minute à l'autre, je vous encourage à feuilleter l'album que notre merveilleuse amie Helen a constitué pour commémorer le grand œuvre de Swift en faveur des animaux abandonnés, tous ces refuges qui jalonnent notre région et essaimeront bientôt dans l'ensemble du pays. Bienvenue chez nous. »

J'ai parcouru la foule des yeux. Tous semblaient sous l'effet d'un enchantement. Le travail de si nombreuses semaines était récompensé.

« Vous m'avez demandé quoi offrir à un homme qui possède déjà tant, poursuivit Ava. Je vous réponds : faites un don à notre fondation dont nous lançons le site Web ce soir même. Grâce à vous, des centaines de chiens et de chiennes pourront être castrés et stérilisés gratuitement.

— Et baiser à n'en plus finir, sans conséquences ! cria Bobby. Une cause si chère au cœur de mon copain Swift.

— Donc, merci de votre contribution. Et à votre santé. » Ava leva son verre en direction de la sculpture au pénis de glace. J'ai levé mon verre d'eau minérale.

Les mariachis se sont remis à jouer. Les gens s'étaient rapprochés de la piscine pour admirer les évolutions de l'acrobate à la barre, à qui Ava avait donné l'autorisation de commencer.

Estella émergea de la cuisine, sans plateau, mais avec le portable d'Ava. Et une expression difficile à déchiffrer. N'annonçant pas en tout cas une bonne nouvelle.

À l'instant où Ava a saisi le téléphone, j'ai su qu'il s'agissait de Swift, et donc d'Ollie. J'ai couru vers elle.

Elle continuait d'écouter, secouant la tête. La musique des mariachis était très forte. J'ai hurlé : *Dis-moi, dis-moi !*

Il y avait eu un accident. Pas à Monterey, mais au lac Tahoe. C'est là, bien évidemment, que s'étaient rendus Swift et mon fils.

Quelqu'un racontait quelque chose à propos d'un bateau.

64

Le trajet en voiture de Portola Valley au lac Tahoe prend normalement quatre heures et vingt minutes. Trois heures et demie quand Swift conduit. Nous avons mis trois heures et quart dans la voiture de Bobby.

Les premières nouvelles données au téléphone par la police étaient confuses. Dans l'après-midi, à un moment, le bateau de Swift était entré en collision avec un Jet-Ski. L'accident concernait quatre individus – deux hommes, une jeune femme et un enfant. La vie de l'un d'eux, sans plus de précision, était en danger.

« Votre mari est à l'hôpital, avait dit à Ava l'officier de police. Je vous suggère de venir le plus rapidement possible.

— Et Ollie ? » avais-je hurlé.

Elle n'avait pas semblé m'entendre.

« Nous devons y aller », avait-elle marmonné, à l'intention de personne, et elle avait commencé à manœuvrer son fauteuil vers la porte, comme perdue dans un rêve. Un mauvais, forcément.

Ernesto l'a soulevée et installée à l'avant de la voiture de Bobby – pour une fois, elle s'est laissé aider. J'ai sauté à l'arrière. Ernesto a rangé le fauteuil roulant dans le coffre. Aux invités qui l'interrogeaient, elle ne répondait pas. Juste avant que je referme la portière, Estella a mis ses bras autour de moi.

« Je prie pour votre fils », m'a-t-elle dit. Le reste était en espagnol.

« Démarre », a ordonné Ava. Derrière nous, les lumières blanches scintillaient sur la fausse neige.

Les choses qui me reviennent de ces trois heures et quelque de trajet : Ava appelant sur son portable, moi attrapant frénétiquement le mien. J'ai appelé le poste de police de Truckee, Californie, mais quand quelqu'un a décroché, le bruit des sanglots d'Ava couvrait sa voix. Une voix de femme.

« Je cherche à avoir des nouvelles d'un enfant. Un garçon de huit ans. Il est peut-être mêlé à un accident.

— Êtes-vous la mère ? Il est à l'hôpital. Ce serait mieux que vous veniez le plus vite possible. »

Bobby dépassait les cent cinquante, mais on avait l'impression qu'il se traînait. Personne ne parlait, consciemment ou inconsciemment, j'en étais sûre, chacun priait pour que le blessé grave soit le bien-aimé de l'autre. Pas le sien.

65

Lorsque Bobby est arrivé à l'entrée des urgences de l'hôpital, j'ai sauté de la voiture avant l'arrêt complet. Je n'y ai pas pensé sur le coup – je ne pensais évidemment qu'à l'état de santé de mon fils –, mais, pour Ava, ce dut être l'un des moments de sa vie où son invalidité s'est fait le plus cruellement sentir. Le temps que Bobby sorte le fauteuil du coffre, le déplie, l'y installe. Je crois même que cinq secondes de plus et elle se serait jetée sur le sol et aurait rampé jusqu'à atteindre la porte à deux battants.

Aux admissions, il n'y avait pas trace d'un enfant nommé Oliver McCabe. Ni d'un Swift Havilland.

« L'accident ? ai-je insisté. La collision de deux bateaux ?

— Il faut vous adresser à quelqu'un d'autre. Moi je viens de prendre mon service, je n'ai pas entendu parler d'un accident de bateau. »

Quelqu'un m'a conseillé de monter au troisième. C'est là que je les ai enfin trouvés : mon fils et Swift, plus un officier de police. Ainsi que – le choc ! – Cooper.

Swift et Cooper assis côte à côte à une table, face au policier qui prenait des notes. Swift avait un pansement de fortune sur le front, Cooper le bras droit en écharpe.

J'ai couru vers Ollie, bien sûr, allongé sur une banquette à l'autre bout de la pièce. Aucune blessure visible, mais un seul coup d'œil m'a suffi pour comprendre que quelque chose s'était produit, qui l'avait profondément bouleversé. Le regard fixe, il tremblait de tous ses membres sous une couverture.

« Je hais ce bateau, a-t-il dit. Je monterai plus jamais sur un bateau.

— C'est fini, chéri. Je suis là, je te tiens. » Il était vivant. Le reste semblait d'une importance relative.

J'observais Swift face au policier. L'air calme, raisonnable, pondéré, seul son sourire particulier, sa marque de fabrique, manquait. Il semblait écouter intensément les propos du policier, en réalité c'est lui qui parlait le plus, soliloque ponctué de quelques exclamations de Cooper.

Que fabriquait Cooper au lac Tahoe ? (Que fabriquaient-ils tous au lac Tahoe ?) Cooper était censé, après avoir atterri à San Francisco, louer une voiture et débarquer à temps pour le grand toast à la santé de son père. À présent, légèrement renversé sur sa chaise en plastique, jambes écartées comme il sied à un homme, prétend-on, il incarnait le modèle de la virilité. *Voici ma bite. Voici mes couilles. Une question ?*

Canette de Coca dans une main, téléphone portable dans l'autre. Polo rose, avec le petit alligator cousu sur le côté gauche, Ray Ban suspendues à un élastique autour du cou, barbe de deux jours qui ne diminuait en rien sa beauté. Il me rappelait une photo de Swift que j'avais incluse dans l'album, prise le jour où Cooper, âgé de seize ou dix-sept ans, avait été proclamé roi du bal de fin d'année.

Je m'attendais à ce que Swift m'accueille en me voyant entrer, mais, étrangement, il sembla ne pas me reconnaître. Tout comme il semblait ignorer la présence d'Oliver. Nous sommes restés chacun de son côté – lui avec son fils, moi avec le mien. Le message implicite était clair : désormais, il en serait ainsi. Si j'avais pu, j'aurais pris Ollie dans mes bras et j'aurais filé. Cependant, il continuait de trembler.

Quant à Swift, son visage reflétait toujours une surprenante placidité. Et je me suis rappelé Elliot qui, dans les moments de tension ou d'angoisse, s'ébouriffait les cheveux, l'air égaré. Elliot, si calme dans la vie ordinaire et si perturbé quand il était bouleversé. Swift, d'ordinaire tapageur et extravagant, affichant maintenant un calme glacial.

Et voilà que j'aspirais à la présence d'Elliot. Il me manquait terriblement.

J'observais Swift parler avec le policier. Il gesticulait, mais de la même façon rigolote qu'il aurait indiqué au jardinier l'endroit où planter les tulipes ou mimé pour un copain l'action d'un joueur au match de base-ball du dimanche précédent. Cooper, à ses côtés, semblait sérieux, réfléchi, préoccupé. De temps en temps, il secouait ou hochait la tête – non parce qu'il n'était pas d'accord, juste une façon de souligner à quel point il trouvait la situation regrettable.

« Ce n'est qu'un gosse », était-il en train de dire. Voix posée, raisonnable. Plus rien de l'étudiant noceur. « Ce n'est pas sa faute. »

Il a ensuite échangé un regard avec son père. C'est fou ce qu'ils se ressemblaient. Et soudain j'ai compris qu'ils parlaient de mon fils.

« Vous avez des gosses, Norman ? » demandait Swift. À un moment quelconque, il avait capté le prénom du policier. « Vous savez comment ils sont à cet âge. »

C'est à cet instant qu'Ava a fait son apparition dans sa chaise roulante. Elle s'est dirigée vers Swift, sans m'accorder un regard.

« Enfin ! s'est-elle exclamée. Personne n'était capable de m'indiquer l'étage où tu te trouvais. »

Elle a tendu son long bras mince – sous la manche de la robe longue argentée – pour lui caresser la poitrine, lui lisser les cheveux. De la même façon qu'elle aurait caressé l'un de ses chiens.

« Tu es sain et sauf, répétait-elle. Tu es sain et sauf, c'est la seule chose qui compte. »

Un second policier est entré.

« S'il vous plaît, m'dame. Je sais que c'est dur, mais votre mari doit rester concentré. Nous essayons de prendre sa déposition. »

Un médecin s'est présenté, portant des gants de chirurgie.

« Elle a survécu à l'opération. Mais le cerveau a été très comprimé. Il faudra attendre un bout de temps pour connaître l'étendue des dégâts.

— De qui parle-t-il ? ai-je demandé au nouveau policier.

— Miss Hernandez. Je crois comprendre qu'elle était employée par la famille ? Ou sa mère ? Elle a été éjectée de l'arrière du Jet-Ski. Elle a de la chance d'être encore en vie. »

Carmen.

Plus tard. J'avais perdu la notion du temps, mais le jour se levait et nous nous trouvions au commissariat de police – mon fils enfin endormi sur un lit de camp et recouvert de deux couvertures, toujours secoué de tremblements qui n'avaient rien à voir avec la température. J'avais refusé de m'allonger sur un autre lit de camp et je restais assise par terre, à côté d'Ollie.

L'aube se levait quand l'officier de police est entré, disant qu'il avait terminé son rapport – « les premières constatations » – et qu'il était prêt à me raconter ce qui s'était passé, sur la base des déclarations de Swift et Cooper.

« Nous voulons aussi avoir un entretien avec votre fils, bien entendu. Quand il sera en état. Nous pourrions demander la présence d'un agent de protection de l'enfance, pour nous assurer qu'il peut supporter l'interrogatoire. »

Constatant qu'Ollie dormait profondément, j'ai suivi le policier dans la pièce adjacente. Officier Reynolds, d'après son badge.

« Alors, que pouvez-vous me dire ?

— Je crois comprendre que Mr Havilland a conduit votre fils ici pour lui faire faire un tour sur son hors-bord.

— Ce n'est pas ce qui était prévu. Ils étaient censés passer la journée à Monterey.

— Mr Havilland dit qu'il a voulu faire une surprise à votre fils. C'est un truc dont ils parlaient depuis longtemps, semble-t-il.

— Ils devaient aller à l'aquarium, ai-je répété, comme si ça servait à quelque chose.

— Sans que Mr Havilland soit au courant, son fils Cooper avait décidé la veille de montrer leur maison à une amie, Miss Hernandez. »

Racontée comme ça – à partir de l'interrogatoire de Cooper, probablement –, toute l'affaire semblait merveilleusement simple. Un barbecue pour le déjeuner. Un plongeon dans le lac. Une partie de cartes. (Quelques galipettes, mais ça ne regardait pas la police.) Puis, le samedi après-midi, ils avaient pris le Jet-Ski. Le jeune Mr Havilland voulait montrer le lac à sa compagne.

Et puis, en fin d'après-midi, Mr Havilland père était arrivé avec Ollie.

Fin d'après-midi ? Ils s'étaient mis en route à 6 heures du matin. Qu'avaient-ils fabriqué entretemps ? Comment Swift avait-il eu l'idée de débarquer si tard au lac Tahoe, sachant qu'il devait être revenu à Folger Lane pour l'heure du dîner ?

Le policier, bien sûr, ne connaissait pas la réponse. Tout ce qu'il pouvait dire c'est que Mr Havilland, selon son propre récit, était arrivé entre 16 et 17 heures. La présence dans l'allée menant à la maison d'une autre voiture ne l'avait pas inquiété parce qu'il avait reconnu la Dodge Viper jaune que son fils aimait louer à l'aérodrome de San Francisco. Il avait supposé que Cooper voulait lui faire une surprise pour son anniversaire et qu'il se payait un jour de vacances supplémentaire au bord du lac. Il possédait sa propre clef de la maison, et il n'était pas rare qu'il débarque en douce.

« Ne voyant aucun signe du jeune Mr Havilland aux alentours de la maison, poursuivit l'agent Reynolds, Mr Havilland père en a conclu que son fils devait naviguer sur le lac, comme lui-même avait l'intention de le faire avec votre propre fils.

« Il en a eu la confirmation en constatant que l'un des deux Jet-Ski manquait dans le hangar. Alors il est descendu au débarcadère dans l'intention de mettre à l'eau son… » Reynolds consulta ses notes. « Son *Donzi.* »

J'écoutais – mal, sachant Ollie seul dans la pièce à côté, craignant qu'il ne se réveille apeuré –, me demandant encore et encore ce qui avait bien pu passer par la tête des Havilland père et fils qui les avait incités à cette virée sur le lac, Cooper parfaitement au courant de ce qui se tramait pour l'anniversaire de son père et Swift se doutant bien qu'Ava lui réservait une grande surprise.

« Apparemment, a repris le policier, votre fils et Mr Havilland naviguaient depuis quinze à vingt minutes quand l'accident s'est produit. Mr Havilland a expliqué que ce modèle de hors-bord peut atteindre les 130 kilomètres à l'heure comme un rien, mais qu'il avait prévenu Oliver qu'il n'en était pas question. Il voulait simplement lui faire faire une balade agréable. »

Admettons. Le Swift que je connaissais ne répugnait pas à l'idée de faire connaître des sensations fortes à un gamin.

« Mr Havilland nous a assurés qu'il était inflexible en matière de sécurité sur l'eau, qu'il avait l'intention de prendre juste un canot, mais qu'il avait cédé à l'insistance de votre fils qui voulait monter sur le Donzi. »

Ridicule, me suis-je dit, mais gardant ma réflexion pour moi. La virée sur le hors-bord était le but du voyage. On ne fait pas quatre heures de voiture pour monter dans un canot.

« Malheureusement, votre fils a refusé farouchement de mettre son gilet de sauvetage. Il s'était montré querelleur et "buté" durant une bonne partie de la journée, Mr Havilland attribuait ça à la fatigue du voyage.

— La fatigue, c'était bien possible. » Mais comment imaginer Ollie querelleur et « buté » face à Swift ?

« Comme on peut s'y attendre, Mr Havilland a été très ferme. Il a expliqué à votre fils qu'il n'y aurait pas de promenade en bateau s'il ne mettait pas son gilet de sauvetage. Ollie a fini par céder. »

Et l'accident, on y arrivait, oui ou non ?

« Mais il a continué à râler. Vous savez comme ces gamins peuvent être insolents. »

Certes. Mais pas Ollie, et pas avec Swift.

D'après le policier, Ollie a continué à « gueuler » contre le gilet de sauvetage, traitant les gens qui en portent de…

« Je ne veux pas vous répéter ce mot, Mrs McCabe. Disons qu'il commence par un c. Ensuite Ollie a voulu piloter le bateau. Mr Havilland a refusé. A dit qu'il n'en était pas question. Ils approchaient de Rubicon Bay, si vous voyez où ça se trouve. »

J'ai fait signe que non.

« C'est alors que Mr Havilland remarque un Jet-Ski à tribord. Lancé à une vitesse raisonnable, mais il vaut mieux le surveiller. Et Mr Havilland découvre, très surpris, que c'est son fils, Cooper, qui pilote l'engin. Naturellement, il veut se rapprocher. Ils finissent par être quasiment bord contre bord, au point de pouvoir se parler, et Mr Havilland demande à son fils s'il a une crème solaire.

« Il voulait, m'explique le policier, un indice 50. Mr Havilland n'avait que du 25 et sur l'eau c'est insuffisant. »

À un instant pareil, Swift avait parlé de crème solaire ? Qu'est-ce que cela signifiait ? Un souvenir m'est revenu, celui d'Ollie au bord de la piscine à qui Swift enseignait comment gagner au poker.

Le secret : pour qu'un mensonge sonne vrai, il faut l'entourer d'une multitude de détails réels.

Je l'avais expérimenté moi-même, dans les histoires que j'inventais. Audrey Hepburn avait effectivement travaillé pour l'Unicef. Elle avait effectivement tourné un film avec Gregory Peck. Mais elle n'était pas ma grand-mère.

« Les deux engins étaient évidemment très proches puisqu'il suffisait à Mr Havilland père de tendre la main pour attraper le tube de crème solaire. Et c'est à cet instant, alors qu'il détournait la tête, que votre fils Ollie lui a arraché la barre et a mis les gaz. »

J'ai regardé cet homme : je ne le connaissais pas, en revanche je connaissais mon fils. Jamais il ne ferait un truc comme ça. Je croyais connaître Swift également, et je me trompais. Swift mentait.

Swift ne mettait jamais de crème solaire. C'était bon pour les chochottes, disait-il à Ollie.

« Quand Ollie a mis les gaz, a poursuivi Reynolds, le bateau a bondi. Et il a percuté le Jet-Ski. Le fils de Mr Havilland a dégringolé de son siège et il s'est juste fait une entorse au poignet.

« Malheureusement les blessures de Miss Hernandez ont été beaucoup plus graves. Elle a été éjectée du Jet-Ski et s'est blessée à la tête. Elle a perdu conscience. C'est indéniablement grâce à Mr Havilland père, qui a plongé pour la sortir de l'eau, que cette jeune femme est encore vivante.

« Vu ce qu'il a affronté, moi j'appelle cet homme un héros. »

J'ai demandé quelles étaient les dernières nouvelles de Carmen et si on avait joint sa mère.

« Les docteurs disent que c'est trop tôt pour se prononcer. Et sa mère est en route. Bien sûr, on admet qu'Ollie est trop jeune pour qu'on le tienne responsable de tout. Il ne pouvait pas prévoir les conséquences.

— Mon fils n'aurait jamais fait un truc pareil. Mon fils vénère Swift. Impossible de l'imaginer lui arrachant la barre des mains. Ollie manque de confiance en soi. Emballer un moteur, c'est plutôt du genre Swift. Ou Cooper.

— Avec tout le respect que je vous dois, Mrs McCabe, les mères sont rarement capables de voir leur fils d'un œil neutre. Ma femme serait comme vous, s'il s'agissait de notre fils.

— Là n'est pas la question.

— Bien entendu, nous parlerons avec votre fils dès qu'il pourra nous entendre. En attendant, aucune charge ne sera retenue contre lui, vu son âge. C'était une gaminerie, d'après Mr Havilland. Une farce idiote, avec de terribles répercussions pour la jeune femme, mais il faut remercier Dieu que personne d'autre n'ait été blessé sérieusement. Et personne ne suggère qu'Oliver ait blessé Miss Hernandez délibérément.

— Il n'a rien fait de tout cela.

— Nous croyons comprendre que votre fils a vécu des expériences traumatisantes. Nous avons pu joindre son père au téléphone dans l'après-midi. Il était très secoué bien sûr, mais il nous a confirmé qu'Oliver s'est montré très agressif ces derniers temps, particulièrement à l'égard de personnes représentant l'autorité. »

Ils avaient parlé avec Dwight. J'avais l'impression que les murs se resserraient sur moi, comme au tribunal d'une certaine façon, trois ans auparavant, mais en pire.

« Les enfants de parents divorcés se conduisent souvent comme ça. Votre condamnation pour conduite en état d'ivresse a sûrement perturbé votre fils. Voir un symbole de l'autorité parentale en état d'arrestation.

— Qui vous a raconté ça ?

— Mr Havilland nous a expliqué que l'alcoolisme n'est plus à l'ordre du jour. Vous suivez les séances des A. A., si je comprends bien. »

Non, pas ça. On n'allait pas recommencer.

J'aurais peut-être rétorqué, mais j'ai entendu Ollie m'appeler de la pièce d'à côté et j'y suis allée.

Il n'avait pas encore bien récupéré, mais je tenais à ce qu'il réponde aux questions du policier. Le récit de Swift était tellement stupéfiant.

Ils lui ont donné un Coca, l'ont installé dans un fauteuil confortable. Outre Reynolds, il y avait une femme policier et une troisième personne, peut-être chargée de la protection de l'enfance. Ils ne m'ont pas autorisée à rester. « Désolé, a dit Reynolds, c'est une question de principe. »

Au bout de cinq minutes, au plus, Oliver a émergé de la pièce – pâle, d'immenses cernes sous les yeux. Pendant qu'il se rendait aux toilettes, la femme policier m'a prise à part.

« Il ne répond pas à nos questions. Quand nous lui avons livré le récit des faits selon Mr Havilland, il est resté à fixer la fenêtre, et a répété : "Je m'excuse, je m'excuse."

— Ollie n'a que huit ans.

— Bien sûr, il se sent coupable et responsable. Il a demandé si on allait le mettre en prison. Évidemment je l'ai rassuré. On sait qu'il n'a pas compris les conséquences de son acte.

— Ollie a reconnu qu'il a emballé le moteur ? Il a vraiment *dit* que c'est lui l'auteur du crash ?

— Pas textuellement. Mais il a été d'accord avec la description des faits par Mr Havilland et son fils.

— Il est à bout de forces. Tout s'embrouille dans sa tête.

— Pour l'heure, votre fils est un enfant très perturbé. Je suis sûre que vous devrez l'emmener consulter un psy, non seulement pour connaître les causes sous-jacentes de sa colère mais parce qu'il va probablement éprouver un grave sentiment de culpabilité et de honte à la suite de ce qu'il a commis. Il faut toutefois ne pas oublier que ce n'est qu'un enfant. Nous l'admettons tous. »

D'autres questions se poseraient peut-être plus tard, mais, pour le moment, il était inutile de rester là. Estella allait arriver avec une amie, m'avait-on dit, et je ne pouvais pas faire grand-chose de plus pour elle. Carmen se trouvait toujours en soins intensifs, elle n'avait pas repris conscience, les médecins attendaient les résultats d'une batterie d'examens.

C'est alors seulement que la réalité m'est apparue : depuis que nous avions débarqué à l'hôpital, Ava et moi, soit huit heures environ, ni elle, ni Swift, ni Cooper ne m'avaient adressé la parole. Qu'ils aient regagné leur maison du bord du lac ou repris la route pour Folger Lane, le fait était là – ils avaient disparu sans s'être inquiétés de moi et de mon fils.

Et maintenant ? Comment allions-nous rentrer ?

En me demandant qui je pouvais appeler – quelqu'un qui accepterait de faire plus de quatre heures de route pour récupérer une femme et un enfant en détresse au bord du lac Tahoe un dimanche soir –, l'évidence s'est imposée : Swift et Ava hors circuit, il n'y avait personne.

« N'oublie pas que je suis celle sur qui tu peux compter en cas d'urgence », m'avait dit Ava un jour, et elle avait écrit son nom sur la carte de visite que je gardais dans mon portefeuille. Ça n'était plus d'actualité.

Jadis il y aurait eu Alice, mais j'avais brisé notre amitié au profit de mes deux amis tellement plus chics et prestigieux.

Il restait Elliot.

Il a décroché à la première sonnerie. Il était chez lui, bien sûr, comme d'habitude, même les jours de grand soleil. J'entendais, en fond sonore, la bande d'un film. Je l'imaginais assis sur son vieux divan de velours, stores baissés, en train de regarder *Une femme disparaît*, pour la énième fois. Ou *Le train sifflera trois fois*.

Une onde de tendresse m'a submergée. De tendresse et de remords.

« Je ne t'en voudrais pas si tu me raccrochais au nez », ai-je dit, sans m'annoncer. Inutile. Il me reconnaîtrait.

« Je ne te raccrocherais jamais au nez, Helen.

— Ollie et moi, on vient de passer un moment terrible. Tu crois que tu pourrais venir nous chercher ? »

66

Il est arrivé peu avant le coucher du soleil, avec une pomme pour moi et un sachet de cacahuètes pour Ollie.

« Tu préférerais probablement quelque chose de plus consistant, a-t-il dit en soulevant Ollie dans ses bras (mon fils ne lui a opposé aucune résistance). Mais j'ai pensé que ça te permettrait de tenir. »

Il ne faisait pas froid, néanmoins il avait apporté une couverture et un oreiller pour Ollie.

« Maintenant tu peux me raconter, ou pas, c'est comme tu veux », m'a-t-il dit après avoir installé Ollie à l'arrière de la voiture.

Certes, mais par où commencer ? La vérité, c'est que je ne savais pas ce qui s'était réellement passé – sauf que c'était affreux et que je ne voyais plus le monde de la même façon.

« Tu avais raison.

— Raison ?

— À propos de mes amis. Du moins des gens que je croyais mes amis.

— Si tu t'imagines que je suis content d'entendre ça, tu te trompes. Je suis désolé qu'ils t'aient fait du mal. »

Nous avons roulé en silence. Ollie s'est endormi, mais je craignais qu'il entende malgré tout, alors je m'en suis tenue à des propos anodins.

« C'est bon de te voir, ai-je dit. Comment vas-tu ces temps-ci ?

— Oh, Helen ! Qu'est-ce que je suis censé répondre ? »

Quand Ollie s'est réveillé au bout de deux heures environ, il faisait nuit. Elliot lui a demandé s'il avait faim, et il a hoché affirmativement la tête.

« Je crois que je vais m'arrêter dans un restoroute que je connais. Tu pourrais prendre quelque chose, toi aussi, me dit-il, ça te changerait les idées. »

Il s'avéra qu'Ollie mourait de faim. Il dévora deux tacos au poulet et un bol de pudding au chocolat, puis redemanda un taco. Et but deux bols de lait. J'ai pris conscience qu'il devait y avoir un sacré bout de temps qu'il n'avait rien mangé.

« Je parie que la dernière fois que tu as mangé c'était au déjeuner avec Swift ? lui ai-je demandé.

— Même pas. On devait déjeuner après la virée en bateau. Seulement, la chose est arrivée.

— Donc vous êtes sortis en bateau dans la matinée ? Avant l'heure du déjeuner ?

— J'étais tout excité. Dès qu'on est arrivés au lac, Swift a tiré le Donzi hors du hangar.

— Mais il faisait encore nuit quand vous avez quitté la maison. Vous avez dû arriver au lac très tôt dans la matinée. » J'ai calculé dans ma tête. Vers les 10 heures peut-être, 11 heures s'ils s'étaient arrêtés pour un petit déjeuner.

« On s'est pas arrêtés pour le petit déjeuner. On a mangé une banane dans la voiture.

— Je ne comprends pas. Tu veux dire que vous avez navigué toute la matinée sur le lac ? Et l'après-midi aussi ? »

Ça s'embrouillait dans ma tête. Il était presque 18 heures quand les urgences avaient reçu l'appel du bateau de Swift.

Oliver semblait mal à l'aise, soudain. Il s'est mis à jouer avec la salière, formant des petits tas de sel sur la table et poussant le poivrier au travers. Le genre de choses qu'il faisait quand il avait quatre ou cinq ans – qui indiquait qu'il n'en pouvait plus et que la conversation n'irait pas plus loin, pour le moment en tout cas.

Nous avons repris l'autoroute. Je me répétais les propos d'Ollie – que Swift et lui étaient sortis en bateau avant le déjeuner – et je les trouvais incompréhensibles. Il fallait que je le fasse parler de nouveau.

« Il y a quelque chose qui m'échappe, Ollie. Il était encore tôt le matin quand Monkey Man et toi êtes arrivés au lac. Mais le type des urgences affirme qu'il était 18 heures quand ils ont reçu l'appel à propos de l'accident. Qu'avez-vous fabriqué, Swift et toi, pendant toute la journée ? Vous avez navigué des heures et des heures ? »

Soudain les mots ont jailli.

« On a piloté le bateau juste quelques minutes. Après il y a eu le crash et on n'a plus bougé.

— Mais la nuit tombait quand les secours sont arrivés », ai-je répété.

Dans le rétroviseur, je voyais Ollie, plongé dans l'examen de la semelle de ses baskets.

« Je hais ce bateau ! hurla-t-il. Je veux plus jamais monter sur des bateaux. »

Se bouchant les oreilles de ses mains, il s'est mis à chanter, ou plutôt à brailler des onomatopées. *Blah, blah, blah, blah.*

« Je sais que tu ne veux pas parler de ça, Ollie, mais je dois savoir. Que s'est-il passé pendant tout le temps qui s'est écoulé entre le moment où vous avez démarré le bateau et l'arrivée des secours ? »

Je me suis retournée : ceinture attachée, il était recroquevillé à un bout de la banquette, sous la couverture.

« Je voudrais avoir jamais fait cette course débile. C'est là que tout est devenu fou.

— Tu peux tout me dire. Quoi que ce soit.

— Elle restait allongée. » Il parlait si bas que je l'entendais à peine. « Elle avait les yeux ouverts et du sang qui coulait. »

Enfin, il s'est mis à pleurer.

Elliot s'est garé sur le bord de l'autoroute pour me permettre de monter à l'arrière et de serrer mon fils dans mes bras.

Au bout de quelques minutes, Ollie s'est calmé et s'est remis à parler, ou plutôt à chuchoter comme s'il craignait que d'autres qu'Elliot et moi puissent l'entendre.

« Monkey Man a dit qu'on devait se reposer. Cooper vomissait et chantait des trucs débiles qu'on chante quand on est petit, mais il se gourait dans les paroles. Il avait l'air cinglé.

— Et Monkey Man, il faisait quoi ?

— Il faisait boire à Cooper des tonnes d'eau. Il lui disait de ne pas bouger.

— Tout ça se passait avant le crash ? Cooper buvait son eau et vous étiez à l'arrêt, et puis il y a eu le crash ?

— Non, d'abord il y a eu le crash. Après on était supposés se reposer. On est restés longtemps sans bouger. Monkey Man n'arrêtait pas de dire qu'il fallait attendre que la fille se réveille, seulement elle se réveillait pas. Elle avait l'air bizarre, et Monkey Man continuait de faire boire de l'eau à Cooper, qui se conduisait comme un débile. »

J'ai vu le visage d'Elliot dans le rétroviseur. Il ne connaissait pas encore l'histoire – moi non plus en réalité –, mais il avait saisi suffisamment d'éléments pour deviner que la version de Swift était à mille lieues de celle d'Ollie.

« J'avais très faim. Je me suis endormi. Longtemps après, Cooper ne se conduisait plus comme un dingue et Monkey Man a dit qu'on pouvait demander de l'aide. La fille s'était toujours pas réveillée.

— As-tu raconté tout ça à la police ? »

Ollie a secoué la tête. Il entortillait un fil de la couverture autour de son doigt.

« Monkey Man a dit qu'il ne fallait pas parler de l'histoire de la fille et de l'eau que buvait Cooper. Que ça ferait tout foirer si j'en parlais. »

Elliot m'a souri. « Ne t'inquiète pas, ça va s'arranger. Il s'est confié, Dieu merci. »

Le lendemain j'allais devoir appeler l'officier Reynolds, lui dire qu'il y avait beaucoup de choses qu'il ignorait. Si difficile que ce soit, je savais qu'il faudrait que je lui ramène mon fils et qu'il l'écoute parler. Cette fois-ci Swift ne serait pas dans la pièce à côté. Ni demain ni – je le comprenais maintenant – plus jamais.

67

Elliot nous a déposés au bas de mon immeuble. Je l'ai invité à monter, il a refusé. « Tu dois avant tout t'occuper d'Oliver. » Nous nous parlerions plus tard.

Bien qu'ayant dormi pendant la quasi-totalité du trajet, Ollie a voulu tout de suite s'allonger dans mon lit. Quelques minutes plus tard, il s'était rendormi.

Mon appartement : pendant si longtemps il m'avait servi surtout de dortoir. Le réfrigérateur était vide, dans les placards il n'y avait que des sacs de pop-corn et une bouteille d'huile de colza. Depuis un an, ma vie se déroulait pour l'essentiel à Folger Lane. Fini, terminé.

J'ai appelé l'hôpital, au lac Tahoe, pour prendre des nouvelles de Carmen. Comme je ne faisais pas partie de la famille, on n'a rien voulu me dire. Et je n'avais pas le numéro de portable d'Estella. Je me remémorais ce jour, dans la buanderie, où Estella m'avait parlé de ses rêves pour sa fille.

Puis je me suis souvenue que j'avais laissé mon appareil photo chez les Havilland, quand nous avions quitté la fête en catastrophe après l'annonce de l'accident. Il faudrait quand même que j'y retourne, à un moment quelconque, pour le récupérer.

De la chambre me parvenait le souffle régulier d'Oliver. Il semblait enfin avoir recouvré le calme. Pas moyen d'y échapper : je devais maintenant appeler Dwight. Certes, la police l'avait déjà joint et il s'était senti obligé de leur raconter notre histoire, mais je ne pouvais me payer le luxe de lui en vouloir. Par où allais-je commencer, quelle explication lui donner ? Ainsi qu'à notre fils ?

Parfois les gens vous déçoivent terriblement. Même les adultes. Spécialement les adultes, peut-être. On aime beaucoup une certaine personne, on croit pouvoir lui faire confiance, et elle vous laisse tomber. Ça ne signifie pas qu'il ne faut plus jamais aimer quelqu'un. Juste qu'il faut être sûr que ce quelqu'un le mérite.

Allais-je vraiment devoir dire ça à un enfant de huit ans ?

On a sonné à la porte. J'ai pensé que c'était Elliot – j'ai soudain eu le cœur moins gros, et j'ai couru ouvrir. Marty Matthias se tenait sur le seuil, en tenue de golf – chemise jaune vif et pantalon vert non moins vif, un porte-documents à la main. Comment connaissait-il mon adresse ?

Il a fait un pas. « Joli endroit », a-t-il dit. Nous savions tous les deux que ce n'était pas le cas.

« Charmant. J'ai reçu un coup de fil de notre ami Swift ce matin. Il me disait de foncer et de remplir les papiers nécessaires à la révision du jugement concernant la garde de votre fils. »

Maintenant ?

Le détective que Swift avait engagé un peu auparavant pour enquêter sur mon ex-mari – première nouvelle ! – avait récolté des informations déplaisantes.

« Votre ex-mari a, semble-t-il, perdu son boulot. Depuis quelque temps, il ne paie plus les traites de son emprunt immobilier. Il est à la veille d'une saisie. »

Une *saisie*. J'avais du mal à comprendre.

« Mais on a mieux », continua Marty. Marty, l'avocat que Swift m'avait décrit un jour comme un type capable d'arracher l'oreille de celui qui menacerait son client. Swift en l'occurrence. « Il semble que le gars soit incapable de maîtriser ses crises de colère. Sa femme a déposé plainte un jour pour violence conjugale à la police de Walnut Creek. Elle a laissé tomber l'accusation, mais la plainte figure dans les registres. »

Les crises de colère de Dwight, je connaissais. La surprise, c'était la réaction de Cheri.

« Parlez plus bas, Marty. Mon fils dort dans la pièce à côté.

— Pigé. C'est formidable, hein, quand on arrive à leur faire faire un somme ? Et qu'on peut enfin vivre pour soi ? »

Je l'ai fixé sans répondre.

« Donc les choses vont très bien pour vous, Helen. Si on va au tribunal avec ces éléments, sûr que vous récupérerez la garde de votre fils. Mais je parierais qu'on n'aura même pas besoin d'aller devant un juge. Quand votre ex saura les charges qu'on a contre lui, il vous accordera tout très vite. D'autant qu'il n'aura pas l'argent pour se payer un avocat. Pas comme vous. »

Quelle étrange situation : pendant près de trois ans, l'unique chose ou presque qui avait compté pour moi avait été de récupérer mon fils, de pouvoir revivre avec lui. Voilà que cet avocat me disait que j'étais sur le point d'y parvenir – très bientôt. Et je me sentais seulement hébétée.

« Swift a déjà pris soin du détective, continue Marty. Comme vous le savez, les Havilland sont des gens très généreux. »

Nous étions toujours debout dans l'entrée de l'appartement. Je n'avais pas invité Marty à s'asseoir. J'avais du mal à comprendre ce qui se passait, sinon que cette visite n'avait rien d'amical.

« Maintenant, bien entendu, il va falloir verser une provision importante pour les futures démarches. »

Une provision.

« Je prévois qu'on peut s'en sortir à moins de trente mille dollars. Ce qui ne doit d'ailleurs pas vous inquiéter. Swift est heureux de couvrir la totalité.

« Nous devons simplement nous assurer, avant de poursuivre, que nous sommes tous sur la même longueur d'ondes concernant les événements du lac Tahoe. Avec votre fils. »

Je n'ai pas bronché. Je savais que Marty allait abattre toutes ses cartes.

« Ce serait navrant que des divergences surgissent sur les détails de l'accident. Non que ce soit plausible. Mais les enfants ont une perception parfois si confuse de la réalité que je voulais clarifier les choses. Vous comprenez bien qu'il ne serait pas possible à notre ami de maintenir une offre si généreuse si le moindre doute subsistait que votre récit des événements ou celui de votre fils puisse s'opposer au sien et à celui de son fils. Après tout, ils étaient là, eux.

— Ainsi qu'Ollie. Il est totalement bouleversé.

— Les gosses se font tout un tas d'idées folles, n'est-ce pas ? Ils ont une telle imagination. Et sans la moindre preuve pour étayer leurs récits. Il faut leur en fournir. Je crois savoir que vous êtes une sacrée bonne conteuse vous-même. Swift me parlait justement des histoires extravagantes que vous leur débitiez parfois.

— Je ne mentirais jamais sous serment, si c'est cela que vous me suggérez.

— Bien sûr que non. »

Marty sembla prêt à sortir, mais avant d'ouvrir la porte, il se ravisa. Il avait ramassé l'un des animaux en peluche d'Ollie, qu'il feignait d'examiner sans se presser.

« Ava me dit que vous avez eu une petite rechute en matière d'alcool récemment. Mais je ne vois pas de raison de s'inquiéter. Seuls les Havilland sont au courant. Nous ne voudrions certainement pas que ça se répande à l'extérieur.

— Ava vous a raconté ça ?

— Il y a une chose que vous devez savoir, mon chou, concernant les Havilland et moi. Ils me racontent tout. »

68

Ce n'est pas le policier Reynolds que j'ai appelé le lendemain matin, mais mon ex-mari. Peut-être en raison de ce que m'avait révélé Marty Matthias, Dwight accepta sans protester que je garde Oliver encore deux ou trois jours, au lieu de le ramener le soir même à Walnut Creek comme prévu. Si Dwight risquait effectivement de perdre sa maison, on pouvait comprendre qu'il ait semblé avoir l'esprit ailleurs quand j'ai tenté de le mettre au courant de ce que j'avais appris.

« Garde-le toute la semaine si tu crois que c'est bon pour lui. » Il semblait soulagé.

Ce même jour, le lundi, j'ai aussi appelé Elliot. J'espérais que les derniers événements avaient changé quelque chose entre nous. À son ton, j'ai compris que la bonté qu'il m'avait manifestée n'était dictée que par l'amitié et la compassion, et qu'il ne souhaitait pas reprendre nos anciennes relations. Elliot était d'une fidélité à toute épreuve, mais il ne pouvait me pardonner de l'avoir si violemment attaqué quand il avait exprimé sa méfiance envers les Havilland. J'avais reconnu mes torts. Trop tard.

Il proposa néanmoins de nous conduire, Ollie et moi, récupérer ma voiture et mon appareil photo dans la maison de Folger Lane.

À l'arrivée, Elliot est sorti de la voiture juste le temps de m'ouvrir la portière. Puis il s'est penché vers Ollie et lui a serré la main.

« Tu es un garçon formidable. Quoi qu'il se soit passé là-bas, ne te laisse pas influencer. Demeure ce que tu es. »

Le genre de chose qu'on dit à quelqu'un qu'on ne s'attend pas à revoir de sitôt.

À moi, il a dit simplement : « Prends bien soin de toi, Helen. » Un bref instant, il m'a serrée dans ses bras. Puis il est monté dans sa voiture et il est parti.

Oliver et moi l'avons regardé s'éloigner. Puis je me suis retournée pour contempler la maison : les camélias et le jasmin, les carillons à vent, l'écriteau annonçant : TOUS LES CHIENS SONT LES BIENVENUS ICI. QUELQUES HUMAINS AUSSI. À cette vue, chaque fois que je débouchais de l'allée, mon cœur bondissait. Maintenant, en constatant qu'il n'y avait aucun signe de la présence des Havilland, je me sentais soulagée. Aucune de leurs voitures, à l'exception de la camionnette d'une entreprise de nettoyage et de celle de la société de location de mobilier qui venait probablement récupérer ses chaises, ses tables et autres objets de la fête si brusquement interrompue.

« Je ne veux pas entrer, a dit Oliver.

— Pas de problème. Tu m'attends, j'en ai pour une minute. »

De la fête témoignaient encore des flaques de neige fondue et les restes des pingouins de glace qui bordaient l'allée.

Estella devait se trouver à l'hôpital, attendant le réveil de Carmen. Cooper avait dû retourner à sa vie d'étudiant et à sa fiancée. Je supposais que Swift et Ava n'avaient pas quitté la maison du bord du lac, le temps que les derniers vestiges de cette soirée calamiteuse aient disparu. Aucun problème, en ce qui me concernait. Je n'avais plus rien à leur dire. Ni eux à moi, à l'évidence.

Quand je suis entrée dans la maison, au lieu des aboiements habituels des chiens, c'est le silence qui m'a accueillie. Des flaques d'eau en lieu et place des sculptures et, sur le sol, des sets de table à l'effigie de Swift. Quelqu'un avait entassé sur la table du living les cadeaux non ouverts, ainsi qu'un panier rempli d'enveloppes qui avaient dû contenir les chèques des invités en faveur de la fondation Havilland. Et aussi une pile d'exemplaires du livre, *L'homme est un dieu.*

J'en ai pris un et je l'ai feuilleté. Chaque photo, et les personnages qui y figuraient, m'étaient familiers, pourtant j'étais curieuse de voir si, en les étudiant maintenant, je découvrirais sur les visages quelque chose qui m'avait échappé. Peut-être se trouvait-elle là, sur les photos : la vérité de l'homme avec qui j'avais passé de si nombreuses heures pendant de si nombreux mois, et qui n'avait révélé sa nature réelle que vingt-quatre heures auparavant.

Je m'apprêtais à reposer le livre quand une voix a résonné derrière moi.

« Ils sont stupéfiants, n'est-ce pas ? » Je me suis retournée. C'était Felicity, la nouvelle amie d'Ava.

« Incroyables, c'est exact. Je n'avais jamais rencontré des gens comme eux. »

Je n'ai pas ajouté que j'espérais ne plus jamais en rencontrer.

« C'est si tragique ce qui est arrivé, a dit Felicity. Ils ont été si merveilleux avec moi. Connaître Ava a changé ma vie.

— Elle produit cet effet-là, c'est vrai. Des nouvelles de Carmen ?

— Carmen ? Qui c'est ça ? Je parlais du chien des Havilland.

— Quel chien ? » Qu'est-ce qu'elle racontait ?

« Rocco. Je croyais que vous étiez au courant. C'est inouï que ces êtres merveilleux aient dû subir ça en plus du reste. Comme si le ratage complet de la fête n'avait pas suffi. Je me demande si Ava s'en remettra un jour. »

En esprit, j'ai revu les petits crocs pointus que Rocco dénudait à ma vue. Qui, plus d'une fois, avaient mordu jusqu'au sang. Confondue, je continuais de fixer Felicity.

« Après qu'Ava et vous êtes parties en catastrophe, Rocco s'est échappé de la chambre où elle l'avait enfermé pour la durée de la fête. Vous connaissez Rocco, il faut qu'il fourre son nez partout. Il est descendu et il a mangé tout le gâteau d'anniversaire. Au chocolat. Ça a dû lui donner soif, parce qu'il a bu le champagne qui coulait de cette sculpture débile. Nous l'avons trouvé hier après-midi, mort dans la lingerie. Qui pouvait savoir que le chocolat et l'alcool sont des poisons pour les chiens ? »

Sur quoi, elle m'a expliqué que Swift et Ava se trouvaient en ce moment au funérarium, organisant la crémation de Rocco. Ils avaient emmené Sammy et Lillian, « pour les aider à lui dire adieu ».

Je n'ai pu que secouer la tête. À ce moment, le téléphone a sonné. « Je parie que c'est Ava, a dit

Felicity en courant décrocher. C'est tellement dur pour elle. »

Mon appareil photo était posé sur la chaise près de la porte, où je l'avais laissé, mais je n'ai pas eu la moindre envie d'immortaliser la scène. Ma mémoire suffirait. Malheureusement.

Immobile au milieu de la pièce, j'ai tout emmagasiné de cette maison que j'avais tenue, pendant presque une année, pour mon foyer.

J'ai regardé le jardin – les lanternes vénitiennes, les chapelets de flocons lumineux qui scintillaient toujours parce que personne n'avait songé à les éteindre, les dernières traces de neige et de glace – j'ai respiré l'odeur d'eucalyptus des bougies. Remarqué le pull-over de cachemire qu'Ava m'avait jadis donné, sur le dossier d'une chaise. Je l'y ai laissé.

Je me suis dirigée vers la porte et, dans le vestibule, me guettaient les figurines chinoises en ivoire sculpté : l'homme et la femme enchanteurs, le couple fornicateur et béat, étendus sur leur minuscule lit d'ivoire. Je les ai glissés dans ma poche et suis allée rejoindre mon fils.

69

Ce soir-là, j'ai préparé pour Ollie le dîner le plus réconfortant que je connaissais : des macaronis au fromage. Ensuite je lui ai fait couler un bain et l'ai laissé barboter seul. Tout en restant à portée d'oreille.

Je l'ai d'abord entendu imiter un bruit de moteur. Il lui arrivait souvent de faire courir ses voitures miniatures sur le rebord de la baignoire.

« Plus vite, plus vite ! hurlait-il. Vroum ! »

Puis sa voix a changé, prenant les intonations d'un homme, ou du moins d'un enfant imitant celles d'un homme. L'un de ses petits personnages en plastique devait être entré en action.

« Ralentis, mon pote », disait la voix.

Remplacée par une autre, mâle elle aussi mais plus grave.

« Tu veux voir à quelle vitesse ce bijou peut aller ?

— Je veux rentrer à la maison, disait une troisième voix, aiguë et faible. J'aime pas être ici.

— Tu n'es quand même pas une chochotte ? »

L'homme rit, un rire inquiétant et familier.

« J'ai peur, je vais vomir. »

Le rire enfle. Comme sur une scène de Guignol.

« Tu n'es pas un bébé ? Je te prenais pour un grand garçon. »

Suivent des sons mélangés, la savonnette qui choque la paroi de la baignoire, un bruit de métal contre métal, le pommeau de douche peut-être qui heurte le robinet, puis des éclaboussures, et une voix haut perchée. Une fille, interprétée par mon fils.

« Au secours, au secours ! Je me noie ! »

Un cri faible auquel répond un braillement.

« Quatre-vingt-dix-neuf bouteilles de bière sur le mur[1] », coasse la voix mâle.

« Je t'ai dit de rester tranquille.

— Je veux ma maman. Il faut appeler la police.

— Boucle-la. »

J'appelle à travers la porte fermée de la salle de bains. « Tout va bien, Ollie ?

— Oui, oui. » Sa voix est redevenue normale.

Mon fils, pâle et angoissé, que j'enveloppe dans le drap de bain. Ensuite, je l'ai installé devant un DVD, cadeau d'Elliot : Laurel et Hardy poussant un piano sur les pentes d'une montagne, puis traversant un pont. Il avait dû le regarder une douzaine de fois, riant toujours au passage où Hardy gigote, pendu au parapet du pont, mais maintenant il demeurait étrangement silencieux.

Le film terminé, il s'est brossé les dents et je l'ai bordé dans son lit.

« Tu n'es pas obligé de raconter ce qui s'est passé sur le lac. Mais ça te ferait peut-être du bien d'en parler.

— Tu seras furieuse.

— Je te promets que non.

1. Chanson de marche enfantine.

— Je veux pas que Monkey Man ait des ennuis. Il m'a fait promettre de ne rien dire.

— Pas de problèmes. Ne t'inquiète pas. Un enfant doit toujours dire les choses à sa maman. »

Et c'est ce qu'il a fait. Toute l'histoire, et, contrairement à sa mère, mon fils n'inventait jamais. Il ne disait que la pure, l'implacable vérité.

70

Ils étaient arrivés à la maison du lac le samedi matin, juste après 10 heures. Ollie le savait parce qu'il portait la montre que Monkey Man lui avait offerte, qu'il n'enlevait jamais – montre de plongée, pouvant fonctionner jusqu'à cent mètres sous l'eau.

À l'instant où ils tournèrent dans l'allée, ils comprirent que Cooper était là. La voiture de sport jaune vif.

« On appelle ce bijou une Viper, expliqua Monkey Man. Promets-moi, mon pote, de ne jamais conduire une voiture banale et plan-plan. »

Oliver avait promis. Quand il serait grand, il conduirait une Viper, comme Cooper.

Ils pensaient trouver Cooper dans la maison. Il n'y était pas, mais de nombreuses traces témoignaient de son passage. (« Comme dans *Boucles d'or et les trois ours*, m'a expliqué Ollie. Quand ils disent : "Quelqu'un s'est assis dans ma chaise." »)

Monkey Man avait proposé de lui faire un petit déjeuner, mais Ollie avait refusé. (« Non, *merci.* ») Ils avaient mangé une banane dans la voiture, et puis il était si pressé de monter sur le bateau.

Ils sont donc descendus vers le hangar. L'un des Jet-Ski manquait, Monkey Man a su comme ça que Cooper était sur l'eau, mais le Donzi, lui, était bien là.

« On aurait dit une fusée. » Même après tout ce qui s'était passé, Ollie parlait du bateau avec admiration. Une admiration horrifiée.

Monkey Man a dit qu'ils allaient faire un tour rapide, rattraper Cooper, puis rentrer à la maison pour un bon petit déjeuner.

« Des *flapjacks* avec du bacon, ensuite on reprendrait le bateau. »

Comme la saison se terminait, quasiment personne ne naviguait ce matin-là.

« C'est une bonne chose, avait dit Monkey Man. On va pouvoir lancer ce joujou à fond la caisse.

— Je devrais mettre mon gilet de sauvetage, je l'ai promis à maman.

— Sacrée idée, mon pote. Moi, j'ai jamais été du genre à faire ce que ma maman me disait, mais si c'est ton cas, tant mieux. »

Ollie avait apporté son appareil photo. Monkey Man une glacière. Il a ouvert une cannette de bière.

« Tu veux une lampée ?

— Je suis trop jeune pour boire de la bière », avait rétorqué Ollie.

Ensuite, Monkey Man avait démarré le Donzi, et ils volaient sur l'eau – si vite qu'Ollie avait eu l'impression que ses joues allaient jaillir de son visage, et qu'il les avait retenues avec ses mains. Son chapeau des Giants s'était envolé, et Monkey Man avait promis de lui en acheter un autre.

Ils avaient foncé comme ça pendant plusieurs minutes. Monkey Man riait et brandissait ses mains. Ollie aurait bien voulu hurler lui aussi, mais en fait il avait mal au cœur. Il avait peur de vomir dans le bateau.

En réalité, il détestait être là. Il fermait les yeux très fort, s'accrochait au bastingage et souhaitait que ça se termine.

« Je ne voulais pas que Monkey Man me prenne pour un bébé. Il n'arrêtait pas de hurler des trucs comme "banzaï, banzaï", comme si on était des cow-boys ou des paras dans les foires, et moi j'y arrivais pas, j'avais pas de souffle, je souhaitais juste que ça se termine. »

C'est alors qu'ils avaient repéré le Jet-Ski. Même à cette distance, Monkey Man savait que c'était Cooper. Peut-être à la façon dont il s'était mis à zigzaguer en apercevant le Donzi.

Il venait sur eux, et il y avait quelqu'un à l'arrière, Monkey Man ne pouvait pas dire qui c'était. Ollie gardait la tête baissée, essayant de toutes ses forces de ne pas vomir.

Au moment où le Jet-Ski s'était trouvé tout près du Donzi, Cooper avait commencé à faire des trucs de fou.

« Le Jet-Ski allait dans tous les sens, il sautait sur les grosses vagues que faisait le Donzi. Il bondissait et puis il retombait, *splash.* Et puis il recommençait. Cooper secouait la tête d'arrière en avant et il riait, comme Monkey Man, mais encore plus fort. »

Il frôlait le Donzi, il avait lâché le guidon de son Jet-Ski, et Ollie avait vu que c'était une fille qui chevauchait derrière lui. Elle lui criait de remettre les mains sur le guidon.

Et Monkey Man s'était mis à zigzaguer lui aussi, comme si les deux engins dansaient ensemble ou jouaient au chat et à la souris.

À un moment le Jet-Ski a viré et foncé droit sur eux, encore plus vite. Trop vite pour que Monkey Man puisse s'écarter de sa route. Et il y a eu un bruit énorme. Ollie a été projeté sur le sol du Donzi, le Jet-Ski s'est renversé, le moteur a crachoté et s'est arrêté. Cooper est tombé à l'eau, mais il est remonté une seconde après, comme s'il ne lui était rien arrivé de mal, il se frottait juste une main. Il ne riait plus, il souriait.

La fille était tombée elle aussi, mais elle n'est pas remontée. Elle a hurlé quelque chose, puis elle a disparu sous le bateau.

« Je crois que sa tête a cogné », a dit Cooper d'une drôle de voix, comme s'il avait de la bouillie dans la bouche.

« Elle portait pas de gilet de sauvetage, a poursuivi Ollie. Et sa tête n'est pas remontée. »

C'est à ce moment que Monkey Man a arrêté le moteur du Donzi. Il a plongé. Il y a eu des éclaboussements et il a réapparu, tenant la fille, ce qui n'était pas facile parce qu'elle était toute molle.

Cooper restait assis au bord du Jet-Ski comme s'il regardait la télé. Il continuait de chanter la chanson des bouteilles de bière, et il arrivait pas à compter comme il faut.

« Il avait l'air de pas comprendre ce qui se passait, maman. Comme si c'était une blague. Moi, je savais que c'en était pas une. »

Monkey Man avait réussi à hisser la fille sur le bateau, sous le regard hébété de Cooper. Elle ne bougeait pas, on aurait dit qu'elle était morte. Monkey Man s'était penché sur elle, Ollie avait cru que c'était pour l'embrasser, mais il voulait juste savoir si elle respirait.

« Elle va probablement se réveiller dans une minute ou deux, a-t-il dit à Cooper. En attendant, va falloir te dessoûler, mon petit vieux. Apparemment tu t'y es mis un peu tôt, ce matin. »

Cooper avait dit alors à son père qu'il en avait avalé quatre. Quatre quelque chose. Il semblait trouver ça drôle. Il trouvait tout drôle.

Ils avaient attaché le Jet-Ski au Donzi, et Monkey Man avait commencé à faire boire Cooper. Des litres d'eau.

Ça avait duré longtemps. Ollie avait dit qu'il faudrait peut-être appeler quelqu'un.

« Mon portable ne fonctionne pas ici », lui avait répondu Monkey Man.

Ensuite, Ollie avait commencé à avoir faim. Mais la fille ne se réveillait toujours pas. Elle n'avait pourtant pas l'air de dormir normalement. Elle respirait d'une drôle de façon.

« C'est comme la fois où j'avais reçu un coup de crosse en jouant au cricket au lycée, a dit Cooper. Je suis resté K.-O. un bon moment. On dit qu'on voit des étoiles, et c'est vrai. »

Il ne riait plus. Il semblait même un peu inquiet. Mais il continuait de bredouiller et Monkey Man continuait de lui faire avaler de l'eau. Il y avait un vieux paquet de crackers dans le bateau, et il a dit à Cooper de les manger. Cooper a protesté qu'ils étaient dégueulasses.

« J'en ai rien à foutre que tu les aimes ou pas, a grondé Monkey Man. Je veux que tu les manges. »

Ollie avait tellement faim qu'il aurait bien voulu en avoir un, mais Monkey Man ne lui en avait pas proposé. Il faisait vraiment chaud sur le bateau et son chapeau s'était envolé, et j'avais tellement insisté pour qu'il garde la tête couverte qu'il craignait d'attraper un coup de soleil et que je sois très en colère. Il avait soif, alors Monkey Man lui avait tendu la bouteille d'eau.

« Ne bois pas trop. Mon fils a besoin de boire le plus possible. Si tu as encore soif, prends un peu de ça. » Il lui tendait une canette de bière. Ollie savait que les enfants sont censés ne pas boire de bière, mais il en avait quand même pris une gorgée.

Ils avaient flotté comme ça pendant un bout de temps, tous les trois. Quatre, si vous comptiez la fille. À un moment, Ollie avait eu si terriblement envie de pisser qu'il croyait qu'il allait exploser.

« Pisse par-dessus bord », lui avait ordonné Monkey Man.

Mais il y avait la fille.

« Elle s'en apercevra pas. »

De nouveau, Ollie avait dit qu'il voulait appeler sa maman.

« Tu as oublié ? Les portables ne marchent pas sur le lac. D'ailleurs, pourquoi veux-tu appeler ta maman ? Tu n'es plus un bébé, non ? »

Pour faire passer le temps, Ollie s'était repassé un épisode de *Toy Story* dans sa tête. En commençant depuis le début et sans aller trop vite pour ne pas dépasser ses scènes favorites, mais ça ne fonctionnait pas très bien. Alors il s'était récité des poésies de Shel Silverstein qu'il avait lues avec moi.

Deux boîtes se rencontrent sur la route, mais il avait oublié la suite. Alors il avait essayé une autre : *Si tu es un oiseau, sois un petit oiseau.*

« Tout s'embrouillait dans ma tête. Je ne me rappelais rien. »

Finalement, il avait réussi à se réciter un livre pour bébé, tous les mots lui étaient revenus, il s'était revu assis sur mes genoux pendant que je le lisais, et il s'était senti beaucoup mieux.

Il se faisait tard. Il le savait parce que le soleil était plus bas dans le ciel – le moment de la journée où les photographes prennent en général leurs meilleures photos, c'est ce que je lui avais appris. Il s'était endormi, et quand il s'était réveillé Monkey Man et Cooper étaient toujours assis à l'arrière du bateau et ils parlaient.

« Je crois qu'on peut appeler quelqu'un maintenant », avait dit Monkey Man, ce qui était bizarre parce que, depuis le début, il disait que les portables ne fonctionnaient pas sur le lac.

Et brusquement, Monkey Man s'intéressait de nouveau à lui. « Il faut qu'on parle, mon pote. Toi et moi, d'homme à homme. »

Des gens allaient venir bientôt pour aider la fille à se réveiller. Elle avait probablement besoin de voir un docteur. On l'emmènerait à l'hôpital pour la soigner.

« Ils vont peut-être te poser quelques questions. Par exemple, comment elle s'est cogné la tête, comment le Donzi a percuté le Jet-Ski. »

Monkey Man se trompait : c'était le Jet-Ski qui avait percuté le Donzi. Ollie le lui avait fait remarquer.

« Vaudrait mieux pas raconter certains trucs qui se sont passés aujourd'hui, avait répondu Monkey Man. La police pourrait être furieuse contre Cooper si elle croyait qu'il conduisait comme un fou. »

Cooper parlait de nouveau normalement. Il ne souriait plus bizarrement comme avant. En fait il semblait vachement sérieux, comme quelqu'un qui a perdu son argent ou son chien.

« On ne parlera pas de la façon dont Cooper conduisait le Jet-Ski, avait dit Monkey Man. Les gens qui vont venir pourraient ne pas comprendre, et ils pourraient empêcher Cooper de conduire de nouveau le Jet-Ski, et tu ne pourrais pas monter derrière lui la prochaine fois. »

Ollie n'avait pas la moindre envie de monter sur le Jet-Ski. Ce qu'il voulait, c'était retourner à terre et ne plus jamais revoir le lac Tahoe.

« Autre chose encore, avait repris Monkey Man. Nous ne dirons pas que nous nous sommes arrêtés et reposés un moment. Nous expliquerons probablement qu'on faisait une petite virée, et que l'accident s'est produit, et que maintenant nous avons besoin de conduire notre amie à l'hôpital. »

Ollie ne comprenait pas quelle différence ça faisait qu'ils se soient reposés ou pas. Peut-être que sa maman en voudrait à Monkey Man de l'avoir laissé si longtemps au soleil sans son chapeau.

« Il y a des choses qui doivent rester entre nous, avait insisté Monkey Man. Par exemple le fait que tu as bu une bière. Je ne voudrais pas que ça t'attire des ennuis. Imagine que tu ailles en prison. Tu ne verrais pas ta maman. »

Il avait alors pris son portable et appelé un numéro, et miracle ça avait marché. Quelques minutes plus tard, un bateau s'était arrêté à côté du leur. Il y avait deux hommes en uniforme de police et une femme en blouse de médecin.

Dès qu'ils avaient sauté dans le Donzi, ils s'étaient précipités vers la fille, toujours allongée dans la même position. Ils lui avaient enfilé un brassard et écouté son cœur. Ils lui avaient soulevé les paupières et braqué une lampe torche sur ses yeux.

Il fallait l'emmener à l'hôpital, avaient-ils dit. Ils l'avaient transportée sur un brancard et leur bateau était parti aussitôt. Un des policiers était resté avec eux sur le Donzi et ils s'étaient dirigés vers le dock en remorquant le Jet-Ski.

Ollie avait espéré pouvoir enfin manger quelque chose, des chips ou un sandwich au beurre de cacahuète. Mais le policier avait insisté pour qu'ils aillent eux aussi à l'hôpital. Pour qu'on les examine, et puis il devait noter ce qu'ils lui avaient raconté.

À ce moment-là Monkey Man avait regardé Ollie. Sans rien dire, mais Ollie comprenait. Il lui rappelait leur secret, la partie de l'histoire que le policier ne comprendrait pas. Ollie était d'accord, bien sûr.

Le docteur l'avait examiné et, après, il l'avait conduit dans une salle d'attente en lui conseillant de s'allonger sur le canapé. Monkey Man et Cooper se trouvaient déjà là, assis à une table.

Et Monkey Man ne lui avait pas parlé. Ni alors ni plus jamais.

Ollie et moi étions allongés côte à côte sur mon lit pendant qu'il me racontait toute cette histoire. Et quand il eut fini, je l'ai senti se détendre, son corps s'amollir – comme un instrument de musique dont on relâche brusquement les cordes. Il avait parlé d'une voix calme et plate, avec une clarté et une précision surprenantes. Maintenant il s'effondrait sur moi, pleurant et tremblant.

« Je ne devais pas raconter. J'avais promis à Monkey Man.

— Tu n'as rien fait de mal. C'est lui et Cooper les fautifs. Je n'aurais jamais dû te laisser partir.

— Je ne veux plus jamais remonter sur un de ces bateaux. »

Je l'ai tenu contre moi, l'ai bercé en lui chantant « You are my Sunshine », comme lorsqu'il était bébé. Ses larmes ont cessé de couler, sa respiration est devenue régulière.

« Maman, m'a-t-il dit juste avant de sombrer dans le sommeil. Il y a encore une chose. Monkey Man le sait pas, mais j'ai pris des photos. »

71

Il dormait. J'ai ouvert sa sacoche et en ai sorti l'appareil.

Les premières photos étaient celles auxquelles on s'attend de la part d'un enfant de huit ans pendant un long trajet en voiture. Swift les mains sur le volant, un cigare à la bouche. Des images de panneaux indicateurs. Un McDonald's. Un golf miniature où Ollie espérait probablement qu'ils s'arrêteraient au retour, l'entrée signalée par un gigantesque *Tyrannosaurus*.

Sur un cliché on voyait la jambe de Swift, sur un autre son oreille, sur un troisième Ollie lui-même : un seul œil, une partie de son nez, et les lèvres étirées en un sourire niais.

Suivaient la maison du lac, la Viper décapotable. Le Donzi, amarré au ponton. Rouge, tout chrome et profilé comme une fusée, un fantasme de gamin. Ou d'adulte, en l'occurrence.

Les clichés suivants avaient à l'évidence été pris pendant que le bateau bougeait. De guingois, flous, ils montraient surtout de l'eau et du ciel, à l'occasion le visage d'un Swift rigolard. L'angle du soleil indiquait qu'ils avaient été pris le matin.

Image suivante : un point à l'horizon. Ce devait être le Jet-Ski.

À ce stade, Ollie semblait avoir découvert comment actionner la fonction vidéo de son appareil. Sur un clip très bref – sept secondes pas plus – on voit le Jet-Ski zigzaguer vers le Donzi, en fond sonore la voix de Swift braillant : « Yoho ! »

Puis les images se détraquent. Ciel, eau, plancher du bateau, ciel de nouveau. Une voix qui hurle : « Merde ! » Une autre qui appelle : « Au secours ! »

Se succèdent alors une dizaine de photos, quasi identiques – œuvre d'un enfant coincé sur un bateau pendant des heures – un gamin affamé, assoiffé, fatigué, apeuré – qui n'a rien d'autre à faire que de pointer son viseur sur tout ce qu'il y a à sa portée. Plancher du bateau. Moteur. Réservoir à essence. Le gilet de sauvetage que Swift a délaissé. Swift lui-même sortant une bouteille d'eau de la glacière.

Cooper, visage ravagé, sur un siège du bateau, l'air de ne pas savoir où il se trouve. Derrière lui, un corps qu'on reconnaît être celui de Carmen. Sa tête repose sur ce qui ressemble à un gilet de sauvetage, le blouson de Swift la recouvre, comme si elle faisait un petit somme. Toutefois, et malgré le flou de la photo, on comprend que quelque chose ne colle pas, et qu'il ne s'agit pas d'un sommeil normal.

L'appareil d'Ollie était équipé d'un système permettant de savoir l'heure à laquelle chaque photo a été prise. J'ai appuyé sur le bouton et j'ai fait défiler les images.

La photo où l'on voit approcher le Jet-Ski affichait 10 h 27.

Celle de Carmen allongée, les cheveux trempés suggérant qu'elle sortait de l'eau : 11 h 15.

Il paraissait peu probable que, au milieu de l'affolement, Swift ait remarqué qu'Ollie prenait des photos. C'est tout juste si, pendant toutes ces heures, il avait noté sa présence sur le bateau.

Il y avait quelqu'un cependant que cela intéresserait. L'officier de police Reynolds.

72

Cooper fut convoqué pour un interrogatoire. Étant donné son comportement, tel que le décrivait Ollie, et le fait évident que son père et lui avaient attendu plus de six heures pour appeler les secours, s'efforçant de ramener le taux d'alcool dans le sang de Cooper au taux légal, il fut accusé de manœuvre irresponsable de véhicule (le Jet-Ski), de conduite sous l'emprise de l'alcool, de mise en danger de la vie d'autrui et de non-déclaration d'accident. La plus sérieuse de ces accusations, qui entraîna aussi l'inculpation de Swift, étant que le retard mis par les Havilland, d'un commun accord semblait-il, à appeler les secours pouvait avoir contribué à l'aggravation des lésions cérébrales dont souffrait Carmen Hernandez.

Swift disposa évidemment, outre Marty Matthias, d'un panel d'avocats payés au prix fort. Certains cyniques – et je suis peut-être en train d'en devenir un – vous diront que l'important, au bout du compte, c'est la quantité d'argent que l'accusé est prêt à débourser pour sa défense, outre la personnalité de ses défenseurs, plutôt que de savoir s'il a réellement commis le crime qu'on lui impute. Dans le cas de Swift et de Cooper, ni l'un ni l'autre ne fut déclaré coupable de crime si ce n'est – pour Cooper – d'avoir mis en danger la vie d'autrui par imprudence, délit pour lequel il fut condamné à une année de suspension de ses droits de navigation et l'obligation de suivre un cours de pilotage à titre préventif. Swift dut payer une amende pour possession d'un Jet-Ski non immatriculé.

Étant donné la gravité des lésions dont souffrait sa fille, Estella était fondée à intenter un procès au civil, or il n'en fut rien. Je ne peux qu'en soupçonner les raisons. De nombreux mois après l'accident, en passant par le marché ridiculement coûteux où se fournissaient Ava et Swift, j'ai aperçu Estella cherchant à garer une voiture, un SUV Mercedes, qui à l'évidence lui appartenait : un autocollant représentant le drapeau du Guatemala ornait le pare-chocs, une petite statue de la vierge de Guadalupe trônait sur le tableau de bord.

Je n'avais plus entendu parler des Havilland. Bien entendu, à partir du moment où j'avais décidé de contester le témoignage de Swift concernant les événements – en m'appuyant notamment sur les photos prises par Ollie –, j'avais exclu la possibilité que Swift me soutienne dans mon nouveau procès pour la garde de mon fils. Or il se fit que, petite consolation au milieu de tout ce désastre, je n'eus plus besoin de recourir à l'avocat des Havilland.

Il ne m'a même pas été nécessaire d'évoquer devant mon ex-mari les informations que m'avait fournies Marty Matthias. La vie à Walnut Creek était devenue probablement si difficile que Dwight, le premier, suggéra qu'il vaudrait mieux pour le bien-être d'Oliver qu'il vienne vivre avec moi. « Si tu es en mesure de l'accueillir. »

Je l'étais, évidemment. Je conservais dans mon tiroir la photo-témoin de la nuit où j'avais rechuté. Pour autant que rien ne soit assuré à cent pour cent, cela ne se reproduirait plus jamais.

Et cela ne s'est pas reproduit.

Je ne retire aucune satisfaction du fait que, l'hiver qui suivit le retour d'Ollie chez moi, Dwight et Cheri ont perdu leur maison pour cause de saisie. Ils sont partis vivre chez les parents de Dwight à Sacramento, où Ollie a continué à se rendre régulièrement – à partir de seize ans dans sa propre voiture, une vieille Toyota achetée grâce à l'argent gagné pendant ses vacances d'été (travaux de jardinage et promenade de chiens).

Il irait peut-être voir son père encore plus souvent s'il ne devait pas respecter son planning de natation. Entre l'entraînement et les compétitions, ses week-ends sont très remplis. Il est le premier de son équipe au cinq cents mètres nage libre. Cela, au moins, nous le devons à Swift Havilland.

À quoi il convient d'ajouter d'autres bonnes nouvelles. Ollie s'est découvert heureux de jouer les frères aînés auprès de Jared. Chose étrange – ou peut-être pas –, avoir eu à traverser des temps difficiles a rendu Dwight plus aimable, beaucoup moins donneur de leçons. Lui et Oliver établissent de meilleures relations. Il se pourrait même qu'un jour ils deviennent amis.

Amis. Un mot lourd de sens. Je connais des gens qui, parlant de leurs rapports avec une certaine personne, tiennent à préciser « nous sommes juste amis, vous savez », comme s'il s'agissait d'un type de relation inférieur à celui qui lie des amants ou des prétendues âmes sœurs. En ce qui me concerne, rien peut-être ne compte plus que l'amitié. Une véritable et durable amitié.

Alice appartenait à cette espèce. « Fidèle comme un chien », répétait-elle. Je souhaiterais pouvoir dire la même de chose de moi.

Je lui ai téléphoné un jour. C'était durant l'été qui a suivi l'accident et un nouveau film des frères Coen venait de sortir en salle. J'ai dû vérifier son numéro dans mon carnet, cela faisait si longtemps que je ne l'avais pas utilisé.

« J'ai été une idiote, lui ai-je dit. Pire que ça. Une méchante amie. »

Silence à l'autre bout de la ligne. Qui pouvait contester la vérité de cette affirmation ?

« Je me disais qu'on pourrait peut-être se revoir et combler ce grand vide. Becca doit avoir fini l'université. Tu n'imagines pas comme Oliver a grandi. »

Le silence s'éternise. Ce qui ne ressemble pas à Alice, qui a toujours quelque chose à dire.

Finalement : « J'aimerais pouvoir dire que les choses sont restées les mêmes qu'avant, Helen. »

Elle était prise ce soir-là. Ce soir-là et tous les prochains autres.

73

Sauf la fois où je l'avais aperçue sur le parking du marché Bianchini, je n'avais plus eu de contact avec Estella, et j'ignorais ce qu'était devenue Carmen. Les seules personnes qui auraient pu me donner de leurs nouvelles refusaient même de reconnaître mon existence.

Un jour, plus d'une année après l'accident, je me suis garée à quelques centaines de mètres de la maison des Havilland, me rappelant que c'était généralement l'heure où Estella sortait les chiens.

Eh bien, c'était encore le cas.

J'ai bondi de la voiture et couru vers elle. Nos conversations, du temps que je venais à Folger Lane, étaient restées limitées, à l'exception du jour où elle m'avait confié ses rêves d'études pour Carmen et de celui où elle m'avait trouvée dans le dressing d'Ava, en train d'essayer des vêtements. Je l'avais néanmoins toujours sentie secourable et chaleureuse. Elle m'avait réconfortée au moment où je craignais pour la vie d'Ollie, disant qu'elle prierait pour lui. Je l'ai donc serrée dans mes bras. Et j'ai prononcé le nom de sa fille.

Elle a secoué la tête. Dans son anglais haché, elle m'a fait un tableau de la situation. Carmen avait été transférée dans une maison de santé. Un très bel endroit. (Je devinais qui payait.) Elle bénéficiait d'une rééducation, mais jusqu'à maintenant elle ne reconnaissait personne.

« Je vais la voir tous les jours. Je lui donne à manger. Elle ne mange pas beaucoup. De la nourriture pour bébés. Elle regarde la télé. Des vidéos musicales. C'est une danseuse de salsa, *mi hija*. C'était. »

J'écoutais sans rien dire. Il n'y a parfois rien d'autre à faire.

« Je m'assois à côté de son lit. Je lui chante des chansons. Je prie. On dirait un ange. De temps en temps, elle me regarde. Ses yeux brillent, mais pas comme avant. Les docteurs peuvent rien faire de mieux. Dieu seul, un jour. »

Swift et Ava, ai-je demandé, ils l'aidaient, n'est-ce pas ?

Estella a acquiescé de la tête. « J'ai une cousine à Oakland. Après l'accident elle a dit que je prenne un avocat. Qui leur ferait payer beaucoup d'argent. Mais j'ai dit non. Un juge allait m'écouter ? Dès qu'il me voit, il me renvoie à Guatemala City. Et ma fille, qu'est-ce qu'elle devient ? Mr Havilland prend soin de nous. Il dit qu'il ne faut pas s'inquiéter. Qu'il s'occupe pour que Carmen soit bien. »

Les chiens tiraient sur leur laisse, impatients de bouger. Juste Lillian et Sammy, désormais.

« Vous ne venez plus », constata Estella. Elle ne semblait pas étonnée. Ce n'était probablement pas la première fois qu'une amie d'Ava disparaissait de Folger Lane. « Mrs Havilland, elle va pas très bien.

— Ava est malade ?

— Depuis la mort de Rocco. Elle s'en est pas remise. Elle dit que c'est sa faute. »

Ava se sentait coupable de la mort de son chien. De la mort du cerveau de Carmen, pas vraiment.

« Ce week-end, c'est le mariage de Cooper, a dit encore Estella. Je m'occupe des chiens. La famille est au Mexique. »

À Cabo San Lucas. Comme prévu initialement. Que Virginia ait découvert, ou non, ce que Cooper avait fait ce jour-là, ou tous les autres jours, elle n'avait même pas envisagé de rompre son engagement.

« Ma fille aimait ce garçon, m'expliquait Estella. Un jour il lui a donné une bague. Celle de son équipe. Ils avaient gagné le championnat. »

Le championnat de rugby. Ava croyait que Carmen avait volé la bague. Que Cooper ait pu effectivement la donner à Carmen – que, à une époque, il ait pu sincèrement être attaché à cette fille –, pour Ava c'était inimaginable.

« J'espère que vous allez récupérer votre garçon. Les enfants, c'est la seule chose qui compte.

— C'est déjà fait. Ollie vit de nouveau avec moi.

— La famille, il y a que ça », a-t-elle répété, le visage illuminé.

Il y avait eu un temps où je croyais faire partie de la famille Havilland. Un temps où ils affirmaient qu'Estella en faisait partie.

Elle s'était éloignée d'une centaine de mètres quand je l'ai appelée et que j'ai couru vers elle. Il y avait encore une chose que je voulais lui demander.

« Je sais que ça fait longtemps que vous travaillez pour les Havilland. Avant même que Swift ait rencontré Ava, n'est-ce pas ?

— Cooper était bébé. J'ai commencé dans la maison avec la maman de Cooper.

— L'accident d'Ava. Ça s'est passé comment ? »

Elle a hésité.

« Un coup dur. Très dur. Personne n'en parle. »

Pourtant elle a continué.

« Ils roulaient en voiture. Sur la route de Los Angeles. Pas la grande autoroute. Ils voulaient voir l'océan. Il avait une nouvelle voiture. Sans toit. Mr Havilland aime conduire vite.

— Je sais. » Comment avais-je pu laisser Ollie monter avec lui ?

« Ils disent que la voiture devant eux roule trop lentement. Ils doivent arriver à l'hôtel. Endroit très chic. Réservations pour dîner. Une fête. Il croit qu'il va dépasser la voiture lente. Un camion arrive. Pas de place pour tourner. »

La voiture de Swift s'était renversée. Il avait réussi à en sortir, intact. Ava, elle, était restée coincée.

« Quand les hommes arrivent avec l'ambulance, ils disent qu'il faut faire attention en la bougeant. Un mouvement de côté, et ils la tuent. La colonne vertébrale. Après elle pourra plus jamais bouger ses jambes. D'abord, ils ont pas cru ce que disaient les docteurs. Mr Havilland l'a emmenée dans une grande clinique. Ils sont restés très longtemps là-bas. Après il y a eu la rééducation. C'est là qu'on lui a donné un fauteuil roulant. »

Lillian aboyait, elle venait d'apercevoir un autre chien, elle voulait partir. Estella elle aussi semblait en avoir assez.

« Qu'est-ce qu'on peut faire ? Y a des gens qui ont de la chance, d'autres moins. Mr Havilland, il a toujours eu beaucoup de chance.

« Ce jour-là, elle a perdu le bébé qu'elle portait. Cinq ans qu'ils essayaient. Alors ils voulaient fêter ça. Après, vous savez ce qu'elle m'a dit ? "Il peut faire ce qu'il veut. Je ne coucherai plus jamais avec cet homme."

— Comment ça ? Ils parlent tout le temps de leur formidable vie sexuelle. »

Estella m'a regardée. Nous étions du même âge, mais je me sentais née d'hier face à elle.

« Les gens racontent des histoires. Vous savez pas ça ? Vous voulez la vérité sur ces gens, vos amis, Ava et Swift ? Elle le hait. Elle a besoin de lui, mais elle le hait. »

74

Cela faisait plus de neuf ans que j'avais franchi pour la dernière fois la porte de la maison de Folger Lane. Par la suite, j'avais trouvé un nouveau job. Fini les portraits d'écolier. Une photographe, qui avait remarqué certains de mes clichés dans une petite galerie, m'avait demandé de venir travailler avec elle, en partenariat. J'avais, disait-elle, le don de saisir la vérité de mes sujets. Je discernais ce qui se cachait sous la surface, au fond des yeux.

Désormais Elsie et moi dirigeons le studio. Des photos d'art – portraits de familles surtout, photos de mariages. Comme ces travaux ne sont pas bon marché, notre clientèle est du genre aisée – pas aussi riche que les Havilland, mais à regarder les vêtements des enfants, le corps ferme et la peau douce de leurs mères, vous devinez que ces gens ne roulent pas dans une Honda Civic de vingt ans d'âge – la mienne – et ne déploient pas un canapé-lit la nuit dans leur living pour faire dormir leur enfant. Le cran au-dessus, par rapport au matelas gonflable.

Les parents célibataires constituent une rareté. Du moins les mères célibataires. À en juger par leurs portraits, ces gens ne semblent pas avoir connu de problème plus grave qu'une mauvaise journée sur un court de tennis. Je sais bien entendu – j'ai appris – qu'une belle apparence ne reflète pas forcément la réalité.

Oliver, quant à lui, est exactement celui qu'il paraît être. Toujours un peu silencieux, pas le garçon à avoir un million d'amis. Juste deux ou trois vraiment bons. Loyal envers son père, gentil avec sa grand-mère, il adore son petit frère, se tient sur la réserve avec les filles. Bien que, actuellement, une certaine Edie soit folle de lui. Et pour Ollie, une seule suffit.

En deuxième année de lycée, il a commencé à recevoir des lettres de recrutement de grandes universités séduites par ses qualités de sportif. Les sports de ballon ne l'intéressent pas, en revanche c'est un merveilleux nageur, naturellement doué, ce qui signifie que médailles et trophées s'accumulent sur l'un des murs du living. Depuis le drame du lac, il n'a pas trahi son serment. Ce garçon qui adore l'eau déteste les bateaux. Il n'est même pas question qu'il prenne le ferry pour San Francisco.

75

Pendant les années qui ont suivi nos adieux devant la maison de Folger Lane, j'ai souvent pensé à Elliot, bien entendu.

Une nuit je suis retournée sur le site Match.com. Non pour y poster de nouveau mon profil, m'étais-je dit. Juste par curiosité. Constater que des gens continuaient à croire en la possibilité d'un heureux aboutissement de ce genre de relations.

J'avais déterminé les caractéristiques de mon personnage putatif : homme, entre quarante-cinq et cinquante-cinq ans, vivant dans un rayon d'une centaine de kilomètres autour de chez moi, les mots clefs étant : *cinéma*, *photographie*, *activités de plein air* et *sens de l'humour*. J'avais éliminé les cases à cocher indiquant une préférence pour constance, bonté ou intégrité, entre autres fantasmes romantiques. Comme je ne le savais que trop bien, personne n'est meilleur au jeu de la vérité ni plus capable de convaincre de sa probité intrinsèque qu'un supermenteur ou un arnaqueur patenté.

J'ai fait défiler une bonne dizaine de personnages cette nuit-là, soulagée de n'en découvrir aucun avec qui je pourrais envisager de partager un dîner. Et puis il est apparu – pas exactement souriant parce que Elliot ne sourit jamais à l'objectif, mais affichant sur l'écran de mon PC une sorte de perplexité. Disons un air amusé mais contrit. *Qu'est-ce que je fabrique ici ? Encore une fois ?* Le pseudonyme n'avait pas changé : UnTypeNormal.

« Pour être honnête, écrivait-il, et je ne peux pas m'empêcher de l'être, malheureusement – je ne suis probablement pas une très bonne prise. Le genre vieux jeu. J'aime les films anciens et les nouveaux désinfectants dentaires. J'étudie les bilans annuels des sociétés, parfois pour gagner ma vie mais aussi, croyez-le ou non, parce que c'est ma façon, folle, j'en conviens, de m'amuser. Comme un détective en mission : les chiffres peuvent paraître secs, mais ils révèlent des histoires, parfois des drames, des intrigues ou de simples larcins.

« Dans ma jeunesse, j'ai travaillé pour l'administration en qualité de cet abominable individu : le contrôleur du fisc. Plus récemment, ayant compris que mes chances étaient très minces de me voir engagé comme lanceur chez les Giants ou interprète d'un nouveau James Bond, j'ai monté une boîte de comptabilité qui s'engage à rester fidèle à la vérité des chiffres. Tenez pour un avertissement honnête que, même si je tombe amoureux de vous, si je découvre dans votre déclaration de revenus quelque chose de louche, l'affaire sera cuite. »

Il n'avait pas ajouté MDR à la fin. Si une femme avait besoin qu'on lui explique qu'il plaisantait, c'est qu'elle ne lui était pas destinée.

Il fallait être d'un genre particulier pour apprécier Elliot. Je l'étais. J'y avais mis le temps. Trop de temps. Mais je venais d'apprendre une bonne nouvelle : il n'avait pas trouvé un autre amour. Il nous restait une chance.

« On ne le devinerait peut-être pas en me regardant, poursuivait-il, mais je suis un romantique invétéré. L'homme d'une seule femme. J'ai cru un temps l'avoir trouvée, je m'étais trompé. Aussi vais-je surveiller de près mon cœur. Il vous serait peut-être plus facile d'accéder à Fort Knox. Mais si vous réussissez… vous ne trouverez pas d'homme plus loyal et plus aimant. »

Je suis restée un long moment à considérer les mots d'Elliot. Inutile de dire, j'imagine, comme ils m'ont frappée. Perdre est une chose. Regretter une perte qu'on aurait pu éviter avec un peu plus de jugeote est pire encore.

« Vous pourriez m'accorder un essai, ajoutait-il. Considérer cela comme un service rendu à vos concitoyens – ceux qui tentent d'embobiner le gouvernement. Plus longtemps je continuerai sur cette voie, restant chez moi tous les week-ends à étudier les chiffres comme je le fais, plus il y aura d'escrocs (tous probablement plus drôles que moi à fréquenter) qui s'attireront des ennuis. Parce que je n'ai rien de mieux à faire que de plonger dans les bilans annuels de leurs sociétés. »

Jusqu'au bout de la nuit, j'ai envisagé de cliquer « Réponse » sur l'annonce de UnTypeNormal. Le lendemain j'ai envisagé de reprendre contact avec Elliot. Idée rejetée.

Le soir – sous l'influence de trois tasses de thé vert, mon breuvage à l'époque – je suis retournée en ligne, décidée à lui écrire. J'ai tapé les coordonnées du profil d'Elliot. Il avait retiré son annonce.

J'ai pris cela pour un signe. Il avait rencontré quelqu'un. Je me suis rappelé la vitesse avec laquelle il avait déjà fait cela – après une seule soirée avec moi.

« Je ne suis pas le type à multiplier les sorties de ce genre, m'avait-il dit. Si je trouve *la* femme, je ne chercherai plus ailleurs. »

76

Juste avant l'entrée en dernière année de lycée de mon fils, nous avons emménagé dans un appartement de deux vraies chambres à East Bay. Il me restait encore un an à passer avec lui, avant son départ pour l'université. J'avais enfin les moyens de lui offrir une chambre pour lui tout seul.

Le jour du déménagement, une idée bizarre m'a traversé l'esprit. Je me plaisais à imaginer régulièrement qu'un soir, quand je m'y attendrais le moins, on frapperait à ma porte et qu'Elliot serait sur le seuil. Me proposant un nouvel essai.

Or, s'il frappait désormais, il ne me trouverait plus. Ce qui n'était guère probable, me suis-je dit. Le plus que probable, c'est qu'il ne ferait jamais une chose de ce genre. Ce n'était plus qu'un vœu qui ne se réaliserait jamais.

77

Cela faisait six semaines que nous vivions dans le nouvel appartement. Ollie allait avoir dix-huit ans l'hiver prochain, bientôt il entrerait à l'université et me quitterait donc. Ce qui me rendrait triste, bien entendu, mais heureuse pour lui.

Quant à moi, j'allais avoir quarante-neuf ans. Cinquante sans mégoter, comme aurait dit Swift.

Nous venions de ranger la cuisine après dîner, je m'installais avec ma tasse de thé. Dans la pièce d'à côté, mon fils parlait au téléphone avec sa petite amie. La stéréo marchait – hip-hop à plein –, j'entendais rire Ollie, un rire joyeux.

« Pas vraiment, disait-il. Faut qu'on vérifie. Je pourrais passer te prendre samedi matin. Incroyable, mais je n'ai pas un seul entraînement pendant tout le week-end. Je parie que m'man nous ferait une pizza si je le lui demandais. »

Pas de quoi fouetter un chat, mais c'est ce que j'aimais. Une vie normale. Des soirées ordinaires passées avec la personne chérie dans une proximité raisonnable, à un rythme raisonnable.

À deux, nous formions une famille. C'était suffisant.

J'ai enlevé mes chaussures et posé mes pieds sur le tabouret. Sorti un carré de chocolat de son papier, ma faiblesse du soir, la seule que je m'autorisais. Attrapé le *San Francisco Chronicle* : le titre m'a sauté à la figure.

LE PATRON DE LA FONDATION
POUR LES DROITS DES ANIMAUX
INCULPÉ D'ESCROQUERIE

Sous le titre, une photo de Swift Havilland, administrateur de La Niche USA. Souriant de toutes ses dents, bien entendu.

Ce n'était pas le genre d'article que je lisais habituellement, et les complexités de la fraude qu'il relatait me dépassaient largement. Pour l'essentiel, il en ressortait qu'un homme d'affaires de Portola Valley, qui avait bâti sa fortune avec une start-up technologique, semblait avoir détourné des dizaines de millions de dollars de la fondation qu'il dirigeait (le conseil d'administration étant constitué de lui-même, de sa femme et de leur fils) à la suite d'énormes pertes personnelles en Bourse. À l'issue d'une enquête approfondie, désormais mise au jour, Swift était inculpé de fraudes boursières, de cyberfraude, de racket, de blanchiment d'argent, j'en passe.

« Mardi, poursuivait l'article, Swift Havilland s'est livré à la police dans le bureau de son avocat. » Parce qu'on le soupçonnait de vouloir s'enfuir, la caution avait été fixée à dix millions de dollars. Incapable de la payer, Mr Havilland avait été interné dans la prison fédérale de Mendota, Californie. On s'attendait à ce que d'autres accusations soient portées contre son fils, Cooper Havilland – trader dans une société financière de Greenwich, Connecticut –, et contre sa femme, Ava Havilland.

D'après l'article, les ennuis financiers de Swift s'étaient accumulés peu à peu. Il possédait un gros capital, mais il dépensait beaucoup. Pour financer son mode de vie, il avait souscrit une première, puis une seconde hypothèque sur les propriétés familiales et gagé une partie de ses actions de la société de la Silicon Valley comme garants de nouveaux emprunts.

Les gros ennuis de Swift dataient du krach de la Bourse de 2008. C'est alors qu'il aurait commencé à puiser dans les fonds de la fondation La Niche créée par sa femme et lui plusieurs années auparavant.

Audacieux, expliquait l'article, il s'était arrangé pour transférer des millions de dollars de ladite fondation dans une société offshore dont il était secrètement propriétaire. Après de multiples fusions et changements d'appellation, il avait liquidé la société et empoché l'argent.

En poursuivant ma lecture, je suis tombée sur un nom familier : « Evelyn Couture, philanthrope éminente de San Francisco ». D'après le journaliste, Mrs Couture semblait avoir succombé au pouvoir de persuasion de Swift Havilland et fait un don de plusieurs millions à la fondation. Mais elle était allée encore plus loin.

À sa mort, en 2006, on avait constaté qu'elle léguait à ladite fondation sa maison de Pacific Height d'une valeur de dix-huit millions de dollars. En 2008, la fondation avait vendu la maison à une société des îles Caïmans pour deux millions de dollars cash et dix-huit millions en titres. La société en question appartenait en réalité, via un réseau d'autres sociétés, à un trust domicilié au Liechtenstein, lui-même contrôlé par – Cooper Havilland.

Les actions que La Niche avait reçues pour la vente de la propriété d'Evelyn n'avaient pratiquement pas de valeur. Le trust avait ensuite cédé la maison à une société immobilière qui l'avait transformée en appartements et avait refilé l'argent aux Havilland, père et fils, lesquels avaient ainsi empoché plus de trente millions de dollars.

Ai-je été surprise ou choquée ? Bizarrement, ce qui m'a heurtée le plus, c'est que Swift se soit fait prendre. Lui qui admettait avec fierté profiter d'un système dont il connaissait tous les rouages. Je l'entendais encore – sa voix et son rire – se moquer des petits comptables à l'esprit étroit et sans imagination. Il n'aurait jamais pu prévoir qu'un de ces bureaucrates paperassiers saurait découvrir la machination complexe que camouflait sa fondation.

C'est dans un article subsidiaire publié quelques jours plus tard que j'ai appris comment le crime, baptisé l'« arnaque des clébards », avait été découvert. Le journaliste ne citait aucun nom, il tenait ses informations « d'une personne haut placée dans les bureaux du procureur ».

Quant à celui qui avait transmis toutes les données au bureau du procureur, il s'agissait d'un citoyen qui avait renoncé à toute rémunération prévue par une loi, qu'elle soit d'État ou fédérale.

L'éditorial du *Chronicle*, ce même jour, soulignait que, « à une époque où les histoires abondent de gens ordinaires recherchant leur quart d'heure de gloire, sans parler du tout-puissant dollar, ce personnage tranquille et méconnu, ayant flairé des irrégularités financières, a passé des années à examiner des milliers de pages d'obscurs documents publics et autres dossiers pour rassembler tous les détails de l'arnaque. Il a présenté une première fois ces preuves au bureau du procureur, qui n'en a pas tenu compte. Il a persisté, et ils ont fini par l'écouter ».

C'est ainsi que, grâce à ce héros solitaire, l'auteur présumé d'une escroquerie de quarante millions de dollars venait d'être inculpé.

Ce héros anonyme, je connaissais son nom, bien sûr.

Je suis restée un long moment, le journal à la main. Je fixais la photo de Swift, mais je pensais à Elliot.

Combien de fois, la nuit, au cours des années passées – mon fils endormi dans la pièce d'à côté, sans autre bruit que le craquement occasionnel de la roue du hamster –, n'avais-je pas songé à reprendre contact avec lui ? Si j'avais pu sortir la bouteille de vin, un ou deux verres m'auraient probablement persuadée qu'écrire à Elliot n'était pas une si mauvaise idée après tout.

Seulement voilà. Je ne buvais plus. Je n'inventais plus d'histoires. Ni ne fantasmais sur des choses qui n'avaient jamais existé. J'avais, jadis, souhaité plus que tout au monde vivre au sein d'une famille, et pendant onze mois j'avais cru que c'était ce que m'offraient les Havilland. J'avais trahi l'amour d'un homme qui ne m'aurait jamais quittée, au profit de deux personnes pour qui je ne signifiais rien de plus qu'une sculpture de glace. Aujourd'hui ici. Demain évanouie.

Comment pouvais-je demander à Elliot de me faire de nouveau confiance, ou croire ce que je lui raconterais ?

La nuit qui avait suivi l'accident, à l'hôpital, me rendant enfin compte de la bonté de cet homme, je m'étais surprise à espérer qu'une vie avec lui était encore possible. La plus longue nuit de ma vie, toujours aussi présente dans ma mémoire.

Je me rappelle notamment l'un de ces moments, aux premières heures du jour suivant, après la fin de l'entretien entre la police, le défenseur des enfants et mon fils. Swift et Ava étaient partis depuis longtemps, retournant dans leur belle maison des bords de ce si beau lac, probablement, raccompagnant le fils de Swift à la voiture de sport jaune qui le ramènerait à sa belle fiancée. Carmen était partie elle aussi, mais vers un endroit différent, d'où elle ne reviendrait pas.

Très tôt ce matin-là, donc, j'avais téléphoné à Elliot, lui demandant s'il pouvait venir nous chercher. Il avait décroché dès la première sonnerie. M'avait dit qu'il arriverait le plus vite possible. Compte tenu de la limitation de vitesse sur les routes.

Tandis que je l'attendais – il lui fallut quatre heures pour atteindre le poste de police –, à un moment j'avais sorti mon portefeuille. À l'intérieur se trouvait la carte de visite, celle sur laquelle Ava avait écrit son nom et son numéro de téléphone : la personne que je devais appeler en cas d'urgence.

J'avais barré le nom d'Ava et l'avais remplacé par celui d'Elliot.

Je possédais toujours cette carte.

J'ai reposé le journal. J'ai saisi le combiné.

Remerciements

Je me suis lancée dans l'écriture de cette histoire – sans bien savoir où j'allais – au printemps 2014. Je m'étais installée dans la maison de l'homme devenu récemment mon mari, Jim Barringer – mais un problème s'était révélé. (Du moins ce que je considérais comme un problème à l'époque.) Je n'avais pas de place pour travailler.

Mon amie Karen Mulvaney et son mari, Tom, m'ont fait la plus généreuse des propositions : utiliser à ma guise une merveilleuse petite maison leur appartenant, inoccupée pour le moment. La maison de Bud.

De ces dizaines d'années où je me suis enterrée dans des cabanes, chambres de motel et autres greniers – une fois, même, un garage en sous-sol – pour écrire, j'ai appris en tout cas une chose : la pièce n'a pas besoin d'être grande ni luxueuse (et il ne vaut probablement mieux pas). Il faut qu'elle dégage un petit quelque chose permettant à l'imagination de prendre son essor. La maison de Bud – avec sa large fenêtre ensoleillée au-dessus de la table à écrire, son frigo rouge, le porche sous lequel je m'asseyais pour boire mon café et relire le travail du jour précédent tandis qu'une famille de daims paissait sous les arbres fruitiers, le petit hangar qui abrite le tracteur que Bud conduisait – possède cette qualité.

Chaque matin à l'aube, ce printemps et cet été-là, j'ai traversé la colline pour me rendre à Lafayette, Californie, et m'asseoir au bureau dans la petite maison rouge pour écrire cette histoire.

Je devrais ajouter qu'au moment où je tournais la clef dans la serrure et me préparais ma première tasse de café, je n'avais pas la moindre idée de ce que j'allais écrire ensuite. Le sujet de ce roman, je l'ai trouvé en méditant sur la notion d'amitié, telle que Karen venait de m'en fournir la preuve, et en me remémorant l'occasion, jadis, où ma confiance en un ami avait été trahie – reconnaissant que moi aussi j'en avais probablement déçu plusieurs. Des années après cette terrible désillusion, j'en tremble encore. Je n'en connais pas beaucoup de plus terribles.

Deux jeunes femmes – également chères à mon cœur – m'ont fourni une autre source d'inspiration. Melissa Vincel est entrée dans ma vie à l'âge de dix-sept ans, quand je lui ai remis, au Kennedy Center, l'un des vingt Scholastic Writing Awards, décernés à l'échelon national. Des années plus tard, nous nous sommes retrouvées dans mon atelier d'écriture au Guatemala, que, depuis, elle m'aide à diriger – sans compter tout ce qu'elle m'apporte d'autre : son talent d'écrivain, un instinct sans pareil, ses dons d'organisatrice, un bon sens incomparable et son appétit de vivre.

Un peu à la manière de Helen, la narratrice de mon histoire (mais sans les problèmes d'alcool et de garde d'enfant), Jenny Rein a travaillé pour moi – parfois rétribuée, parfois non – en s'occupant des détails les moins séduisants de la vie d'un écrivain. Si ces détails sont négligés, l'écrivain risque de ne pouvoir arriver au bout de son livre. Outre la gestion des contrats et le paiement des factures, Jenny a chassé une famille de ratons laveurs de ma maison, facilité le transport à travers le pays d'une roulotte de gitans, débarqué sur une aire de parking pour me remettre une paire de bottes de randonnée et même, une fois – ayant jugé que j'avais besoin de me défouler –, m'a conduite sur son terrain de base-ball favori et refilé son casque. J'ai lancé quelques dizaines de balles.

Jenny a inventé pour son usage personnel une sorte de classeur mobile où elle range les faits et gestes de ma vie. Que, d'une certaine façon, elle connaît mieux que moi. Les urgences, c'est elle. Si je l'appelle, elle répond toujours.

Ma sœur, Rona Maynard, a lu ce manuscrit avec l'attention et la compréhension qu'elle m'a manifestées durant toute notre vie. Mon fils cadet, Wilson Bethel, s'est révélé aussi un lecteur attentif. C'est un grand jour pour un parent (père ou mère) que celui où l'un de ses enfants lui enseigne quelque chose, ou lui fait remarquer un détail qu'il n'avait pas vu. Plusieurs fois, je me suis félicitée des suggestions de Wilson Bethel.

Pour créer le personnage d'Elliot, l'amant profondément attachant quoique pas très relax de ma narratrice – homme intègre qui s'est donné pour mission de dénicher les escrocs financiers dont les agissements dépouillent leurs concitoyens d'un argent durement gagné –, j'ai pris pour modèle (avec des changements notables dans les détails) mon ami de longue date David Schiff, à qui je ferais confiance beaucoup plus qu'à moi-même pour gérer mes finances, d'une loyauté sans égale. Le montage de l'escroquerie de Swift Havilland, c'est à David que je le dois, lui qui met autant de zèle à dévoiler les filouteries que d'autres à les commettre.

Landon Vincel, tout juste cinq ans, a choisi les poèmes de Shel Silverstein qu'il aime le plus, ceux que, par une coïncidence non hasardeuse, Ollie, l'enfant de mon roman, adore également. Rebecca Tuttle Schultze et la bande de Mousam Lake, dans le Maine – où s'est produite ma première rencontre avec un Donzi –, m'ont appris l'art de surfer sur les vagues avec un Jet-Ski. Margaret Tumas m'a fourni un conseil vétérinaire de première importance en matière d'aliments qu'on ne doit jamais donner à son chien. Les dames de la bibliothèque de Lafayette m'ont chouchoutée à l'instar de Joe Loya, écrivain et braqueur de banques à la retraite, coanimateur avec moi des séances d'écriture de ladite bibliothèque. Farouche et fidèle protecteur s'il en est.

Pour être sûre de décrire avec exactitude la vie d'une femme indépendante handicapée par une lésion de la moelle épinière, j'ai sollicité le conseil de Molly Hale, tétraplégique et experte en arts martiaux, cofondatrice et directrice d'Ability Production, une organisation ayant pour but de fournir des informations et des financements aux personnes qui se déplacent en fauteuil roulant. Je ne dirais jamais de la cohorte de Molly qu'ils sont « cloués dans » ou « condamnés à » leur fauteuil roulant, parce que Molly n'y voit pas des limitations, uniquement des occasions.

Ma gratitude va, comme toujours, à David Kuhn et à son homologue de la côte Ouest, Judi Farkas, ainsi qu'à l'équipe de William Morrow : Kelly Rudolph, Kelly O'Connor, Tavia Kowalchuk et Liate Stehlik. De l'autre rive de l'océan me parviennent les encouragements et l'enthousiasme de la merveilleuse équipe de mon éditeur français, Philippe Rey. Je veux aussi souligner, parmi les nombreux éditeurs étrangers qui soutiennent mon œuvre, les efforts de mon adorable directrice de collection hongroise, Eszter Gyuricza. Participe également avec tout son talent mon agent Nicole Tourtelot, à l'agence DeFiore, qui a lu et relu mon manuscrit, m'a fait des suggestions qui m'ont aidée à rendre ce roman plus étoffé et profond que celui que je lui avais donné d'abord et qui, notre tâche achevée, a pris son ukulélé.

Et j'ai laissé pour la fin, comme toujours, mon éditrice et très chère amie, Jennifer Brehl, qui, dès 2008, a affirmé sa foi en ma qualité de romancière et n'a cessé depuis de tenter de faire de moi un meilleur écrivain à chaque nouvel ouvrage (et qui, pour celui-ci, m'a rappelé, les mois passant, que la santé de la personne qu'on aime prévaut sur tout, y compris les délais de remise d'un manuscrit).

Ce roman-ci est le quatrième ouvrage auquel nous avons travaillé ensemble. Jennifer appartient à cette catégorie limitée et en décroissance d'éditeurs qui relit page après page, ligne après ligne, mot par mot, jusqu'à l'emplacement d'une virgule. L'écriture est un travail solitaire, mais tout le temps qu'il se déroule je sens la présence infaillible de Jennifer auprès de moi.

Et enfin, il y a mon mari, James Barringer. Qui a affronté pendant dix mois le plus implacable des adversaires – un cancer du pancréas – et n'a jamais cessé de m'inciter à me remettre à l'œuvre, dans la pièce qu'il avait réussi à m'aménager. Durant ces quatre années que nous avons vécues ensemble, j'ai appris de Jim ce que signifie avoir et être un véritable partenaire.

Ton livre s'écrit encore et toujours dans ma tête, Jim. Ton nom est inscrit dans mon cœur.

MIXTE
Papier issu de sources responsables
FSC® C003309

10/18, une marque d'Univers Poche,
est un éditeur qui s'engage pour
la préservation de l'environnement
et qui utilise du papier fabriqué à partir
de bois provenant de forêts gérées
de manière responsable.

Imprimé en France par CPI

N° d'impression : 3036217
X07081/01